别惹前台

平凡心 —————————— 著

江苏凤凰文艺出版社
JIANGSU PHOENIX LITERATURE AND
ART PUBLISHING, LTD

图书在版编目（CIP）数据

别惹前台 / 平凡心著. —南京： 江苏凤凰文艺出版社，2019.1

ISBN 978-7-5594-3095-3

Ⅰ.①别… Ⅱ.①平… Ⅲ. ①长篇小说－中国－当代 Ⅳ.①I247.5

中国版本图书馆CIP数据核字（2018）第259337号

书　　名　别惹前台
作　　者　平凡心
出 品 人　崔　佳　赵　光
责任编辑　白　涵　刘洲原
统　　筹　姚　丽
特约策划　冯雪雪　赵　彬
责任监制　刘　巍　江伟明
出版发行　江苏凤凰文艺出版社
出版社地址　南京市中央路165号，邮编：210009
出版社网址　http://www.jswenyi.com
印　　刷　北京彩虹伟业印刷有限公司
开　　本　880毫米×1230毫米　1/32
字　　数　200千字
印　　张　9.5
版　　次　2019年1月第1版，2019年1月第1次印刷
标准书号　ISBN 978-7-5594-3095-3
定　　价　29.80元

江苏凤凰文艺版图书凡印刷、装订错误可随时向承印厂调换

目录

第一章　微型摄像头

警校学员屠乐乐只不过像往常一样收快递，顺手一掂，发现快递盒子里装满了经过伪装的微型摄像头。

五月的北方，天气开始转热，恰如屠乐乐此时的心情，热切中带着几分烦躁。

在警察学院上了几年学的屠乐乐即将毕业，以她优秀的成绩，毕业后回老家的警局找个工作并不难，可是这并不符合她的心理预期。她当初报考警察学院，是为了将来当个刑警，重拾父亲当年因故而不得已中断的梦想。但是如果她进了老家的警局，最多只能做个内勤或者在户籍科上班，这个刑警梦就算是破灭了。

对大多数女孩子来说，在警局当一个内勤并不算什么坏事。可是对精力旺盛、一心想破大案抓要犯的屠乐乐来说，她实在不想做这种清闲到会让自己发霉的工作。

正因如此，屠乐乐才异常心烦，以至于站在宿舍的窗口吹着风都无法让她内心的躁意平复下来。

究竟怎样才能留在省城，并且进入刑警队呢？自己之前的那个猜测对不对呢？和花大姐所做的努力能不能有效果呢？屠乐乐眉头微蹙，心里不断冒出各种念头，禁不住烦躁地抓了抓自己的短发。

“据本台记者了解，辉煌集团董事长耿一鸣是原董事长耿卫国的独子，今年四月回国后接管了辉煌集团，并宣称会带领辉煌集团走向更大的辉煌。据悉，在回国之前，耿一鸣不仅在知名大学就读并且毕业后不久就开创了自己的公司，业绩斐然……”

室友坐在床边看着手机里的新闻，声音虽然不大，可在这只有两个人的宿舍里却显得格外响亮，这也让屠乐乐越发觉得心烦。

“花大姐，现在都什么时候了，你还有心思看这些乱七八糟的视频，能不能操心一下咱俩的未来？！”屠乐乐转头向正目不转睛地看手机的室友道。

“安心啦，咱俩的未来有你操心就行了，我只要听乐乐姐的吩咐就可以了。”室友摆了摆手，头也没抬地说，“况且这也不是乱七八糟的视频，而是正儿八经的新闻。耿一鸣，知道吧，现在最炙手可热的年轻董事长，掌管着资产达数百亿的辉煌集团，长得英俊又有才华，这要是放在电视剧里，妥妥的高富帅。不关心一下他的动向怎么行，万一将来遇到了呢……”

“比你家还有钱？”屠乐乐随口问道。

“比我家有钱多了。辉煌集团可是省内数一数二的大集团，就算是放在国内也能排进五百强，我家的公司跟它比起来差得远了。”说着，花美颜点了暂停，将手机举起来道，“看看，是不是很帅？”

“拜托，你只是花大姐，不是花痴，能不能有点千金大小姐该有的矜持？”屠乐乐扫了一眼手机上的年轻男人，的确很帅，不过她现在没有心思跟花美颜讨论这些。她伸手把手机夺过来将视频关掉，凝视着花美颜道：“花大姐，难道你的心就这么大，一点都不发愁吗？”

花大姐当然不是这女孩的真名字。所谓花大姐是本地人对瓢虫的一种别称，瓢虫虽然多数是益虫，名声也算不错，可要是一个女孩被冠以这样的外号，多半就不是什么好事了。要么就是惯会招蜂引蝶，生性风骚；要么就是平常爱打扮，一天到晚花里胡哨的。

花美颜属于后一种。倘若在别的学校爱打扮不算什么，可是在警察学院就有点另类了。于是花美颜就有了个花大姐的称呼，并且一直伴随她到毕业。

原本屠乐乐听说花美颜是有钱人家的千金大小姐，对她还有点小抗拒，可后来相处久了，发现她除了喜欢打扮和略微有些娇气，并没什么其他让人受不了的坏毛病，也就跟她成了朋友。

“哎呀，乐乐姐，你能不能别哪壶不开提哪壶。”一听这话，花美颜顿时皱起了眉头，满脸的郁闷。因为她相当漂亮，所以哪怕满心不爽，看起来依旧艳丽动人。

她看了屠乐乐一眼，咬了咬嘴唇，道：“刚才我爸又打电话叫我回去，要不是他借助关系几次三番地阻挠，我早找到接收单位了，想想就烦得要死，我都恨不得换个手机号，让他彻底找不到我。”

“那你还有心情关心这些无聊的八卦？”屠乐乐很是无奈

地道。

“乐乐姐，我这叫苦中作乐，要不然怎么办？”花美颜撇了撇嘴，有些无辜地道，“再说咱们之前不都努力过了吗？要是还不行，也没办法呀。”

“唉……”听她这么说，屠乐乐禁不住叹了口气。花美颜说得没错，该做的都已经做了，该争取的机会也努力争取了，剩下的就真不是自己能够左右的了。

“花美颜，快递！”正当屠乐乐想要将手机还给花美颜时，外头突然有人喊了一声，跟着宿舍门被粗暴地撞开，来人一下子没站稳，怀里抱着的一大堆快递就噼里啪啦全都掉在了地上。

“我的快递？我没买这么多啊！”花美颜惊奇道。

“想什么好事呢。”来人白了她一眼，道，“我也是碰巧去拿快递，看到有不少快递堆在传达室里，差不多都是咱们楼的，所以就‘雷锋’了一回，一股脑儿都给搬回来了。这散了一地，我也不知道哪个是你的了，自己找找吧。”

说着，来人又朝楼道里喊道：“来快递了，到504拿呀！花大姐，这些快递就放你们这儿了，待会儿让她们自己来拿吧，我还有点急事先走了。”

“好的。”花美颜眼珠子转了转，脸上露出带着几分狡黠的笑容，随口答应了一声。等那人走了，她指着地上的快递道：“乐乐姐，一显身手的机会到了！快用你的超能力帮我找找快递。”

“你又来了，跟你说过多少次了，我那只是熟能生巧，根本就没有什么超能力。”屠乐乐翻了个白眼，很是无奈地道。她快被花美颜这种时不时就会冒出来的孩子气给打败了。

“知道你没有超能力，可是你那手绝活儿跟超能力有什么差别，看着就觉得很神。”说着，花美颜拿了条纱巾过来蒙住了屠乐乐的双眼，“不准看哦，现在开始了。”她把一个快递箱子放到了屠乐乐手里。

“你买的什么？”屠乐乐闭着眼睛，将手里的快递轻轻摇动了两下，随后放在了身边。

“要是告诉你我买了什么就没意思了，你自己猜出来才有趣。你现在告诉我这个盒子里装的是什么？”花美颜笑嘻嘻地道。

“洗面奶还有润肤乳。”屠乐乐道。

“这个呢？”花美颜又拿了个快递放到她手里。

“糖果，还有一小袋果脯。”屠乐乐道。

“这个……”

“手机。”

……

花美颜递过一个快递，屠乐乐接过来摇晃两下随口说出里头装的是什么，很快散落在地上的七个快递就都捡了起来。

“乐乐姐，你真神了！”等屠乐乐摘下纱巾后，花美颜朝她竖起了大拇指。

“那袋糖果和果脯是你的吧？”屠乐乐笑问道。

“你怎么知道？”花美颜满脸惊奇，“太神了！”

“除了你，还有谁这么爱吃零食。”屠乐乐随口道，“稍微推理一下就知道了，这有什么可神的，这是我最后一次陪你玩猜快递的游戏了，下不为例。”

“啊！乐乐姐，不要这样嘛！你这手‘听声辨快递’真的很帅，我要是男孩子一定会喜欢上你的！”花美颜很是向往地道。

“如果你家也是送快递的，从小就跟着送各种快递，说不定你也学会了。”屠乐乐一本正经地道。她并没撒谎，甭管是什么快递，只要拿在手里掂一掂，她就可以把里面的东西猜出个八九不离十。这绝活儿也的确是她帮父母送快递练出来的。当然也可以说是熟能生巧，但也跟天赋有关，旁人想学未必学得会。

屠乐乐之前并没觉得这绝活儿有什么大用，更不觉得有什么可炫耀的。但是让她意想不到的是，正是因为这绝活儿，她才发现了一个成为刑警的机会。

很快就有人过来拿自己的快递，花美颜挨个儿问了一遍人家的快递是什么，结果自然是跟屠乐乐所说没差。她看向屠乐乐的目光中充满了羡慕和崇拜。

等所有快递都被领走，花美颜待在宿舍里觉得无聊，就叫上屠乐乐出去逛街，傍晚时找了个路边摊吃串。

如果是以前的花美颜，肯定不会在这种地方吃东西。可是跟着屠乐乐吃了很多次大排档、路边摊后她也渐渐习惯了。只不过开着奥迪TT来吃串还是头一回，所以当她将车停在路边，从车上下来时，着实吸引了小摊儿上绝大多数人的目光。

屠乐乐远比花美颜更适应这样的环境，表现得相当自在。她一边扯了点餐巾纸擦了擦面前的桌子，一边拿起菜单开始点菜。

说是点菜，实际上没有多少菜色可以挑选，因为这座北方城市的路边摊基本上只提供烧烤和砂锅，喝的就只有啤酒、果汁。屠乐乐不是第一回跟花美颜一起吃饭，对她的口味自然相当熟悉，随口问了两句后就把菜点齐了。除了烧烤之外，还有煮花生、毛豆之类很常见的下酒小菜。

“花大姐，你还得开车，就别喝酒了。”说着，屠乐乐打开一瓶冰镇啤酒，倒了一杯准备一饮而尽，就在这时，电话响了。

“是我妈，等一会儿。”屠乐乐掏出手机看了看，跟花美颜说了一声就走到一旁接起了电话。

“喂，妈，是我……”屠乐乐接通了电话，随后就是一声怒吼从手机里传来：“屠乐乐！你都已经毕业了，还不赶快回家来想干啥？非得等我和你爸把你从省城揪回来才肯老老实实待在家里吗？你说说你，别人家的孩子恨不得待在家里一辈子不出门，你可倒好，死活不肯回来，到底想要干啥？”

屠乐乐对老妈这类话早就倒背如流，耳朵都快要长茧子了，可是不听又不行，于是干脆拿着手机任由老妈在那边发泄怒火，她也不吭声，权当是正在耐心倾听。

手机那头屠妈妈足足吼了两分钟后声音才小了一些，随后道：“屠乐乐，你别以为不说话就行了，你要是不回来，我跟你没完！”

“妈，您听我说，”屠乐乐道，“我现在是真有事，还是正事。”

“什么正事？”那边的老妈像是又被屠乐乐的话挑起了火气，“有现成的工作不肯干，你想要干啥？”

“我跟同学昨天去人才市场投了简历，想在省城找份工作。”屠乐乐道，“前两天刚去参加了面试，正等着那边回复呢，说不定过两天我就被录用了。”

“就你，行吗？”老妈将信将疑地道。

“行不行先试试呗。”屠乐乐对于老妈对自己的轻视着实有些无奈，“反正还有一两个月的时间才算正式毕业，我先去试试，实在不行，就听你的话回家，老老实实地当个警局内勤，这总行了吧？”

“好。”老妈道，“要是忽悠我，屠乐乐，你给我小心点！”

“知道了。”屠乐乐忙道，“我正跟同学吃饭呢，先不聊了。”

“照顾好自己，别老让我和你爸担心。”老妈又叮嘱了几句才挂了电话。

虽然暂时将老妈给糊弄过去了，但是屠乐乐的脸上全无喜色，有的只是无奈。她当然不是真的放弃了当警察的理想而想去公司里上班，只是想要去争取一个希望渺茫的机会。对屠乐乐来说，这机会哪怕只是个猜想，她也只能竭尽全力地去试着抓住。因为她的梦想始终是当刑警。

拿着手机走回来时，屠乐乐见到桌上已经摆满了之前自己点的东西，笑着调侃道：“平常这家的老板上串儿相当慢，今天手脚怎么这么利索，是不是看在咱花大姐的面子上啊？”

“乐乐姐，这话不能乱说，小心被老板娘听到了，老板挨打。”花美颜压低了声音一本正经地道，两人哈哈大笑起来。

“来，为了咱们这次计划顺利实施，干一杯。”屠乐乐端起啤酒杯道。

“干杯。”花美颜喝了口果汁，有些心虚地道，“乐乐姐，你说咱们的计划能成吗？我听说省公安厅那位安处长招募的是咱们学院的校花，还让她们去人才市场应聘，咱俩就这么闯进去跟她们竞争，会不会弄巧成拙，反倒让安处长对咱们没有了好感？”

“安处长以前就不认识咱们，本来也谈不上什么好感，这次我带着你去应聘，抢了那些校花的机会就是想给他留下深刻印象，让他知道自己选的那些人徒有其表，论真才实学还得是咱俩。”屠乐乐伸手弹了弹面前的玻璃杯道，“只有让他记住咱俩，咱俩才可能取代那些校花去执行任务。”

“可你又怎么知道他招募那些校花是去执行任务啊？”花美颜问道。

“如果不是为了去执行特别重要的任务，安处长用得着这么大费周章吗？你别忘了咱们是怎么发现这件事的。”屠乐乐道。

花美颜当然不可能忘记。前两天，花美颜去拿快递，结果误拿了一个放在传达室的箱子，正巧被屠乐乐看到。屠乐乐随手拿着箱子晃了晃，发现里头装着不少微型摄像头，并且还经过了伪装。两人怀疑是有人想要胡作非为，于是就查了查这箱子的收件人。然后才知道收件人安家国是省公安厅的一个处长，最近正在警察学院里招募新人，并且传言中已经被招走的校花们却跑去人才市场应聘。当时屠乐乐就敏锐地意识到这件事绝不简单，并且很有可能是一个机会，于是她说动了花美颜陪自己一起去应聘，并且跟那些校花竞争同样的岗位。

她这么做当然不是真的要去那些公司上班，而是想要借此引起安家国的注意。只有这样，她才有机会实现自己当刑警的理想。

“可是那也未必就说明她们要去执行任务呀。”花美颜摇摇头道。

“其实我也是赌，哪怕只有一半的机会，也好过一点机会都没有。反正咱们也没什么好损失的，光脚的不怕穿鞋的，搏一搏总没坏处，你说是吧？”屠乐乐端起酒杯又喝了一大口。

“那倒是，只希望咱们这次赌对了。”花美颜双手合十，朝着天空拜了拜，还念了句“阿弥陀佛”。

与此同时，安家国正在看笔记本电脑。屏幕上十几个视频窗口播放着监视器拍到的画面，全都是人才市场的应聘情况。

“学员们的应聘结果出来没有？”安家国目不转睛地看着显示器上的图像，随口问道。

“具体结果还没有，不过从学员们汇报上来的情况看，似乎有些不太乐观。”旁边一个老警察回答道。

“老李，怎么回事？”安家国一怔，转头问了一句。

“听那些学员说，似乎有人在给她们捣乱。”被称作老李的老警察名叫李增生。

“她们说的那个人就是她吧。”说着，安家国指了指显示器上出现的一个身材高挑的女孩。

“没错，就是她。看来安处您早就注意到她了。”李增生点点头。

“想不注意都难呀。”安家国笑了笑，道，“昨天在投个人简历的地方，这个名叫屠乐乐的女孩带着另外一个叫花美颜的女孩就跟在咱们选中的那些学员身后。这么明显地跟踪，那些学员居然都没有发现，要不是今天屠乐乐和花美颜同样也要面试，估计她们还蒙在鼓里。就算现在警校出来的新人业务水平不是很高，可这些女孩未免也太差了点，如此低劣的反侦察能力和薄弱的警惕性，实在是不太适合参与接下来的任务。”

“就这样淘汰她们吗？”李增生问道。

“不必，总要先好好观察一下才行。”安家国沉思了片刻道，“另外，把屠乐乐和花美颜也列入考察对象。”

“需要通知她们吗？”

“不用。”安家国摇摇头道，“她们横插一脚，明显是为了引起我的注意，想必是嗅到了什么气味，倒是相当敏锐。不过我很好奇咱们哪里出了纰漏？有些事情连学院的领导我都没露底，她们是怎么知道的？”

“叫她们来问问？”

“不用，我已经派周岩和陈文浩去盯着她们了。我倒想看看她们的警惕性怎么样？希望不是徒有其表。”安家国沉声道。

“安处，您派两个刚刚加入警队的新兵蛋子去跟踪另外两个更嫩的菜鸟？太儿戏了吧！”李增生笑着问道。

“我可是很认真的！年轻人嘛，都得磨炼，新兵蛋子怎么了？要成为精英，就得多摔打、多磨炼，要不然怎么能够长本事。”安家国指了指显示器上的屠乐乐和花美颜，笑道，“再说了，这俩更年轻，正是满腔热血的时候，用新手去监视她们，对她们算是个考验。要是把你们这些老油条派出去，那就纯粹是欺负人了。到时候把这俩小姑娘打击得对警察工作没了激情，咋办？”

“不愧是安处，想的就是周到。”李增生跟着安家国的时间最长，很清楚他的脾性，“我看那俩小姑娘虽然年轻，却很有两把刷子，尤其是屠乐乐，更是出类拔萃，您把俩新兵蛋子派出去，要是回头被人家发现了，可就丢了咱们的人了。”

“丢就丢呗，反正天下警察是一家，也没丢到外人那里去。”安家国满不在乎地道，“真像你说的那样，倒也不错……”

喝了两杯酒后，屠乐乐挪了挪椅子坐到花美颜的身边，伸手揽住她的脖子，凑到她的耳边。外人看来，就像是俩女孩在说悄悄话，实际上屠乐乐却说道：“花大姐，有人在盯着咱们。”

“在哪里？”花美颜一惊，下意识地就想回头看，被屠乐乐给按住了。

“别慌也别乱动，保持冷静，听我说。”屠乐乐脸上带着笑，像是正在跟花美颜说什么好笑的事情，嘴里说的却是，“五点钟方向一个，九点钟方向还有一个。我去打电话之前还没来，等我回来就有了，看样子是在盯着咱俩。”

“是什么人？”

“我也不知道。”屠乐乐笑嘻嘻地道，“待会儿找个机会把他们揪住问问不就什么都知道了。”

“好。”花美颜小时候有过被绑架的经历，所以对被人跟踪十分反感。同时，她对屠乐乐相当信任，没有任何犹豫就点头答应了她的提议。

“待会儿咱们就这么办……”屠乐乐也没多说废话，言简意赅地把自己临时想出来的行动计划说了一遍，确定花美颜明白了自己的意思后，这才重新开始聊天儿吃喝，一切都表现得相当随意。等差不多快吃完时，花美颜的手机突然响了，她接通后聊了两句就直接开车离开了。

屠乐乐却留了下来继续喝酒，时不时还拿出手机玩两下，看似相当随意，可是她眼角的余光却注意到随着花美颜的离开，坐在九点钟方向的那人也很快结账走人了。

所料果然没错！屠乐乐在心里冷笑，通过微信告诉花美颜要小心一些，喝光了杯子里的啤酒她才结账走人。

此时天色已经有些暗淡，屠乐乐沿着马路步行，时不时发发微信语音，有说有笑，看起来相当怡然自得，只不过走的路却是越来越偏。

屠乐乐的感觉没错，她和花美颜的确是被人盯上了，而跟在她俩身后的正是刚刚接了监视任务的周岩和陈文浩。负责跟踪屠乐乐的是周岩。

当周岩发现屠乐乐的前进方向始终指向警察学院后，也就释然了，在他看来，屠乐乐多半是想要抄近路。之所以没有意识到已经暴露，是因为他心存轻视，觉得自己不可能被两个年轻学妹发现。因此，哪怕发现了屠乐乐的行为有些异常，他也会想当然地脑补出一个合理的解释。

此外，屠乐乐和花美颜之前的表现也在一定程度上迷惑了周岩，以至于他根本就没有想到自己和陈文浩的行踪已经被屠乐乐窥破，并且还设了个套要收拾他们。

第二章　被盯上的警校学员

屠乐乐的感觉没错，她和花美颜被盯上了。让她想不通的是，什么人会对警校学员感兴趣。不过，这都不重要，她现在要做的就是揪出这个跟踪者！

走了一段路后，天色彻底黑下来，路灯亮了起来。

省城的亮化工程做得自然不错，主干道上灯火辉煌，但支路还有一些小路远不能跟主干道比。况且屠乐乐一直都在往偏僻的地方走，沿途的灯光自然就差了许多。

跟着走了这么远，就算周岩再怎么松懈，也感觉到了不对劲。可就在这时，他发现前头的屠乐乐人影一闪，没入了黑暗中。

糟了！周岩一愣，马上跑过去查看，走到近前却发现屠乐乐踪迹全无。

此时他身处一个小公园的绿化带旁，一边是马路，另一边则是公园里的灌木丛。虽然光线有些暗淡，但是二三十米内还是一目了然，除非屠乐乐能飞，周岩实在想不通她怎么就能在自己眼皮底下消失。

正当周岩纳闷儿时，身后脚步声轻响，跟着有个声音道：“喂，你是在找我吗？”

“啊！”周岩自认胆子不小，可是突然听到身后有人说话，还是被吓了一跳。他下意识地转身，突然感到胃部一闷，接着就是剧烈的疼痛以及难以遏制的呕吐感汹涌而上。周岩几乎是本能的弯下了腰，同时双手横在身前，想要抵挡后续的攻击。

只是周岩的动作虽快，攻击他的人下手更快更狠，几乎在击中他腹部的同时，跟着一个膝顶，正好顶在了下意识弯腰的周岩的脸上。

俗话说胳膊拧不过大腿，更何况撞击过来的还是强劲有力的膝盖。几乎是刹那间，周岩就在巨大力量的冲击下仰面摔倒，眼前金星乱冒，鼻血直流。

“别打，我……不是坏人……”周岩道。

“所有的坏人在被打死之前都这么说。”屠乐乐的声音再次响起，话语中带着几分冷意。她并没有继续攻击，身为警察学院的毕业生，屠乐乐心里很清楚正当防卫和防卫过当的区别。不过她也没有就这么离开，而是威胁道：“你现在最好别动，要不然别怪我不客气。”

“好，我不动。”周岩说道。

周岩现在就算想动也够呛，因为刚才屠乐乐的攻击实在是太强劲了，以至于他不仅胃痛得难受，脑袋也嗡嗡作响，强烈的眩晕感让他想坐起来都有些难。

屠乐乐走到近前，随手在周岩身上拍了几下简单地搜了一下身，只是拿到手的东西却让她十分惊诧，她竟然在他身上发现了一张警官证。

屠乐乐看了看警官证又看了看躺在地上的周岩，确定了他的身份，问道：“你是警察，为什么要跟踪我？”

说到这儿，屠乐乐脸色突变，道：“你是警察，那另外一个跟踪我同学的是不是也是警察？”

“没错。”既然身份已经暴露，周岩也就没有再遮遮掩掩的必要。

“那就糟糕了。”屠乐乐道。

“怎么了？”周岩忙问道。

“因为我的同学可能已经报警了。”屠乐乐看向周岩道，“并且你同事很有可能被当成意图绑架我同学的犯罪嫌疑人给抓起来了。”

“我晕……”一听这话，周岩真是郁闷透了。他奉命来监视屠乐乐之前，无论如何没想到会栽这么大一个跟头。虽然说就算陈文浩被抓走，只要确定了他的身份也会被放出来，但是对他个人而言，这绝对不是什么有意思的经历。毕竟作为一个男人，他就这么栽在了一个刚毕业的学妹手里，可以想到将来肯定会被同事们嘲笑很久。

“请你赶快打电话给你同学解释一下。”周岩急道。

“解释？怎么解释？”屠乐乐看着周岩道，“你现在倒是应该给我好好解释一下，我好端端的一个守法公民，从来没有做过违法乱纪的事情，就算你是警察也没有道理随随便便监视我吧。如果不给我一个说得过去的理由，我照样可以报警抓你。”

说着，屠乐乐朝周岩亮了一下手机，上面已经输入了110，只差拨打出去了。

“我也是奉命行事。”周岩在地上躺了一会儿，眩晕感减轻了许多，于是他慢慢坐起来，抹了一把鼻血，掏出手机朝屠乐乐示意了一下，见她点头这才拨号。

“喂，我是安家国，什么事？”片刻后，手机中传来了安家国的声音。

“安处，我是周岩，我……被屠乐乐抓住了，任务失败……”说这话时，周岩真有种无地自容的羞愧感，要是地上有条缝他肯定会直接钻进去再也不出来了。丢人，实在是太丢人了！

“嗯。”电话那头的安家国早就料到这两拨人肯定会有一边占上风，只是没想到这么快就见了分晓，而且占上风的还是屠乐乐。虽然嘴上沉默，他脸上却露出了一丝笑容，半晌后才道，“把电话给她。”

“是。”周岩的心随着安家国的沉默都快沉到了底，听到命令他忙把手机给了屠乐乐。

“你好，我是屠乐乐。”屠乐乐接过手机道，声音平静。

“我是安家国，咱们见过面。”手机中传来了安家国沉稳的声音，“是我命令周岩去监视你的，这只是一场考验。既然你抓住了他，也就意味着这场考验你顺利通过了。如果你愿意，就来找我，有些话咱们还是当面聊一聊比较好。”

“还有我的同学花美颜。”屠乐乐道。

“那就叫上她吧。”

“好的。”屠乐乐点了点头，随即挂断电话，把手机还给了周岩。

“我现在可以起来了吗？”周岩问道。

“随便。”屠乐乐点点头，同时拿出手机发了一条微信给花美颜，头也不回地朝着警察学院走去。

此时的屠乐乐面色虽然平静，心中却兴奋到了极点。她之前所有的准备都是为了这一刻，只是连她自己也没有想到一切来得如此之快。

收到屠乐乐发过来的微信时，花美颜还没有报警，所以负责监视她的陈文浩也还没有被110抓走。不过当接到周岩打过来的电话时，陈文浩也吓了一跳。此时，陈文浩意识到先前没有被他放在眼里的屠乐乐和花美颜并不像自己想得那么简单。

花美颜开车找到屠乐乐，载着她返回警察学院。路上屠乐乐将安家国要见自己的事说了。

“这是好事呀，”花美颜大喜道，“回学院后就去见他吧。”

“不着急。”屠乐乐摇摇头道，“现在已经很晚了，匆匆忙忙地过去反倒显得咱们太急切了，等等吧，明天上午再去。顺便好好想想，明天见了他该说什么，对咱们来说这可是个机会，一定要牢牢抓住才行。”

“乐乐姐，我都听你的。”花美颜有些激动地道，“真没想到你说的事真被咱们给办成了！”

“这有什么想不到的，”屠乐乐看着车窗外不断闪过的路灯道，“既然安家国来院里挑选学员去参加任务，那肯定是优中选优，他之前选了那些校花级的美女，应该是觉得她们比咱们更适合，比如去某些公司应聘行政助理。可是现在咱们就用真本事告诉他，他看中的人那些人中看不中用，只要他没有糊涂到家，肯定会考虑咱们的。”

“对，乐乐姐英明。”花美颜笑了。

“这算什么英明，只是想方设法给咱们争取个机会罢了。”屠乐乐叹息了一声，道，“他说让咱们去见他，可是谁又知道他到底是想要用咱们，还是嫌咱们多事，搅了他的计划。”

这天晚上屠乐乐和花美颜睡得很早，却不约而同地失眠了。

第二天早上屠乐乐习惯性地早起然后去锻炼身体，花美颜也没有再睡懒觉，而是跟她一起跑步，吃早饭。随后两人收拾妥当了就前往学校的招待所。

很快，屠乐乐和花美颜在一间十分宽敞的办公室里见到了正在忙碌的安家国。在屠乐乐和花美颜进屋时，他随意看了她们一眼，让她们坐下然后就继续忙着什么。

一直过了十来分钟，安家国才停下来，抬起头审视了屠乐乐和花美颜一番，道：“如果我没记错，咱们见过面。不过今天就算是正式认识了，我是安家国。”

“安处长好。”屠乐乐和花美颜一齐站起来道。

“坐下吧，用不着这样。”安家国摆摆手让俩人坐下，“我叫你们来，也只是想跟你们聊聊。”

说着，安家国将先前放在自己面前的笔记本电脑转向屠乐乐和花美颜，点开了上面的视频。

电脑中播放的视频虽然经过了剪辑，但是内容依旧相当凌乱，噪音也很大，听起来不太舒服，只有画面还算清晰。这正是屠乐乐和花美颜在人才市场中应聘时的场景。

屠乐乐和花美颜之所以能很快地在视频画面中找到自己，倒不是她们的眼力多么敏锐，而是她们在视频中的身影已经被标记出来了，想不注意到都难。

糟糕了，这是要兴师问罪！见状，屠乐乐心里一惊，同时也暗下决心，如果待会儿安家国真要追究责任的话，自己就站出来承担。毕竟整件事都是她的主意，不能让花美颜跟着自己背锅。

花美颜看到了这视频，也有些蒙，脸上露出些许慌乱，下意识地瞥了旁边的屠乐乐一眼，见她一脸淡然，顿时就像找到了主心骨，原本还有些慌乱的心也一下子平静了下来。

经过剪辑的视频并不长，也就十来分钟，不一会儿就播放完了。

“看完了这些，你们俩有什么想说的吗？”安家国看向屠乐乐和花美颜，声音平静，目光却十分锐利。

本来想要说话的花美颜一看到安家国的眼神，顿时吓得低下了头。

“有！”屠乐乐看着安家国，神色平静地道，“我俩这是去应聘，似乎并没有什么错吧？有人偷拍我们，这侵犯了我们的隐私权，我们保留追究其法律责任的权利。”

“这么说，你还有理了？”安家国看着屠乐乐道。

“我只是觉得我们并没有什么错。”屠乐乐道，“她们去人才市场应聘，我们也去应聘，井水不犯河水，我们有什么错？我和花美颜去应聘，完全合情合理合法，要说抢了林子雨她们的机会，那也不能怪我们，只能说明她们没实力。”

“屠乐乐，如果你真的只是想去应聘，那咱们的谈话就到此为止，我祝你前程远大。”安家国凝视着屠乐乐道，“但是如果你还想成为刑警，就不要跟我在这里胡搅蛮缠。”

“您想知道什么？”屠乐乐试探地问道。

“你这么做，究竟有什么目的？”

“我们只是想为自己争取一个执行任务的机会。”屠乐乐见安家国一脸严肃，说出了实话。

“我很想知道，你又是怎么看出来她们要执行某项任务的，这都是保密的。”安家国目不转睛地看着屠乐乐，带着几分审视。

“这并不难猜呀。”说了那么多，屠乐乐也彻底放开了，“起初就有传言，说林子雨等校花被省里的警局给特招了，可是她们没去就职，反倒依旧留在警察学院，当时我就觉得奇怪。”

“那也不能说明她们要执行任务呀。”安家国道，“也许只是因为接收单位还没有做好准备。”

“就算接收单位没准备好，也没必要让她们在学院里等吧。”屠乐乐看向安家国道，“您给的这个理由太牵强，更加确定了我的猜测。”

“你继续说，我很想知道你究竟是怎么猜到这件事的。”安家国道。

“真正引起我好奇的是当初我和花美颜一起送过来的箱子，因为我发现里面装的是一些微型摄像头。”

“你拆开过？”安家国脸色微变，目光一下子变得锐利起来。

“当然没有，否则的话，您早就发现了。”屠乐乐摇头道。

“那你又怎么会知道箱子里有微型摄像头？”安家国有些纳闷儿地道。

“因为我有一手绝活儿，不管是什么箱子，只要让我拿在手里摇一摇、掂一掂，就能够把里面的东西猜出来。”屠乐乐很有自信地看向安家国，“您要是不信，我现在就可以演示给您看。”

“那倒不用。”安家国虽然半信半疑，却相信屠乐乐不会在这个时候说谎，“你继续说。”

“当时我就很好奇这些摄像头有什么用，之前我们送过来，其实是想看看收件人到底是什么人，免得是有人要拿这些东西做违法的事情。”

“对，这点我可以证明。”花美颜道。

“只是没想到收件人竟然是您，更让我没想到的是在我们离开招待所时，竟然遇到了林子雨她们。”说到这儿，屠乐乐笑了笑，道，“本来她们是警察学院的学生，出现在任何一个地方都很正常。可是扎堆出现在招待所，就相当古怪了。据我所知，她们彼此间可没什么友谊，平常都是不怎么来往的，现在却凑到了一起，背后肯定有蹊跷。

“因为好奇，我就留下来看了看，然后就发现她们拿到了那些微型摄像头，我还发现她们要去人才市场应聘。能够让一群本来已经有了工作的警员去外头的人才市场应聘，除了上级指派了任务之外，我实在是想不出还能有什么其他可能性。”

“于是你就带着花美颜去跟她们抢应聘机会？”安家国问道。

“我这么做只是想要证明，她们做不到的，我们可以做到。

她们能做到的，我们可以做得更好。”屠乐乐看向安家国，坦诚地道，“不管是我还是花美颜，都希望得到一个机会来证明我们不比任何人差，既然天上不能掉馅饼，那就只有自己想办法去争取！”

“如果你最终没能争取到这个机会呢？”安家国追问道。

“那就老老实实回老家的警局上班。”屠乐乐很直率地道，“虽然做内勤并不是我的理想，但是最起码是个警察。”

“你呢？”安家国看向花美颜。

“一样吧。”花美颜低着头道，“我还有可能转行，因为我爸一直都不怎么赞成我当警察。”

“要真是那样的话，就太可惜了。”安家国打量着屠乐乐和花美颜，片刻后道，“既然你们做得比林子雨等人更好，想要的机会我可以给你们，希望你们再接再厉，做到最好。”

“是。”屠乐乐和花美颜不约而同地站起身来朝安家国敬礼。

“去领装备吧，稍后会有人告诉你们该做什么。”安家国道。

屠乐乐和花美颜欢天喜地离开。

等到俩人离开后，安家国却禁不住苦笑。他是真没有想到自己一行人来警察学院挑选人员去执行特殊任务竟然会被屠乐乐看穿，这让他既意外又有些惊喜。

最初安家国看过本次毕业生的花名册后，不是没有考虑过屠乐乐。屠乐乐各方面都十分优秀，是个好苗子，如果成为一名正式的警察，肯定很快就会在警界大放异彩。在他看来，屠乐乐太过优秀，跟接下来要执行的特殊任务有些格格不入，要是真的把她派去做卧底，也许用不了几天就会被人发现。到时候警方的所有计划都得随之破产。

相比屠乐乐，安家国最初还是比较看好花美颜的。因为她长相出众，即便是身穿警服也不像个警察，反而更像是为了好玩儿而扮演警察的大小姐。如果让花美颜去当卧底，反倒不用担心她会被人看穿底细。

只是随后在仔细看过花美颜的个人资料后，安家国就不得不放弃了用她的打算。一来是她家里有钱有势，不太好说动；二来她父母都不愿意让她做警察，就更别说去执行危险的卧底任务了。倘若是普通人家的孩子，安家国当然不用有太大的顾虑。可是花美颜的出身让他不得不好好斟酌一下。

反复斟酌之后，安家国才放弃了屠乐乐和花美颜。可让他怎么都没想到的是屠乐乐的嗅觉竟然这么敏锐，只是碰巧拿了个箱子，她就从中察觉到了蛛丝马迹，并且以此为契机掺和了进来。光凭这点就足以让安家国对屠乐乐刮目相看，又在心里将方方面面权衡了一番后，他拿起手机，播出了一个号码："李局，我这边发现了一个人才，挺适合这次卧底任务的，我个人建议上头对她进行一下考察。"

锦绣山，省内最豪华的别墅群就建造于此，随便一套都卖到了天价，能够住在这里的非富即贵。

耿一鸣的家就在这里。

刚刚参加过省内十大杰出人物评奖的耿一鸣一进门，就看到父亲耿卫国正在庭院里打理花草。

"爸，我回来了。"耿一鸣走过去道。

“回来了就好。”耿卫国看了耿一鸣一眼，又低头看着面前的花草，“你回来后就接管了集团，徐杰是怎么想的？”

“他一直都在恭喜我，说会帮我把集团经营得更好。”耿一鸣一怔，显然没想到父亲会这么问，“爸，您也知道我跟阿杰的关系一向很好，虽然不是亲兄弟却胜似亲兄弟。您退下来了，我成为董事长兼执行总裁，他真心替我高兴，并没什么不满。”

“真是这样吗？”耿卫国看着面前的花草道，“你回来之前，一直是他在帮我，旁人都以为我退下来他会成为董事长，结果我却把董事长的位置交给了你，他心里会没有什么想法？”

“没有，肯定不会有。”耿一鸣很肯定地道，“本来辉煌他也有股份，辉煌好，他自然也好，这本就是对大家都好的事。我倒是提议过让他做董事长，可是他并不同意，说做个执行副总裁就行了，我觉得他并不是您担心的那种人。”

“那就好。”耿卫国点点头道，“这孩子回国比你早，回来后就在集团上班，后来我得了病，见他就少了，要不是他偶尔会来看我，我还真不怎么见他。他是个聪明的孩子，只是有些事爱装在心里，这点不如他父亲。虽说他父亲是个炮筒子，可是有什么说什么反倒是痛快。你跟徐杰关系好，但是有些事心里还是要有个分寸，防人之心不可无，明白吗？”

“嗯，我知道了。”耿一鸣敷衍地点点头，并没有在意。

一个多月后，时间已经到了七月中旬，天气变得格外炎热，就算是北方的省城也让人有了身在火炉的感觉。尤其是最近都没怎么下雨，空气中总像是弥漫着一股淡淡的灰尘，让人觉得眼前雾蒙蒙的，相当不舒服。

这样的天气一般人是不愿意出门的，都窝在家里或者单位吹吹空调、电扇，总之不会跑到大太阳下暴晒。

屠乐乐却不得不在这样的天气中，骑着一辆半新不旧的电动车出门。虽然她骑得不慢，可是因为太阳太大，空气都是热的，风吹在身上也并不凉快。得亏她当初在家里经常帮着父母送快递，严寒酷暑没少经历，现在的天气对她来说还是可以忍耐的。

“也不知道这个九爷究竟是何方神圣？安处只是让我见见他，然后就一切听他的安排，不知道靠谱儿不靠谱儿？”心里想着，屠乐乐骑着电动车在街巷中穿行，寻找着那个九爷所说的见面地点——怡然茶馆。

回想起这一个多月的经历，再想想自己即将要执行的任务，屠乐乐依旧有种很不真实的感觉。

当初安家国说给她和花美颜机会，屠乐乐还挺高兴。后来却发现并不是去参加什么特训，而是让她们老老实实去做行政助理。

这样的日子对一心想要当刑警、破大案的屠乐乐来说，着实有些枯燥乏味。不过本着要么不做，要做就做到最好的原则，屠乐乐还是兢兢业业地把自己的助理工作做到了最佳，以至于当她接到安家国的命令去辞职时，公司经理竟然提出给她加薪让她留下来。直到见她去意坚决，这才不得不遗憾放人，不过还是告诉她，只要她愿意随时可以回来上班。

等再次见到安家国时，屠乐乐才发现当初被自己视为竞争对手的杜秋、林子雨等人都已不在，剩下的除了自己就只有花美颜了。

安家国的解释是那些人没有通过任务前这长达一个多月的考验，而她脱颖而出。至于花美颜，虽然表现出色，却因为太过漂亮，反倒不太适合去执行任务，所以留下来给她当支援。

“你们通过了考验，接下来我将派你们去执行一个卧底任务……”安家国看着屠乐乐和花美颜，一脸的郑重和严肃。

“哇！乐乐姐，你听到没，竟然是卧底，太棒了！”花美颜高兴地欢呼起来。不过随即又郁闷起来，因为这次的任务她虽然也参加，却只是负责支援，基本上没有亲自去卧底的可能。

屠乐乐表现得没有花美颜这么强烈，但是心里同样激动不已。这一刻她想起了电影电视中经常出现的片段，枪林弹雨、钩心斗角、游走在生死边缘……这让她不禁有些兴奋，双眼炯炯有神地看着安家国，仿佛要放出光来。

“安处，您安排任务吧，我保证完成。”屠乐乐热血沸腾地说道。

“好。”安家国高兴地点点头，“你有这样的态度，就非常好，我相信你肯定能够完美地完成任务。”

稍微顿了一下，安家国接着道：“接下来的一段时间，你需要进入辉煌集团的母公司做行政助理，借助工作便利调查其一家子公司的违法行为。”

“啊？就是这样的卧底任务吗？”屠乐乐没想到说来说去竟然是去做行政助理，不禁大失所望，顿时就像是霜打了的茄子似的有点蔫。

“没错。”安家国点头道。

“辉煌集团有什么可查的？我从来都没有听说过辉煌集团有

什么违法乱纪、偷税漏税之类的事情啊。”屠乐乐很是不甘心地问道。

“在跟你交代详细案情之前，有些背景资料你得先看一下。”说着，安家国打开了摆在桌上的投影仪，随即指着投射在对面幕布上的图像道，“今年3月21日，城西区的一片即将拆迁的工厂中，两帮有黑社会性质的团伙进行了一场惨烈的火拼，双方使用了砍刀、铁管、链条、棍棒等凶器，导致3死、8人重伤以及11人轻伤。事发后警队介入调查，发现这两个团伙之所以发生冲突并非是因为争夺地盘，而是为了要账！”

“要什么账？”屠乐乐一愣，问道。

“赌债。”安家国简单说了一句，“具体情况我待会儿会向你说明。”

安家国指着幕布上显示的一张照片道：“这人名叫刘存壮，本地人，1999年辍学后靠着开办私营印刷厂发家，家产有五六百万，有房有车，家庭和睦。今年4月2日他却从位于鑫源小区的家中跳楼自杀。”

随着安家国的讲解，一张张图像不断变换，场面相当惨烈，给人的视觉冲击力绝对比先前两帮团伙斗殴强。

屠乐乐从成为警察那天起就料到将来少不了会看到这样的场面，早就有了心理准备，倒是没觉得怎样。花美颜却被眼前的图片吓得下意识地低下了头。

安家国看着两人截然不同的反应，越发坚定了自己的决定。

“还有……”安家国又指了指接下来变换的图像，沉声道，“这几个都是普通人，有的在小公司上班，有的则是做小买卖，可是却在前几个月纷纷受到帮派分子的殴打、恐吓，他们的住所也被人泼了油漆、大粪，甚至他们的家庭成员的正常生活也受到了影响。”

“之所以会这样，是因为这些人欠了赌债。”说到这儿，安家国指了指幕布。屏幕上显示的图片是一个公司的logo。

第三章　无聊的卧底任务

屠乐乐终于如愿以偿，成了辉煌集团的卧底，但是她要扮演的角色是……前台。屠乐乐暗暗吐槽：这也太没挑战性了，和《无间道》差太多了吧？

“万古网络交易平台，”屠乐乐见了也不禁一愣，不解地道，“它有问题？”

“看来你对这个平台很熟悉呀。”安家国道。

“万古是近两年国内崛起的一个网络交易平台，虽然成立时间不长，却发展得相当迅猛。其涵盖业务也是相当广泛，网络游戏、网络交友、网络社区、网上购物、网上交易等，尤其是游戏这块做得十分不错。我和花大姐经常在上面玩游戏，偶尔也会买一些东西。我俩常说，只要不出问题，万古将来肯定会发展成国内网络行业的巨头。”屠乐乐道。

“现在它就出了问题。刘存壮之所以跳楼自杀，正是因为他参加网络赌博欠下了一大笔赌债！

“根据我们的初步侦查，刘存壮在自杀之前输了将近一千万，这远远超出了他的偿还能力，而追债人还在步步紧逼。所以，他才承受不住压力选择了自杀。”说到这儿，安家国轻叹了一声，道，“至于最初让你看的群殴案件，也跟索要赌债有关。双方背后有着相当深的利益纠葛，谈不拢，就爆发了这样的冲突。”

“究竟是怎么回事？”屠乐乐问道。

“这正是你需要去查的。”安家国再次操纵投影仪，换了张新的照片道，“除了我刚才让你看到的这些之外，与此有关的案件还有不少，经过一段时间的侦查，我们最终确定这些案件都跟最近在网上非常流行的网络赌博有关，同时又跟万古网络交易平台有关。”

“那为什么不直接查它？”花美颜忽然问道。

“因为牵涉的东西太多了，万古网络的母公司是辉煌集团，如果动了万古，肯定会影响辉煌，随后警方就要承受相当大的社会舆论压力。因此，除非有确凿的证据，否则绝对不能对其进行公开调查。”安家国道。

“万古网络平台既然敢组织赌博，想必也早就对警方可能会进行的各种调查有充分的准备了吧？”屠乐乐道。

“的确。”安家国道，“我们已经做过一些前期调查，万古平台在客户保密方面做得相当到位。他们将服务器一分为二，国内的服务器只用来经营合法业务，而赌博所用的服务器则设在境外，不仅绕开了监管，也让调查取证非常困难。此外，万古平台在一般网民中的口碑很好，有着相当庞大的用户群，如果随便将其关停调查，肯定会造成很大的负面影响。”

“那我需要做什么？”屠乐乐问道。其实问之前她大概已经猜到了自己的任务，多半是警方想要调查却又忌惮会引发不良的社会舆论而有点无从下手，于是就决定曲线救国，绕过万古平台从其母公司辉煌集团着手调查此事。并且为了不引起辉煌集团的反感，这才决定使用卧底。

事实也正如屠乐乐所料。安家国道：“你要进入辉煌集团，调查和收集万古网络交易平台组织网络赌博并从中牟利的证据，同时要将涉案的重要人员给揪出来。”

“通过应聘去辉煌集团怕是不容易，作为省内数一数二的大企业，辉煌公司的职位可是相当抢手，听说连打扫卫生的阿姨都要竞争上岗。”屠乐乐皱眉道。

“我们自然有办法让你顺利进入辉煌集团。”安家国道，“你接下来要去接触的是他。”

此时，幕布上的图片变成了一个样貌干瘦却目光锐利的中年人。

“他的本名叫冯庆和，只是一般人并不知道。他为旁人所知的名字是九爷。”安家国指着幕布上不时变换的图片道，“冯庆和起家时底子不太干净，不过从二十世纪九十年代后期开始，他就改邪归正，逐渐投资正行生意。当时他参与投资了当时的辉煌公司，所以也算得上是辉煌集团的创始人，是仅次于耿卫国和徐江河的第三大股东。

“冯庆和这人虽然根底不太干净，后来上岸洗白后倒是相当规矩，投资辉煌公司后也很少插手公司的运营，哪怕是后来辉煌公司发展成了辉煌集团。正因如此，他说话才更加管用。我们有一个线人，跟冯庆和有交情，可以让他安排你进入辉煌集团做董事长的行政助理。等你站稳脚跟就可以暗中对其内部进行秘密调查，将牵扯到万古网络平台的证据全都找出来。有没有信心？”

“有。”屠乐乐站起身大声道。

“很好。”安家国点点头，又拿了一个文件袋给她，道，“这里面是你的新身份，给你半小时将其牢牢记住，然后就去怡然茶馆找冯庆和，后续的事情他会帮你办好。”

“明白。”

“有一件事我要提醒你。”安家国郑重地道，“冯庆和并不知道你的底细，所以你的身份不能让包括他在内的任何人知道。他现在虽然已经洗白，当初的江湖习气并未消除，因此很有可能对你的警察身份十分抗拒，为了不给任务造成麻烦，你的身份一定要严格保密。”

“是。”

“另外，你千万不要以为身在辉煌这样的正规公司卧底就可以掉以轻心。你所执行的任务绝对不比去毒贩或者黑社会团伙中卧底容易和安全多少。如果去毒贩或者黑社会里卧底，起码你知道身边都是坏人，肯定不会懈怠，但是现在你身边的绝大多数都是好人，你要完成任务就得先从好人堆里找出坏人，之后才能找到他们犯罪的证据。”

说到这里，安家国稍微顿了顿，注视着屠乐乐，很是严肃地道：“并且我也不怕告诉你，早在你之前，我们就派出过人对辉煌进行调查，但是他已经失踪两个月了，现在是生不见人死不见尸。”

“这么凶残？乐乐姐……”闻言花美颜吓了一跳，目光变得有些闪烁，看向屠乐乐的时候都想要劝她再考虑考虑。

“您说的都是真的？”屠乐乐将信将疑地问道。

“真的。”安家国点点头，指了指投影仪道，“这个案子背后牵扯的利益多达数十亿，足以让很多人为之疯狂，而你要做的正是破坏这些人的利益。你想想看，他们会不会铤而走险，疯狂报复你？所以我希望你一定不要心存侥幸，要谨慎谨慎再谨慎。”

“明白了。”屠乐乐认真地点点头。

“我呢？”花美颜道，“我做什么？”

“你就给屠乐乐做后勤支援吧。”安家国同样拿出了一个文件袋给花美颜，道，“这是你的身份背景，记住了。从你们离开这里后，除非必要，屠乐乐就不要再主动跟我们联系，有需要的话找花美颜转达。”

怡然茶馆位于省城的中山路上，虽然处于最繁华的路段，不过由于采取会员制，茶馆内的茶客并不多，显得清净雅致，给人一种闹中取静的感觉。

将电动车停在门前的众多豪车之中，屠乐乐掏出一张面巾纸擦了擦额头上的汗水，又稍微整理了一下衣服就推门进了这家古色古香的茶馆。

“201，九爷。”屠乐乐朝迎上来的服务员道。那服务员微笑着带她朝二楼走去。

和一楼的茶座不同，二楼之上全都是空间相对封闭的包间，私密性更好。

201茶室外站着一位身形壮硕、样子颇有些凶恶的男人，一身西装也掩盖不住他浑身上下散发出来的力量感。看到服务员带着屠乐乐走过来，他用审视的目光打量着屠乐乐。

“这位客人是来见九爷的。”服务员似乎有点怕这男人，连忙解释，同时停了下来。

“我叫屠乐乐，是蔡和伟介绍来见九爷的。”屠乐乐看着面前这个像打手多过像保镖的男人，表现得十分平静。她自信就算真的打起来，自己也未必会输，说话时自然有底气得多。

至于屠乐乐口中的蔡和伟究竟是谁，其实连她也不太清楚，现在的这些说辞绝大多数来自安家国给她的个人资料。

“知道了。”那男人点了点头，摆摆手打发服务员离开，这才看着屠乐乐道，“九爷已经等你很久了，跟我来吧。”

说着，他推开了茶室的门。

走进201茶室内，屠乐乐才发现里头很宽敞，房内的摆设也是古色古香，给人一种素雅的感觉。室内只有一个人，正优哉游哉地品着茶，还放着咿咿呀呀的京剧。屠乐乐对京剧没有什么研究，自然也听不懂，所以注意力全都放在了品茶人的身上。

这人自然就是九爷，看样子年纪约莫五六十岁，个子不高，身形也很瘦削，身着一件藏青色的唐装，看起来跟那些退了休后闲来无事就在马路边上与人下棋的老大爷没什么两样。

“九爷，人来了。”带着屠乐乐进来的男人走到九爷身边，恭敬地道。

“嗯。”九爷含糊地应了一声，却始终没拿正眼看屠乐乐，仿佛还沉浸在京剧之中。良久之后，他才放下了手里的茶杯，拿起一对核桃，边盘边看向屠乐乐道：“你就是屠乐乐？”

“是。”屠乐乐点点头。

“年轻人能有你这份耐性的不多，尤其你还是个女孩，能站这么久还没不耐烦更不易了。”九爷用锐利的目光打量了屠乐乐一眼，道，“你跟蔡和伟是什么关系？”

“这我也不太清楚。”屠乐乐摇了摇头道，“我之前都没见过他，今天来这边见您，也是我爸打电话告诉我的。”

“哈哈……”听了这话，九爷忽然笑了，“我就说嘛，蔡和伟这老小子怎么会莫名其妙地托我给人找工作，合着也是别人把关系托到了他那边，他推不开就来麻烦我。小丫头，你别担心，既然让你来了，我就不会让你白跑一趟。铁柱子，把东西给她。”

西装男应了一声，拿了个档案袋出来，递给了屠乐乐。

屠乐乐打开一看，发现里头装着的是辉煌集团的员工证件以及工作合同，上面贴着她的照片还写着她的名字。很显然早在她来之前，九爷就把该办的都办妥了，今天不过是来见见她，再决定是否把这些东西交给她。

“谢谢您。”屠乐乐连忙道谢。

“谢就不用了。”九爷摆摆手道，“好好工作，别丢了我的面子也别给我惹麻烦就行，要是遇到了什么难处还是可以找我的。你是九爷我介绍去的，别人不给你面子就是不给我面子，这个场子我肯定会帮着找回来。”

“明白了。”屠乐乐再次点点头。

“那就走吧，明天去上班。”九爷眯起了眼睛，不再看屠乐乐。

“请吧。”名叫铁柱子的西装男做了个“送客”的手势。

屠乐乐也没磨叽，朝九爷再次躬了躬身后转身出了201茶室。

“铁柱子，你看这丫头咋样？”等铁柱子将屠乐乐送出门后，九爷问道。

“挺有礼貌的。”铁柱子想了想，道，“胆子大，我觉得不简单。”

“现在的孩子有几个是简单的，只要不是个白眼狼就行。眼下辉煌耿一鸣说了算，徐杰也跟他一个鼻孔出气，天天拿我当贼一样防着，先前想让这丫头去当行政助理，生生被耿一鸣那小子给撅了回来，要不是徐杰还懂点人情世故，怕是我这张老脸就丢干净了，现在我把这丫头送进去，也不知道对她是福还是祸。”九爷一笑，道，“不过能还了蔡和伟那老小子的人情，这事就算九爷我没白忙。回头你查查她的底子，要是不干净的话，我可得去找蔡和伟好好说道说道。”

“明白了。”铁柱子点点头。

出了怡然茶馆，屠乐乐骑着电动车一路向西，又骑了足有半小时才回到租住的公寓里。

打开门，屠乐乐就感觉到一股凉气扑面而来，禁不住打了个寒噤。花美颜穿着一件大T恤趴在沙发上看电视剧，屠乐乐忍不住道：“喂！花大姐，你有没有搞错！我在外头冲锋陷阵，你就这样给我提供后勤支援呀。”

“那肯定不能。”花美颜都没有起身，只是抬了抬脚，指向不远处的冰箱道，“冰镇啤酒已经给你准备好了，保管让乐乐姐满意。”

“这还差不多。”屠乐乐将档案袋扔在茶几上，先去换了衣服又冲了凉，这才拿着凉啤酒灌了一大口，随后长长地出了一口气，只觉得浑身的炎热消散了一大半。

“乐乐姐，怎么样？那个九爷凶不凶？有没有点黑道教父的派头？”花美颜将电视关了，满脸好奇地问道。

“凶倒是不凶，不过派头还是有一些的。”屠乐乐拍了拍茶几上的档案袋道，“花大姐，明天我就得去上班了，为了上班方便，我会很快搬出这里的。”

“不会吧？”花美颜苦着脸道，“乐乐姐，你要是走了，留下我一个人该多孤单呀。不如这样，反正辉煌集团的大厦离这边也不远，大不了我天天开车接送你上下班。”

“我一个小助理，每天都有人开着奥迪TT接送，花大姐，你是嫌我不够出风头，想让所有人都注意到我吗？”屠乐乐先是否定了花美颜的建议，随后又道，“当初咱俩为什么要从宿舍里搬出来租房，为的就是尽量不引起外人的注意。同样的道理，我搬走也是避免将来有人盯上我的时候从我身边的人那里看出什么破绽来。

“尽管我这次的卧底任务并不危险，可是也很难预料到会遇到什么样的对手，为了稳妥起见，还是小心为上。”

“明白了。”花美颜点点头，道，“那我有事了怎么跟你联系？”

“不是特别重要的事情就用微信吧。”屠乐乐道，“我以前的手机放在你这里，如果我爸妈打电话过来你帮我应付一下，上班后我会使用新的手机和号码。”

“乐乐姐，我会想你的。”花美颜一脸舍不得地道。

屠乐乐随手轻拍了花美颜明净的额头一下，笑道：“少来这套，又不是生离死别，你这样强制煽情是不是有点太过了。”

“可是人家说的都是真的。”花美颜满是无辜地道。

“既然你都这么说了，那我先干为敬。”屠乐乐将刚从冰箱里拿出来的一瓶啤酒递给花美颜，随后把自己手里的一饮而尽。

“啊！”花美颜彻底傻眼了。

这一晚花美颜喝醉了，一直到第二天中午才醒。那时，屠乐乐早就已经离开了。

屠乐乐的心里何尝不伤感，虽说还在同一个城市，彼此会经常联系，但是不在一起终究是不在一起，从此时开始她将孤身一人去当卧底，这种感觉绝对不是一言两语能够说清楚的。屠乐乐将花美颜灌醉，只是不想听她说太多容易伤感的话，因为那只会让自己心里更沉重，所以倒不如痛痛快快醉一场，然后就义无反顾地做自己该做的事情。

辉煌大厦从建成之日起就成了省城中山路上的地标式建筑，同时也成了众多年轻人向往的地方。对屠乐乐来说，倘若她的梦想不是成为一名优秀的警察，能够在这里工作也是一个不错的选择。

尽管屠乐乐已经有了辉煌集团的工作证件，但她毕竟是托了九爷的关系进来的，所以在正式入职前，必须得到人事部门报到。

将电动车放好后，屠乐乐迈步进了大厦，随即就朝着前台走去。

“你好，请问有什么能够帮你的？”此时前台处有个戴着黑框眼镜、身材略显娇小的女孩当值，见到屠乐乐过来她忙起身询问。

这样温和有礼的态度让屠乐乐对她的第一印象非常不错。她瞥了一眼这女孩的胸牌，见上面的名字是温婉，禁不住暗赞道：

"果真是人如其名。"

"我来这里上班，今天报到，请问人事部门怎么走？"屠乐乐微笑着道。

"你从这边的员工电梯上去，到七楼下去左转就能看到了。"温婉看了屠乐乐一眼道。

"谢谢。"

"不客气。"

在七楼的人事部，屠乐乐见到了辉煌集团的人事部经理王雪华。她约莫三十来岁，穿着一身职业套装，戴着一副黑框眼镜，给人的感觉十分沉稳，尤其是当她目不转睛地审视人时，就算是屠乐乐也感到了一些心理压力。

虽然王雪华的言语还算客气，屠乐乐却从中感觉到她对自己似乎并不是那么欢迎。

本来自己跟她就是陌生人，初次见面有一些生疏感和距离感是很正常的事，可是屠乐乐实在想不明白王雪华话锋之中带着的淡淡敌意是从何而来。

尽管想不通，她也不会傻乎乎地当面询问，横竖她只是来辉煌集团执行任务，并不会待太久，能否与这位人事部经理相处融洽其实真的无所谓。

"虽然你得到了股东的推荐，不用经过正常的应聘流程就得到了进入公司的机会，但是入职的流程还是需要走一下的，比如心理测评……"说着，王雪华拿出了一个文件袋，从里头抽出一张纸放在屠乐乐的面前，"我们辉煌作为省内数一数二的集团，对于职员的要求是很高的。这些要求不只体现在学历、专业技能水平上，还有其他方面的考量，所以……"她拿出一支笔，压在纸上，凝视着屠乐乐道，“现在需要你将这份问卷做一遍。我要提醒你一下的是这问卷并不是随便勾选几个就行了，这是公司特意请心理学专家编写的，会直观地反映出你最真实的心理状态，但是这不是一份求职问询表，用不着有意识地展示你的优点掩饰缺点。如果你真心想对自己有一个判断，就不应有任何粉饰；如果试图伪装自己来蒙蔽公司，你将失去入职的机会。我说的你都明白了吗？”

“明白。”屠乐乐点点头。

“那就请吧。”王雪华朝后退开一步，转身走到了一旁，意思很明显，她不会盯着屠乐乐给她造成太大的心理压力和干扰。

其实就算王雪华站在屠乐乐面前，目不转睛地盯着她回答问卷，屠乐乐也不会有丝毫的惊慌。身为一个卧底，要是连这点心理承受力都没有，也就用不着再做卧底了，要不然真跟嫌疑人碰上，被人家一个凶恶的眼神外加三两句狠话一吓就漏了底，别说完成任务了，连自己的生命安全都无法保证。

问卷上的问题本身并不复杂，都是诸如：如果能到一个新的环境，我要把生活安排得……一生中，我觉得自己能够达到所预想的目标等。问题一共三十五道，每道题后面都有些备选的答案，问题不难，但是的确如王雪华所言，能够反映出一个人的情商。一般人回答这样的问题，搞不好就会被绕进去，交不出一份令人满意的答卷。

不过对屠乐乐来说，想要答好这问卷真不是什么问题，因为她同样也懂一些心理学。

屠乐乐在学校时的成绩本来就不错，她又专门学过一些心理学的专著，虽然谈不上是这方面的专家，但是应付一些小的心理测试还是没有问题的。而这份问卷上的问题恰恰就全都撞到了她的枪口上。不夸张地说，如果她愿意，完完全全可以写个最完美的答案出来，只不过她不准备这么做，因为明白过犹不及的道理。尤其现在是面试，而且对面这位王雪华似乎对自己还多少有点偏见，表现得太过出色说不定反倒不是件好事。

屠乐乐思考了一下后，才开始答卷，有些直接勾选，有的则是在上头写出了自己的想法。

王雪华虽然退到了一边，目光却一直没有从屠乐乐身上移开。平心而论，她对于屠乐乐这样走后门进来的关系户是不太喜欢的，不过也不会刻意地刁难。如果屠乐乐的问卷回答得不错就算了，如果不行，王雪华也会按照规章办事。

过了不到十分钟，屠乐乐就完成了问卷，随后她将笔帽盖上，将问卷递到了王雪华的面前："请过目。"

王雪华接过问卷从上往下看，看了几道问题后禁不住嘴角一勾，差点儿笑出来。原来其中一道题是：我常常用抛硬币、翻纸、抽签之类的游戏来预测凶吉。本来的答案是：否、偶尔是、是。可是屠乐乐根本就没有选这些答案，而是直接写道："谁会这么无聊用这种不靠谱儿的方法来预测更加不靠谱儿的事情，人生总有意外，积极面对就行了，何必去搞这种事情自己骗自己。"

此外，还有一道题是：除去看见的世界，我的心中有没有另外的世界。本来备选的答案也是：没有，记不清以及有。而屠乐乐的回答却是：世界这么大，我都没看完，心里的世界留待将来吧。

类似的回答还有几个，有的是吐槽，有的则是直接写出了跟备选答案不一样的内容，让王雪华看了时而忍不住沉思时而又忍俊不禁，不知不觉中对屠乐乐的印象好了一些，在她看来，屠乐乐虽然走了后门，却是个率性的女孩，起码不让人觉得讨厌。

而屠乐乐回答的其他问题，基本上都很不错，总得分也不差，符合招聘的标准。

“欢迎你，屠乐乐，我现在就可以告诉你，你得到了在辉煌工作的机会，不过……”王雪华顿了顿，见屠乐乐神色平静，对她这份沉稳又多了几分满意，“最初的确是准备让你做行政助理，只不过因为某些原因临时有了一些变动，所以你的职位调整成了行政前台，你能接受吗？”

一听这话，屠乐乐虽然脸色依旧平静如初，但是心里不爽到了极点：“这什么情况呀，不是说是行政助理吗？怎么一下子就成了行政前台，虽然都挂着‘行政’俩字，这两个职位可是差了十万八千里。我是来执行任务的，为的是卧底查案子，又不是真的要在这里工作，并且准备从底层做起，完成草根的逆袭，这叫什么事呀！”

不爽归不爽，但是好不容易获得了入职的机会，屠乐乐也不能马上拒绝，只得安慰自己来都来了，就先这样吧，有什么问题回头再去找安处。

“能接受。”屠乐乐道。

“那好。”王雪华满意地点点头道，“你之前领的工作证暂时就不要用了，稍后我会再给你补发一套行政前台的工作证。跟我来吧，我带你去见你的上司。”

随后王雪华带着屠乐乐来到二楼的一个办公室，将她介绍给了主管前台工作的行政经理谢峰。

这个谢峰约莫四十岁年纪，个子不高，微微有些发福，脸上总是挂着笑容，尤其在王雪华面前时更带着几分谄笑。听说屠乐乐即将入职成为行政前台，他当即道：“放心，你将她交给我，我肯定会好好照顾的。”

“那就好。”王雪华道，“既然这样，我就把人交给你了。”

等王雪华离开后，谢峰一改之前满脸谄笑的样子，轻咳一声后板起脸来开始询问屠乐乐的一些情况，听说她是九爷介绍来的，脸上的表情又随之温和了不少。

“走吧，我带你去见见你的同事。”谢峰道，“别小瞧行政前台，这也是相当重要的工作。”

当谢峰带着屠乐乐来到一楼时，前台除了温婉之外，又多了一位美女。身材高挑，长发飘飘，令人忍不住多看两眼。

“李薇薇，这位是屠乐乐，从今天起将成为前台，跟你一起工作。”谢峰道，“你多带一带屠乐乐，让她尽快熟悉行政前台的具体事务，力争把每项工作都做到完美，听到没有？”

“好的。”

那个叫李薇薇的美女答应了一声。

就在此时，感应门向两侧滑开，两个西装革履、样貌俊朗的男人一前一后走了进来。

“董事长好，徐总好。”一见到两人进门，不管是李薇薇、温婉还是谢峰全都躬身问好。

第四章　前台水深

请你仔细想想，你们公司的前台是谁？你还记得和她聊过的内容吗？你能保证从她手里接过的快递是完好无损的吗？也许不经意间，你的秘密就被前台知晓。

屠乐乐来之前看过辉煌集团的资料，对其内部的一些人员，尤其是高层的情况有大致的了解，所以看到这两人时，马上就认出了他们正是现在辉煌集团的实际掌控者。走在前头昂首阔步的那个是董事长耿一鸣，而落后他半个身位的则是副总裁徐杰。

这个耿一鸣还是挺帅的嘛。屠乐乐瞥了俩人一眼，跟谢峰等人一起躬身问好。毕竟她现在是辉煌集团的员工，见到董事长和执行副总裁到来，起码的礼貌还是要有的。

尽管看过一些资料，但是屠乐乐对耿一鸣的了解并不是很多，只知道他年纪不大就出国留学，但是又不像一般的富二代那样花天酒地、混吃等死，而是真真正正学了不少东西，甚至通过自己非凡的商业天赋赚了两千多万美元，还拥有了自己的公司。

不管是在国内还是美国，耿一鸣的这份成绩堪称傲人，只是不知道什么原因，他在今年四月回国，并且从其父耿卫国手里接过了辉煌集团。

而他旁边的徐杰也是个商业精英，同样有着留学国外的经历，但是比耿一鸣提前两年回国，所以早早就进入了辉煌集团，并且参与了不少商业项目，表现相当耀眼。毫不夸张地说，在耿一鸣回国前，徐杰绝对是辉煌集团年轻一代中的领袖人物。

只不过当耿一鸣回来接任董事长之位后，徐杰变得低调了许多。这也让很多人说他跟他的父亲徐江河一样，都是那种名利心很淡、甘于辅助他人成功的人。

“你们好。”耿一鸣点了点头，随即走到前台处刷卡签到。

“董事长也要打卡签到呀？！”见到这一幕，屠乐乐有些诧异地朝李薇薇低声问道。

“原来的董事长当然不会这么做，因为有专用电梯，直接就能从停车场直达顶楼，但是现在的董事长不一样，他是从美国回来的，听说还在硅谷开过公司，所以做派与众不同。”李薇薇看着耿一鸣，眼睛里仿佛要放出光来似的，脸上满是崇拜。

“她是谁？”耿一鸣瞥了一眼还没有来得及更换辉煌集团员工制服的屠乐乐问道。

“她是屠乐乐，刚刚入职的前台接待。”谢峰微微一顿，又轻声道，“是九爷推荐进来的。”

“九爷，我知道了。”耿一鸣皱了皱眉头，又看了屠乐乐一眼，转身朝着董事长专用电梯走去。徐杰也跟了过去。

叮。

电梯门一开一合。

“九爷真是管得有点多了。”耿一鸣有些不爽地道，“他之前不过问集团内的具体事务倒还挺好，最近突然插手人事就有些过分了，尤其是竟然还想往我身边塞个行政助理，他想干什么？”

“可能是受人之托吧。”徐杰笑道，“你也知道，国内不同于国外，更讲究人情，有人请他帮忙，碍于面子他肯定不好拒绝。既然你不想让她做行政助理，这不就让她当了个小前台，反正塞都塞进来了，也就不必再为这种小事上火了，我会盯着她的，不会出什么乱子。”

“阿杰，这不是前台不前台的问题。”耿一鸣沉声道，“我的想法你应该最清楚，咱们辉煌集团要走向强盛，就得一切讲规矩，要是有了制度不执行，那还制定规章制度干什么。偌大的一个集团，要是随随便便有人靠关系就塞进一些不知所谓的人来，那成什么了？草台班子、聚义厅吗？”

“耿董，你的想法我明白，只是九爷毕竟是集团内的大股东，跟伯父的关系一向又很好，若是为了这样的小事得罪他，实在是有些不值得。”徐杰劝道。

“小事？这是小事吗？”耿一鸣怒道，“千里长堤，溃于蚁穴。要是开了这个口子，今天有人这么做，明天有人这么做，长此以往，集团制定的规章制度真的就形同虚设了。”

“那你的意思……”徐杰看向耿一鸣。

“九爷的面子还是要给的。”耿一鸣想了想，道，“既然人都进来了，就暂时让她干些日子，只是集团里的前台工作相当繁重，要是她吃不了苦，受不了累，待不下去自己走了，也不算是咱们驳了九爷的面子吧。”

“我明白你的意思了。”徐杰心领神会地点点头，道，“前台工作还是很重要也很辛苦的，我估计她干不长，但要是她坚持下来，并且干出点成绩呢？”

“前台。”耿一鸣冷笑道，“一个走后门进来的人，又能有什么本事，一个前台而已，能干得出什么成绩，我估计用不了几天她就要走了。”

“呵呵。”

谢峰目送耿一鸣和徐杰进了电梯后，又随口叮嘱了屠乐乐两句就转身离开。

“你好，我叫屠乐乐，今天刚来上班，以后还请多多关照。”等谢峰走后，屠乐乐就热情地跟李薇薇和温婉打招呼。

虽然一下子从事先说好的行政助理变成了行政前台，多少让屠乐乐有些心理落差，不过她很快就调整好了心态。为了完满地完成卧底任务，屠乐乐需要尽快跟身边的人打成一片。尤其像李薇薇和温婉这些早就入职的前台，更是值得她好好结交，因为从她们嘴里就很有可能打听出有价值的情报。

“你好，我叫李薇薇，刚才听温婉说起过你。”李薇薇倒是一点没有某些漂亮女孩的傲慢，很是自来熟地跟屠乐乐聊了起来，并且掏出手机道，“你的微信号是多少，加我一下好友，以后下班了也可以聊天儿。”

“我的微信号就是我的手机号。”屠乐乐倒是并不介意加李薇薇为好友，随口报出了自己的手机号。

“乐乐，你还是别跟她聊了。”温婉拉了拉屠乐乐道，“她现在快中了董事长的毒了，一天到晚全都在考虑着怎么逆袭董事长。”

“目标这么远大？！”屠乐乐低声笑道。

“没错。”温婉点点头，随后不再多说李薇薇的事，而开始给屠乐乐说一些工作上要注意的事情。

“以前老董事长在的时候，工作要轻松不少，现在新董事长来了，比较讲究规章制度，也就变得严格了。”温婉道，“咱们每天早上要早点来，负责监督员工的考勤情况，上到董事长，下到清洁工，都得在这里签到……”

此时李薇薇也结束了走神，过来跟温婉一起给屠乐乐介绍前台工作和一些注意事项。

因为刚才的一番交流和玩笑，李薇薇和温婉都将屠乐乐视为了值得结交的新朋友，所以跟她说话时也就没有藏着掖着，让她获益匪浅。同时屠乐乐也从俩人口中得知，公司的前台除了她俩之外，还有三位，不过今天休班没有来。

“如果想要混得好，最好把这本规章制度给记住了。”李薇薇听温婉给屠乐乐说了许多注意事项，于是半开玩笑地从抽屉里拿出来一本册子放到了她的面前。

“好的。”屠乐乐拿过册子随手翻了一下，点点头。

“你不会真想将它背下来吧？”李薇薇吃惊道。

“可以试试。”屠乐乐道。

“哈……”李薇薇轻笑一声，没有再继续追问，因为她觉得屠乐乐只是在开玩笑。

“哈喽，两位……哦不，三位美女。”此时感应门打开，一个背着造型夸张的皮质挎包、穿着时尚的男子走了进来。他一边朝屠乐乐三人打招呼，一边很自觉地去签到。

“维特，你还是一如既往地来得这么早。”李薇薇抬了抬手算是打了招呼。

屠乐乐瞥了一眼这个被李薇薇叫作维特的男人，只觉得他虽然样子相当俊朗，却不知道为什么，给自己一种很古怪的感觉，屠乐乐看了他几眼又一时想不出古怪在哪儿。

“这位美女，我是维特，很高兴认识你。”签到之后，维特走了过来，朝屠乐乐打了个招呼，笑容满面地道，“晚上要是觉得无聊了，可以找我一起出去玩，周围的酒吧夜店我都很熟的。”

“行了，行了，知道你厉害了。”李薇薇道，“赶紧走吧，要不然真要把乐乐给吓坏了。”

“好吧，三位美女，那我先走了，回头见。”维特潇洒地一转身，迈步就走，将要进入员工电梯时又突然转过身来，翘着一个兰花指指着屠乐乐道，“当你觉得寂寞时，一定要想着我哦。”

“……”

屠乐乐望着这位自来熟到让人有些莫名其妙的家伙，实在不知道该如何回答。如果不是在公司里，有男人敢这样跟自己说话，她肯定毫不犹豫地一拳打过去。

“这位……是个什么情况？”屠乐乐茫然地看向李薇薇。

“别在意，维特没有什么恶意的。”李薇薇笑着道，“他就是这样一个人，热情得有点过分了，尤其是见到女孩子的时候。不过他并不是坏人，说起来，维特也算是我们的好朋友。”

“多好的朋友？”屠乐乐听出李薇薇话里有话。

“男闺蜜。”李薇薇道。

“他是做什么的？”屠乐乐随口问道。

“他是咱们公司的财务总监，他的上司是集团里主管财务的执行副总裁葛辉，靠山硬实，自然在公司的地位也就十分超然了。”李薇薇道。

感应门打开，一位身着职业套装的俏丽女子走了进来。

一看到这女人，即便屠乐乐同样是个女孩，也禁不住想多看两眼，并且在心里暗自道：“真漂亮。”

其实在辉煌集团，美女并不少，不管李薇薇、温婉还是先前对屠乐乐态度古怪的王雪华都算得上是美女，虽然气质各有不同，却各有各的美。

而眼前这位有着不同于李薇薇三人的美艳，当她迎面走来时，不管是男人还是女人，都会不自觉地被其吸引，她的身上自有一种说不清道不明却相当诱人的气质。就像是罂粟花，有着致命的诱惑。

这女子签到后径直离开，从头到尾没有多看屠乐乐三人一眼，更没有打招呼，仿佛这前台根本就空空如也一样。

“哼！牛气什么呀，不就是有几个臭男人追嘛。”李薇薇很是不屑地撇了撇嘴，道，“再妖艳，董事长不照样不动心，吸引的都是些满脑袋色欲的土鳖罢了。”

“她是什么人？”屠乐乐见李薇薇对她很是不忿，也不知道是俩人本来就有什么旧怨，还是单纯的美女之间气场排斥的缘故。

“她叫韩雪艳，”李薇薇道，“今年三月刚入职，然后就引来了一帮狂蜂浪蝶追逐。维特跟她打了几次招呼，结果就被她的那些狂热追求者盯上了，要不是当时遇到婉婉帮他解围，说不定维特就惨了。也是从那次之后我们才成为好朋友的。”

“你总叫他维特，这是他的真名吗？”屠乐乐刚才听李薇薇说了维特的职位，对他产生了浓厚的兴趣。

“不是，这只是他的英文名。”李薇薇道，“他的中文名叫李恪。”

“大唐三皇子？”屠乐乐一听这名字就忍不住道。

“呀！你知道？”李薇薇一愣，惊喜道，“难道你也喜欢看网络小说？”

“嗯。”屠乐乐道，“我比较喜欢看架空历史的，所以知道这名字。你呢？”

“薇薇喜欢看霸道总裁爱上我。”温婉冷不丁插了一嘴。

“有品位。”屠乐乐竖着拇指道。

“还是乐乐了解我。婉婉，你是不会明白霸道总裁的好的。”李薇薇一脸陶醉地道。

“我当然不明白，因为我压根儿就不稀罕。”温婉小声说道。

“绝交吧。”李薇薇佯怒道。

三人一边说话，一边各自忙碌。除了监督集团内的员工们签到之外，还有不少事情需要准备。

前台工作看起来简单，可是需要做的事情相当多，也相当烦琐。尤其辉煌集团这种大企业，内部的员工分工细致，工作也会随之变得越发琐碎，而其中不少是绝对离不开前台的。屠乐乐初来乍到，自然是干不了相对复杂的工作。比如办公用品的盘点工作，对办公用品的领用、发放、出入库做好登记；统计公司员工的考勤情况，考勤资料存档；复印、传真和打印等设备的使用与管理工作，合理使用，降低材料消耗；整理、分类、保管公司常用表格并依据实际使用情况进行增补，以及做好会前准备、会议记录和会后内容整理工作等。

诸如清洁卫生、接收快递等简单的工作屠乐乐还是可以胜任的。而李薇薇和温婉也很乐意将这些交给她，一是让她尽快适应前台工作，二是将自己的工作减轻一些。

在此期间，有李薇薇和温婉的介绍，屠乐乐将集团内的头头脑脑认识了七八成。她们的主管上司即行政经理谢峰，更是给屠乐乐留下了相当深的印象。

只不过这种印象并不好，因为她注意到这个谢峰不但在自己面前摆架子，说话时装腔作势，看李薇薇时虽然竭力装出一本正经的样子，目光中却总是带着几分色眯眯的意味，让人见了不由得心生厌恶。

“薇薇，你要小心点谢峰，他不像是个好人。”等到谢峰离开后，屠乐乐小声提醒李薇薇。

“谢谢你提醒，我心里有数。”李薇薇握了握拳头道，“他要是敢对我有什么想法，我就让他知道我苦练了七八年的跆拳道的厉害。”

“你心里有数就行了。”屠乐乐只是善意提醒，见她早有提防也就不再多说。毕竟交情浅，有些话点到为止就好，说多了反倒会惹人反感。

执行副总裁办公室里，谢峰正毕恭毕敬地站在徐杰的老板桌前。

“你看到刚刚入职的那个前台了吗？”徐杰把玩着一支金笔，看着一脸恭顺的谢峰问道，“就是那个叫什么乐乐的女孩。”

“见到了。”谢峰连连点头，满脸堆笑道，“表弟，您有什么吩咐？”

“叫我副总，这里是公司，不是家里，你再敢叫我表弟，就给我卷铺盖走人。”徐杰眉毛一挑，用手指敲了敲桌面，沉声道，“不管是在我这里还是在公司里，都不要叫错了，要不然的话，不管你是不是我表哥，都得给我直接走人，明白吗？”

“是。”谢峰唯唯诺诺地道，“我记住了。”

徐杰道：“这个女孩是九爷推荐进来的，当初九爷本来想让她当行政助理，不过被董事长给拒绝了，只是九爷的面子不能不给，于是就将她放在了前台。”

“您的意思是让我多多照顾一下屠乐乐，好给九爷个面子？”看着脸色平静的徐杰，谢峰猜不出他这话到底是什么意思，于是试探着问了一句。

“当然不是。”徐杰摇了摇手里的金笔道，“之前董事长不想让这个屠乐乐进来，我好说歹说才让他改了主意，已经算是给足了九爷面子，现在又何必再画蛇添足。我叫你进来，是告诉你，董事长不希望屠乐乐继续留在集团内，但是又不能直接将她开除，要不然会彻底得罪九爷，所以希望屠乐乐能够因为工作失误或是受不了烦琐的工作而自己离开。这样既能达到目的，将来九爷问起来也有个交代。这种小事自然用不着我亲自出马，就要由你来办了，接下来怎么做不用我教你了吧？”

“我知道怎么做了。”谢峰点点头，笑道，“您放心，我保证，用不了三天她就会乖乖地卷铺盖走人。”

徐杰伸出一根手指晃了晃，道：“三天还是太短了，我给你一周时间，把事情做得漂亮一些，别回头让九爷知道了找上门来兴师问罪，大家脸上都不好看。”

“您放心，我一定把这事办得妥妥的。”谢峰谄笑道。

“你的能力我还是信任的，那就去吧，等你的好消息。”徐杰摆摆手道。

谢峰一脸恭顺地出了执行副总裁办公室，冷然一笑，想道：“屠乐乐，你的运气不好，活该当我往上爬的垫脚石，谁叫你走通了九爷的后门却得罪了董事长呢，要是被我赶走了，将来也别怪我。”

第五章　不存在的营销部

辉煌集团存在第二营销部吗？新入职的员工并不知道，老员工三缄其口。不过，所有人都默认一个事实：第二营销部的存在是高层不愿提及的隐秘。今天居然有人来找第二营销部谈生意？屠乐乐觉得机会来了。

屠乐乐并不知道自己上班头一天就被人给惦记上了，并且还是直属上司想要把她赶走。

此时的她正忙着接收快递。

整个辉煌集团的员工说多不多说少不少，粗略一算也有千余人，其中有至少三四成喜欢网购，并且都把收件地址写成公司，这也就意味着，前台每天都要负责接收数量相当多的快递。这还是属于员工的私人快递。此外，还有不少是公司跟客户之间业务来往所必不可少的快递邮包。

这些全都会聚到前台，其工作量绝对不算小，特别是当几家快递公司的快递员同时来送快递时，光是负责签收，就够屠乐乐等人忙上一阵子的。

幸好屠乐乐在家里没少跟着父母收发快递，可谓是驾轻就熟，由她接手之后顿时事半功倍。只是屠乐乐心里很不舒服，现在所经历的这些跟她想象中的卧底实在是差距太大了，简直就是天渊之别，她真的有些难以接受。

就算卧底没有尔虞我诈，没有各种惊险刺激，起码也该跟自己要调查的人和案件沾点边吧？可现在自己在干什么？在收快递！如果自己想要收快递的话，干吗当初还要报考警察学院，干吗还要费尽心机地想办法争取到当卧底的机会？自己直接回老家去陪着父母经营快递站就行了，到时候想收多少快递收不了？

屠乐乐越想越觉得憋屈，脸上却没有显露出来，依旧忙着手里的工作。

“乐乐，你真厉害。”收完了一拨快递后，李薇薇一边喘气，一边朝屠乐乐竖了竖大拇指道，“以前只有我和婉婉，得二三十分钟才能把这些快递收好，现在有你在，竟然只用了不到十分钟，并且还放得井井有条，有谁的快递只要下班时直接领走就行了，再不用在一堆堆快递里翻来翻去，还让我和婉婉总受埋怨。”

“没错，没错。”温婉点点头道，“乐乐的确厉害。”

“为了感谢乐乐的到来帮咱们分担了许多工作，所以我决定今天的午饭我请。”李薇薇很是大方地道。

“谢谢你的好意，不过我今天刚入职，还有些私事需要处理，就先不跟你们一起去吃饭了。下次我请，好不好？”屠乐乐当然知道跟李薇薇和温婉一起吃饭可以增进彼此的关系，对于将来自己执行任务有好处，只是一想到任务，还有现在自己干的工作，她就一阵火大，急切地想找安处说道说道。

“好吧，那就下次吧。”李薇薇笑着点点头，倒是颇为理解，并不介意。

正在此时，大厅的玻璃门被推开，一个身穿西装、拎着公文包的三十来岁的男人走了进来，径直走到前台道：“我是飞腾有限公司的业务经理张烨，有一笔生意要跟你们辉煌集团谈，一个月前，我们曾经跟第二营销部的魏经理联系过，只是昨天我给他打电话却打不通了，所以我现在亲自过来想要跟他面谈。”

“第二营销部？魏经理？有这么个地方吗？”听到张烨的话，屠乐乐顿时就有些蒙。虽然她今天刚刚来上班，但是对辉煌集团已经有了一个大概的了解，她在心里将包括最上头的董事长以及四个副总裁外加一众董事会成员，还有各个部门总经理的名字在心里都过了一遍，虽然发现有两个人姓魏，可都不是营销部的，她甚至根本就没听说过集团内还有个第二营销部。可是通过面前这人的表情、语气来判断，他说的明显都是真话，不是编造出来的部门和人，这就让她有些匪夷所思了。

“张经理，您先稍等一下。”李薇薇注意到屠乐乐在发愣，连忙走过来将她拉到一旁。温婉微笑着给张烨送上了一杯水，请他少安毋躁。

“薇薇，这是怎么回事？”屠乐乐看着李薇薇道，“咱们集团里有第二营销部这个部门吗？”

“其实吧，还真有，不过现在已经名存实亡了。”李薇薇露出了一丝尴尬，小声道，“是这么回事，一个月前，咱们集团里的确有个第二营销部，那时候主管营销的副总裁不是现在的何桥远何副总，而是陈喜庆，只是后来不知道什么缘故，陈副总就跳槽了，并且直接将他手下的业务骨干一起带走了。对集团来说，这是个地震似的大事件，因为闹得太大，后来集团内部下了封口令，不让私下里议论了。”

“你这么说我就明白了，怪不得我根本就没听说过第二营销部呢。”屠乐乐恍然道。

“你没听说过，这个第二营销部却切切实实地存在着。”李薇薇道，“以前陈副总在的时候，营销部一共有两个，他走后基本上把两个营销部的人都带走了，后来何副总接任，只能先重建第一营销部，而第二营销部就扔到一边让他们自生自灭了。”

“什么意思？”屠乐乐一下子没听懂。

“陈副总走的时候带走了绝大部分人，但是留下了几个刚刚招聘来的，后来陆续走了两三个，现在还剩下俩人待在第二营销部。”李薇薇朝屠乐乐眨眨眼道，“你也懂的，一朝天子一朝臣，这俩人虽然刚刚入职就遇到了这种事，可他们毕竟算是陈副总时期的人，所以何副总并不会用他们，而他们也不甘心就这么离开，一直赖在第二营销部。”

“那他们现在在哪儿？”屠乐乐看了李薇薇一眼，道，“既然这位张经理是来找第二营销部的，不如就带他过去见见。”

“他们……在十三楼。”李薇薇道。

“十三楼，那不是仓库区吗？”屠乐乐一惊，满是诧异地看着李薇薇。

“是呀，由于他俩不肯主动辞职，集团又碍于合同不能辞退他们，就将他们打发到了仓库区。不过对外，他们还算是第二营销部的人，就是上头没有经理和总经理，只有两个业务员而已。”李薇薇道。

“这两位业务员真够可以的，叫什么呀，回头我可得好好见识一下。”屠乐乐好奇道。

“一个叫蒋文浩，一个叫范小盟。”说到这儿，李薇薇眼睛一亮道，“说起来那个蒋文浩还挺帅的，听说也是名校毕业，本身业务能力很强，可惜运气不好，刚刚被招聘过来就遇到了这种事，结果就尴尬了。”

“我要等到什么时候？”张烨喝了两口水，见屠乐乐和李薇薇站在一旁嘀嘀咕咕也不知道说什么，顿时就急了。

“不好意思，让您久等了，我今天刚来上班，所以对一些情况不太了解，这样吧，我带您去第二销售部好了。”屠乐乐正想在集团内部转转呢，自然不会错过这个现成的机会，于是走过去微笑着道。

整个十三楼都是仓库区，但是内部又分成数个区域，各个区域都放着东西，屠乐乐第一天上班自然是无从得知，对现在的她来说也不必过多关心这些。她此时首先要做的就是领着张烨，找到位于十三楼D3区的第二销售部。

屠乐乐一边走，一边打量四周，发现13楼虽然是仓库区，但是内部还是相当干净的，并且十分有条理，起码没有给人一种一提到仓库，就会想到各种杂乱无章以及灰尘乱飞的感觉。

除了偶尔有一两个推着板车的人出现，整个13楼整体上是很安静的。而那些推板车的人见到屠乐乐一个前台带着人出现在这里，目光中不禁闪过一丝惊讶，只是谁也没有拦住他们询问究竟。

毕竟仓库区不算格外要保密的地方，因此来到这里并不需要太高的权限，尤其是前台。因为工作需要，前台往往会来领取各种耗材物料什么的，出现在此处再正常不过，但是后面跟着个外人，就有些奇怪了。

对于别人目光的注视，屠乐乐表现得十分平静，偶尔还会回头跟张烨微笑着聊两句，免得让人家有被冷落的感觉。

没走多远，屠乐乐就带着张烨来到了D3区，也就看到了传说中的第二销售部。

所谓的第二销售部，现在绝对寒酸到了极点，连个像样的屋子都没有，就在仓库的一角。角落里放着一张有些老旧的桌子，桌子一角钉了个钉子，挂了个不知道从哪弄来的牌子，上面写着“第二销售部”，这一切任谁看起来都会认为是个草台班子。

唯一让屠乐乐觉得李薇薇没有骗自己的，就是她真的看到了这里有俩人，想必就是李薇薇提到过的蒋文浩和范小盟了。

这俩人一个规规矩矩地坐在那张有些破的桌子上，正拿着一本书看，从他专注的样子来看，感觉他像是在研究什么万分要紧的项目似的。而另外一位则有些胖，背对着屠乐乐坐在桌子上，给人一种吊儿郎当的感觉。

此时，身材稍胖的人正在说话：“浩哥，你就别看了，这么一本破规章制度你都看了多少日子了，快能背了吧？就算你记得再熟，有用吗？咱俩现在还不是被扔在这里发霉，说不定哪天就被开除了。”

“有用，当然有用。”看书的人依旧在认真地看书，道，“我记住每条规章制度，就免了犯错误。把我扔在这里，我无话可说，但是想要开除我，想都别想，除非他们把我辞退，然后按照合同补给我三年的工资，否则我是绝对不会像其他人那样乖乖离开的。”

“浩哥，你真是我的哥，服了你了。”身材稍胖的这个人正是范小盟，他道，“你还看不出来吗，集团把咱们扔在这里，摆明就是要咱们知难而退，你难道要跟他们斗争到底？”

“要是达不到目的，斗一斗也未尝不可。”看书的是蒋文浩，他道，“反正现在咱们有最基本的工资，虽然撑不着但也饿不死，而按照当初签的合同，咱们也不能主动离职，要不什么补偿都没了，那就只能这样撑下去了。你呢，怎么不走？”

“我是不走吗？我只是找不到更好的工作，眼下就只能陪着你在这里待着了，愁死我了！”范小盟很无奈地叹了口气。

“咳咳……”听着俩人的牢骚话，屠乐乐算是明白了俩人究竟是怎么回事，只是这样的话不能再让他们说下去了，要不然被后面的张烨听到了，怕是送上门的生意都得泡汤。毕竟换成是谁，都不可能跟如此明显被扔在这里发霉的两个业务员谈生意吧。

“哎哟喂，美女，您哪位呀？”范小盟听到了屠乐乐的轻咳，先是一惊，随即扭过头来，同时跳下了桌子，脸上却已经堆起了笑容，道，“以前没见过，新来的啊，我叫范小盟，现在是第二销售部的业务经理，以后多联系，相互关照。”

看着范小盟那张略微有些胖，但是并不油腻，同时笑容又很灿烂的脸，屠乐乐忽然觉得他真的很有做销售人员的天分。反正换成自己，未必能够做到这样娴熟地完成一个情绪的转化，并且给人的感觉，好像他之前并不是很不雅地坐在桌子上，而是刚从二三十万的真皮沙发上起身迎接自己的客户似的。

“你们好，这是飞腾有限公司的业务经理张烨，他之前跟魏经理联系过，今天过来有事要谈。”屠乐乐朝旁边迈了半步，让身后的张烨现身，同时微笑着将其介绍给蒋文浩和范小盟。

“魏经理啊！”范小盟眼珠子一转，朝着张烨伸出了手，再次做了个自我介绍，随即对他介绍旁边已经站起身走过来的蒋文浩，“魏经理已经离职了，这位是我们第二销售部的新任总经理，蒋文浩。”

“你好，我是蒋文浩，现在主管整个第二销售部，有什么想要谈的可以跟我说。”蒋文浩伸出手跟张烨一握，态度沉稳，不卑不亢，给人一种值得信赖的感觉。当然，如果不是所处的环境实在太过寒酸，他自称是总经理说不定还真就有人会相信。

张烨笑着跟蒋文浩握了握手，倒是没有马上戳穿他。毕竟他们这种常在外跑的销售人员，基本上都是职称随便挂，需要的时候自称个业务经理，甚至总经理都是很正常的事，只要能够让客户信服，能够拿下单子，一切都是浮云。

“两位先聊着，我去给你们弄点茶水。”范小盟笑着说道，随即朝一旁的屠乐乐使了个眼色，转身离开。

“什么事？”等到了张烨和蒋文浩的视线之外，屠乐乐才低声问道。

“美女，这问题得我问你才对吧，这什么情况？这人什么路子呀？”范小盟看着屠乐乐道，“你这不会是耍我们呢吧？第二销售部都快死透了，突然来一单子，咋跟做梦似的。”

“我跟你们又不熟，何必费这么大劲耍你们玩？况且人家自己送上门的，能不能抓住就要看你俩的本事了，要是有了这个单子，说不定第二销售部就能起死回生了。”屠乐乐说道。

“你说得很有道理呀，搏一搏，单车变摩托，可问题是……这要是砸锅了，那也挺麻烦的，搞不好就得被扫地出门了。”说着，范小盟将手伸进口袋，掏出了一盒香烟。看样子他是想要来上一根，好让自己能够痛下决心。但凡烟民都是如此，面对为难的事情以及思考要紧事时会不自觉地想吸烟。

“别怪我没提醒你，你要是点着了这根烟，不等你将这单生意搞砸，就很有可能被开除。”屠乐乐指了指旁边墙上贴着的大大的禁止烟火的标志道，“这里禁烟，并且还有摄像头。”

说着，屠乐乐瞥了一眼安装在墙上的摄像头。

“我知道，问题是哪里没有摄像头？”范小盟很是不爽地道。

“你跟我来。”屠乐乐带着范小盟朝旁边走了七八步，站在了一个小角落里道，“以我的估计，这里正好是附近所有摄像头的盲区，只要你不吸太多，将烟雾警报器弄响，那么你可以尽情吸。”

“真的？”范小盟有些不敢相信地看了看四周，又看了看屠乐乐，用一种怀疑的口吻道，“我在这里待了快一个月了，都没摸清楚摄像头的盲区，你刚来了一趟就知道了，我怎么觉得不太可能呢？你不会是集团派来坑我们哥儿俩的吧？”

“你爱信不信，爱吸不吸，我先去端点茶水过来。”屠乐乐当然不会告诉他，发现摄像头并确定其盲区本就是自己身为警方卧底必须要具备的技能。要不然需要潜进来寻找一些重要证据的时候，连摄像头都躲不过，岂不是糟糕了？

“这位美女真有性格！”见屠乐乐离开，范小盟怔了片刻，不禁暗暗咋舌，随即想了想，还是点燃了一根香烟，因为他真的需要思考一下如何拿下这一单。

屠乐乐离开没多久就回来了，同时带来了茶水、咖啡等招待客户的东西，甚至还有一个烟灰缸，至于用不用得上就不好说了。

范小盟也差不多吸完了一根烟，见她回来，随即把烟头掐灭，跟着她走过来，低声道："我决定了，干了。"

屠乐乐微微一笑，没有说话。

"请用茶。"回到D3区的旧桌子旁，屠乐乐给张烨和蒋文浩倒上了茶水。看得出来，俩人在她跟范小盟不在时，已经谈过了，并且似乎都没有能够说服对方，气氛也就显得有些僵持。

"我想吸根烟，方便吗？"张烨拿出香烟来问道。

"这个……"蒋文浩想要拒绝，因为他可没忘记这里是仓库区，并且是禁烟的，如果让张烨吸了烟，被抓到的话这个锅就得他背，到时候集团正好将他们开除，而且一分补偿都不用给。可是他又不好拒绝，毕竟客户是上帝。上帝想吸烟，你却不让他吸，请问，你还要生意吗？

"方便，方便，不过……"范小盟插了句嘴，他真怕蒋文浩一口拒绝，但是他也不知道哪里能够吸烟还不被摄像头拍到，于是只能看向满脸公式化笑容站在一旁的屠乐乐，向她求助。

"张经理，请跟我来，我们这里虽然略显简陋，但有专门的吸烟区域。"屠乐乐微笑着做了个"请"的手势，而后带着张烨朝旁边走了几步，来到一处位于角落却又靠近窗户的地方，既能吸烟又可以看看风景，还算是不错。

"您请自便。"说完，屠乐乐转身就走了回去。

"文浩，怎么样？能不能拿得下来？"屠乐乐回来时，正好听到范小盟在询问蒋文浩跟张烨谈判的情况。

“谈倒不是谈不下来，只是这个张经理相当狡猾，他来的时候明显是听到了咱俩的话，根本就不信咱俩是总经理和经理，所以知道咱俩现在正在泥坑里，需要这笔单子救命，因此一直在压价，还说如果咱们谈不拢，他就去找第一销售部。”蒋文浩眉头微皱，有些发愁。

“这是在要挟咱们啊！”范小盟顿时有些不爽地道。

“这不是关键，要挟咱们也只是谈判的技巧罢了，没什么大不了的，关键是咱们怎么才能拿下这一单。”

蒋文浩轻轻敲了两下桌子，道：“有一点他真说对了，咱们的确是很需要这一单生意，这至少可以让咱俩过得舒服一些。所以，这一单只能拿下，但是又不能让价钱压得太低，否则集团里没了利润，咱俩也得不到什么好处。”

“要我说这事都得怪魏经理，人走了，客户的信息也带走了，让咱们俩现在两眼一抹黑，完全摸不准对方的底线，根本就没有办法谈嘛。”范小盟揉了揉太阳穴道。

“不对，你说的不对，并不是没办法谈，而是你没有发现真正的突破口。”听俩人说话时，屠乐乐的目光时不时地打量着不远处的张烨，此时她转过头来看向他俩道，“依我看，不仅是你们需要这份单子，那位张经理也一样。”

“你怎么知道的？”范小盟问道。

“如果他不着急的话，何必这样急匆匆地来咱们集团，像这样的生意，事先总得打个招呼吧？来得急，说明他有很急切的需要。”说到这儿，屠乐乐偷偷指了指正在吸烟的张烨，道，“他在吸烟，说明他现在也有些焦虑，所以需要烟草来缓解一下情绪，这点跟你刚才吸烟是一样的。”

说着，屠乐乐瞥了范小盟一眼。

“小盟，你不怕被开除吗？”蒋文浩瞪了范小盟一眼道。

“放心吧，经过这位美女的指点，我是站在摄像头的盲区内吸的烟，神不知鬼不觉，没事的。”范小盟得意地笑道。

“光凭这个也并不足以证明你刚才所说的吧。”蒋文浩认真打量了一眼屠乐乐，道，“也许他只是烟瘾犯了，并不是你所谓的焦虑。”

“你说得没错，单纯只是吸烟并不能说明什么，但是加上他即便是吸烟时眉毛都上扬并挤在一起，并且还不时摸一摸自己的脸就很能说明问题了。这些微表情都表明他现在有些焦虑、担忧和紧张。”

屠乐乐看向蒋文浩道：“他不是罪犯，咱们也不是警察，那么他在害怕什么，紧张什么？”

“十有八九就是这次要谈的生意了。”范小盟很配合地道。

“没错。”屠乐乐打了个响指道。

“你说的微表情，我倒是听说过，可是靠谱儿吗？”蒋文浩有些不放心地道，“你怎么会懂这些？不会只是从电影电视里看到的吧？”

“我以前看过这方面的书，自信还是学得不错的。”屠乐乐当然不能说自己当初在警察学院时学过类似的课程，并且成绩还不错，只能随口编个理由，“你要是不相信就算了。”

“我不是不相信你，只是能不能确定他真的很着急，完全决定了接下来怎么谈，要是说对了还好，要是你说错了，搞不好就会谈崩的。”蒋文浩皱了皱眉，摸了一下鼻子道。

“你看，嘴上说我不是不相信你，实际上心里还是不相信。”屠乐乐指了指蒋文浩道，“还有你刚才说话时，眼神漂移，根本就没有看我，这表明刚才所说的话并不是你心里的真实想法，而现在你的目光又在漂移了，是不是又想反驳我，你刚才并没有怀疑我说的。更重要的是你摸了一下鼻子，而这样的微表情恰恰就代表着说谎。”

“好吧，你说对了，我承认刚才的确不怎么相信你的话，现在我信了。”蒋文浩连忙说道。

“信不信我其实没什么关系，毕竟谈判这种事本来就与我无关。”屠乐乐道，“我只是希望能够帮到你们。另外，你不要小瞧微表情，因为这些都是无意识的，也不是能够自行控制的，所以很能说明问题。如果能确定他跟你们一样需要谈成这一单生意，你们就算占不了完全的主动，起码也不会太过被动，不是吗？”

“你说得没错。”蒋文浩想了想，道，“那我们就按照你说的谈一谈好了。”

“希望你们能成功。”屠乐乐微笑道。

张烨吸完烟，重新回来跟蒋文浩细谈。不过屠乐乐没有继续听下去，毕竟她在前台还有要做的事情，不可能一直待在第二销售部。

“美女，告诉你个好消息，这笔生意谈成了。”下午将要下班时，蒋文浩和范小盟一起送张烨下来，范小盟满脸笑容地告诉了屠乐乐这个消息。

“那就恭喜你们了。”屠乐乐道。

“全是托了你的福，稍后我们拿到了提成就请你吃饭，好好感谢一下你。”范小盟开心地道。

“说什么呢，这么开心？”蒋文浩送走张烨后，回来看到范小盟和屠乐乐正在说话，问了一句。

“我正说请她吃饭呢。”范小盟道。

“谢谢你，这次全靠你帮忙我们才能顺利拿下这一单，请客是肯定要的。”蒋文浩朝屠乐乐伸出了手道，“我叫蒋文浩，是第二销售部的业务员。”

“我是屠乐乐，这里的前台。”屠乐乐跟他握手。

虽然蒋文浩和范小盟盛情邀请，屠乐乐还是婉拒了他们。下班后，屠乐乐打了个电话给安家国，约他见个面，随后骑着她的电动车离开了公司。

第六章　临阵打起退堂鼓

我当卧底，是去查案子的，即使不像《无间道》，也不能每天收发快递啊。屠乐乐不开心，想退出。

本来屠乐乐只是想单独见一见安家国，可没想到她骑着电动车没走出多远，花美颜就打来了电话，一接电话她就被问到晚上有没有时间，要不要一起吃个饭。屠乐乐当然是没时间，原因自然也就随口告诉了花美颜。

让屠乐乐没想到的是，花美颜强烈要求一同前往，还说要帮着她一起质问安家国。

花美颜这么讲义气，屠乐乐自然不好拒绝，只是一想到以往每次见到安家国，花美颜都乖巧得跟个猫似的，她就实在很难指望花美颜能帮自己多大的忙了。精神上支持一下就算很不错了。

有了花美颜同行，屠乐乐自然就用不着再骑电动车了。事实上，屠乐乐刚挂了花美颜的电话，就看到她出现在自己的视野中，这让屠乐乐都有些怀疑她是不是一直都在辉煌公司附近待着。

“乐乐姐，咱们去哪儿？”花美颜打开车门时问道。

屠乐乐说了约定地点，坐上车系好安全带后就看着窗外的车流发呆。

“怎么了？无精打采的样子。”花美颜一边开车一边关切地问道。

“只是觉得有些没意思，今天这一天班上得实在是太无聊了。”屠乐乐难得找到了可以倾诉的人，直接开启了吐槽模式，将心里的各种不爽全说了出来。

花美颜绝对算得上是最佳听众。她一边开车一边听，偶尔插上几句嘴帮屠乐乐鸣一下不平，让屠乐乐郁闷的心情总算是找到了一个宣泄处。

半个多小时后，屠乐乐和花美颜就在一个小饭馆的包间里见到了安家国，跟他同来的还有李增生。由于以前见过，屠乐乐对他并不陌生。

“来，来，坐吧，先喝点水，有什么话慢慢说。”安家国见屠乐乐脸色不好，微笑着招呼她和花美颜坐下，张罗着让她点菜。

“安处，吃喝什么的先不急，我现在也没那个心情。我想问，您说好的，我进入辉煌后会担任行政助理，怎么就莫名其妙地成了行政前台？您说说看，我这究竟是去做卧底执行任务的，还是跑辉煌打杂去了？接电话、打印资料、接待客户、分发快递……这难道就是您所谓的卧底工作吗？”

虽然之前屠乐乐已经跟花美颜发了一通牢骚，可是此时见到安家国，心里的火气又猛然间蹿了出来，她越想越觉得自己被坑了，更让她郁闷的是，还是自己千方百计地跳进了这个烂泥坑，太令人不爽了。

“安处，您之前跟我说，这个任务看似平淡，实际上很危险，说实话我并不害怕危险，只要是真正在执行任务，再怎么艰难危险我都不怕，可现在呢？难道卧底就是在前台天天收快递？难道这样就能查出大案子？如果以后要做的都只是这些事情，那我宁愿退出这次任务。我来当卧底不是为了干这些事情的，要不然我完全可以去其他警局当内勤，实在不行我不当警察，回家都可以做这些。”越想越不忿，屠乐乐的情绪也变得有些激动，声音比之前大了不少。

相比其他同龄人，屠乐乐要更成熟、稳重一些，但是她终究是个年轻人，热血满腔的时候也就免不了冲动。当现实和理想之间的落差实在太大时，她难免会心生怨气。

“屠乐乐，你的心情我能够理解……”安家国笑着说道。

屠乐乐抬头看了安家国一眼，本想怼他一句：你又没像我似的，明明去当卧底，结果却成了个前台，怎么会明白我的感受？话到嘴边，最终还是没有说出来，不过屠乐乐嘴角泛起的不以为然的笑容却出卖了她的想法。

“你不要以为我是在忽悠你，不瞒你说，我年轻时也做过卧底，而且起点比你现在还要低，后来也是咬着牙慢慢熬，最终把任务给完成了。具体我执行的任务是什么，因为保密原则不能跟你们说，但是你的心情我是能够明白的，你现在总有种空有一腔热血和激情却没有地方用的感觉，我懂，但是我要跟你说的是，你现在执行的卧底任务，最要不得的就是这种浮躁和冲动。”

安家国用手指敲了敲桌面，吸引了包间内所有人注意力的同时，继续对屠乐乐道：“卧底，最重要的是融入你所在的环境，成为你要侦查的人中的一员，这样你才能靠近他们，了解他们，然后找出他们的罪证。

“屠乐乐，你不要以为自己现在做的事情很平淡乏味，我告诉你，你现在的感觉是个错觉，因为一切都只是刚刚开始而已，就像是一本书你刚读了序言，又怎么会知道后面的部分不精彩不刺激。说实话，我是不希望你在任务中遇到惊险和刺激的，因为那意味着你的生命安全受到了威胁……”

听到此处，屠乐乐的呼吸变得有些急促，她并不是害怕，而是兴奋。她从来都不怕危险，怕的是太平淡。现在听安家国这么一说，她忽然间又对自己的任务有了期待。

“作为警察，咱们经常会见到为了几万十几万就杀人的命案，甚至为了几百块杀人的都有，这么点钱就可以让一个人丢掉性命，更不要说你现在执行的任务涉及的金额是数以亿计的。可以想象，当有一天你查出一些证据并触及了那些罪犯的利益时，他们会做出多么疯狂的举动。这才是我一直担心的，我曾经数次犹豫该不该让你这样一个柔弱但没有什么韧性的女孩来参与这么危险的任务，并且去担任卧底，现在从你的表现来看，我的担心是很有必要的，而我的确看走了眼，看错了你，你要退出，这样很好，我不会反对，你回去后给我打个正式的申请报告，我会马上批准的……”

“别，安处，我错了，我不该闹小情绪，刚才都是在开玩笑的，我保证，以后肯定会踏踏实实扎根在辉煌公司的前台，好好地执行任务。”本来已经听得热血沸腾、跃跃欲试的屠乐乐听到安家国后面的话，当场就后悔了，她连忙站起来表态，生怕安家国真的把自己给撤了。要是真跟这样的大案子失之交臂，她会郁闷一辈子的。

“不退出了？”安家国看着屠乐乐说道，目光中带着几分不信任。

“不退出了，我说到做到。”屠乐乐大声保证。

“那好吧，我就再信你一次，真想退出时，你就跟我说，虽然说任务很重要，但是你们这些年轻人的生命也很重要，我是真的不想让你们这么年轻就牺牲在跟犯罪分子的斗争中。”安家国满脸沉重地道。

“安处放心，我保证完成任务。”屠乐乐再次立正道。

“鉴于你现在已经成了行政前台，那就暂时做前台吧，毕竟太频繁地改变你的职务只会引起别人的注意，对你的潜伏不利，而作为前台也有许多的便利，起码可以在不引人注意的前提下进入各个部门，有利于你收集证据。从现在开始，你的任务也由最初的调查辉煌集团高层调整为调查万古网络平台的财务情况，你刚才提到过的维特是个不错的突破口，好好经营一下跟他的关系，很有可能从他那里得到有用的证据。”

“明白。”屠乐乐答应道。

又问了一些执行任务需要注意的细节后，屠乐乐没留下吃饭，朝花美颜使了个眼色之后就告辞离开了。

“安处，据我所知，屠乐乐要执行的这个卧底任务，并没有您说的这么危险吧，毕竟她只是个刚刚打入的小卒子，根本涉及不到什么真正的罪证，也不会引起什么人的注意。”李增生一脸错愕地看着安家国，实在想不出他刚才说的那些话是真是还是假的。

“我知道，哪有那么多穷凶极恶的匪徒，这又不是好莱坞拍电影。”安家国点燃香烟，吸了一口缓缓吐出，烟气升腾笼罩了他的脸，使得他的表情有些模糊，“我要是不这么说，屠乐乐说不定真的会退出，这对咱们的任务来说是个很大的损失呀。我现在可没有时间再去找合适的人了。”

“可是安处，您刚才那是忽悠呀，您就不怕将来她知道了真相会更加生气，到时吵着闹着要退出？”李增生皱眉道。

“什么叫忽悠呀，话太难听，老李，你也是老同志了，怎么连这都不懂呢，我这是在给她做思想工作。对于屠乐乐这样对卧底工作充满热忱的热血好青年，如果我不将卧底的工作说得惊心动魄一些，她是不会满意的，你呀，身为老同志，怎么能够不懂思想政治工作的重要性。思想工作是个宝，要常抓，久抓，一刻都不能放松。”安家国深吸了一口烟，一副高深莫测的样子。

因为这次交流，屠乐乐对前台的工作焕发出新的热情，她跟李薇薇和温婉一起上班下班，关系越来越亲密，对前台的工作也越来越熟悉，已经不像刚来时那样生疏了。

辉煌集团的前台，工作时间相对比较宽松，采取的是轮班制，节假日正常休息。多数时候会有两人一起上班，而现在公司正儿八经的前台算上屠乐乐，实际上也就四个人而已，温婉并不在内。

“你没开玩笑吧？婉婉不是前台？”屠乐乐满是惊诧地看着李薇薇，随即又看向一旁身穿前台服装、微笑不语的温婉，有些无法相信李薇薇说的话。因为无论自己怎么看，温婉都是个前台。

“没开玩笑，婉婉纯粹就是个客串的，她真正的职务是技术部的工程师，负责维护电脑和网络的正常运行。由于她的工作太过出色，多数时候都没什么事，于是闲得无聊，就跑来咱们前台玩COSPLAY的游戏，本来这事是不对的，可是她前台做得也不错，并且以前的老总知道了也没说什么，估计是觉得反正她干两个工作却领一份工资，公司也不吃亏，于是就一直这样了。”李薇薇笑着道。

“婉婉，你咋想的呀？”听了这话，屠乐乐愣了好半天，她实在是很难想象，温婉这么温柔可爱的女孩子，竟然是个电脑专家，着实让她有种人不可貌相，海水不可斗量的感觉，更是猜不透她的想法。

“我就是觉得无聊，谁知道玩着玩着觉得前台也挺有意思的，再加上前段时间走了一个前台，一直没人过来，薇薇又不喜欢跟另外那俩前台搭班，于是我就友情帮助一下喽。”温婉很是随意地解释道。

“另外的两个前台？她们怎么了？”屠乐乐听出温婉对那俩人并不太满意，好奇地问了一句。

“总之就是相当的……呵呵，你跟她们一起工作几次就知道了。”李薇薇摇了摇头，并没有过多评论，不过看她满是厌恶的脸色，就知道对另外两个前台的印象并不好。

又是一天后，新的排班表出来，屠乐乐没有跟李薇薇一起上班，倒是跟一个叫李爽的前台凑到了一起。不过温婉今天忙完了自己的工作后又过来义务帮忙。

刚刚上班，屠乐乐还没来得及跟李爽认识，谢峰就拿着一个盒子匆匆走了过来，指了她一下道："屠乐乐，你过来，有件很重要的事情交给你去做。"

重要的事？什么重要的事会特意交给我做？一听这话，屠乐乐心里一阵嘀咕。

虽然上班的时间不是太长，可是她却看得出来，这谢峰对待手下的几个前台不太一样。相对来说，他更照顾李爽等三人，如果有什么工作要交给几个人来做的话，那么比较轻松的肯定是属于李爽她们的。至于面对李薇薇和温婉，谢峰就会摆出一副公事公办的样子，谈不上多么可恨，但着实有些讨厌。

只是谢峰既然都把话说出来了，屠乐乐自然不能说不去，于是问道："什么事？"

"有一件礼物，"谢峰将拎在手里的一个包装相当精美的礼品盒放到了屠乐乐的面前，"是要送给远航公司总经理魏博的，你跑一趟吧。"

屠乐乐知道这远航公司同样是省内有名的企业，跟辉煌集团经常会有合作，两家企业之间的中高层互有来往，赠送一些礼物实在是相当正常的一件事。对此她倒是没觉得多么奇怪，同时对于谢峰让自己跑腿这事也没多抗拒，毕竟吃人家的饭就得服人家管，上司吩咐下来的工作不管理解还是不理解都还是要做的。

"好的。"屠乐乐应了一声就伸手把盒子接了过来，只是当她接在手里本能地掂了一下后，禁不住心里咯噔一下，暗道："难道我什么时候不小心得罪了这个谢峰，要不然他为什么要坑我？"

原来这盒子虽然包装得严严实实，从外表很难知道里面是什么东西，但是屠乐乐的手感相当敏锐，刚才只是微微一掂，就知道了里头装着的应该是个花瓶之类的东西。这倒是跟谢峰说得差不多，其中装着的的确是个礼物。

只不过这个花瓶并非是完好无损的，而是已经彻底碎掉。盒子做了防撞处理，晃动时碎片之间的碰撞不会发出特别明显的声音，别人自然也听不出来，可是却瞒不过屠乐乐。

见到屠乐乐接了盒子，谢峰顿时眉开眼笑，心中大喜，暗道："只要屠乐乐拿走了这礼物，她就完蛋了。里头装着的古董花瓶虽然是高仿，但也价值四五万，等她送到远航公司那边，对方发现花瓶是碎的，不管是不是她摔碎的，这个责任都得由她来负。到时候赔钱不赔钱都是次要的，关键是工作上出了这么大的失误，捅了这么大一个篓子，就算她是九爷介绍来的，也得乖乖地卷铺盖滚蛋。

"只要将这个屠乐乐赶走，那么表弟肯定会满意的，到时说不定就能让我升职加薪。"想到这儿，谢峰脸上的笑容越发灿烂。在旁人看来，他笑得这么开心显然是对屠乐乐的乖巧听话很满意。

"可恶，有这种轻松的事为什么不让我去？"李爽看了屠乐乐一眼，心里有些不爽。

谢峰这个家伙，果真是没安好心！屠乐乐看着满脸笑容的谢峰，恨不得一巴掌拍死他，她看得出来，他的笑容之中明显带着几分阴谋得逞的得意。

哼！绝对不能让他如愿，这个黑锅谁愿意背谁背，反正我不背。屠乐乐心里已经有了主意。

此时的谢峰的确很开心，只不过他却没有高兴太久，因为屠乐乐接过礼品盒后并没拿起来就走，而是将其轻轻地放在了地上，那份缓慢和小心，就仿佛搁在里头的是多贵重的东西似的。而屠乐乐接下来的一句话，更是让谢峰堆满笑容的脸彻底僵住。

屠乐乐道："谢经理，我想问一下，这里头装的是什么东西，我能看一下吗？"

"屠乐乐，你说什么？"谢峰看向屠乐乐，有些不确定她竟敢跟自己说这样的话。她竟然问盒子里装的是什么，还要亲眼看看。这要是让她看了，不就当场露馅了。

"我说，我想知道盒子里装的是什么。"屠乐乐像是听不出谢峰话中的不满似的，依旧很认真地道，"并且我想要亲眼确认一下。"

"屠乐乐，你知道自己在说什么吗？"谢峰脸色一沉，道，"你什么意思？这是公司要送客户的礼物，难道还要向你报备，让你检查一遍吗？你以为自己是谁！"

"经理，您别生气，乐乐不是这意思。"温婉也没想到屠乐乐这个时候竟然会说出这样的话，并且还说了不止一遍。她这是要干吗？

尽管不知道屠乐乐在想什么，不过温婉既然把她当成好朋友，现在朋友有了麻烦，她自然要站出来帮着打圆场，否则真要是惹毛了谢峰，还不知道这个阴险的家伙将来怎么给屠乐乐穿小鞋呢。

"乐乐，你在干吗？别闹了，给他道个歉就赶紧把东西送过去吧。"温婉拉了拉屠乐乐，用很低的声音说道。

"放心，我心里有数。"屠乐乐低声答了一句，又给了温婉一个安心的眼神，随后看向谢峰道："谢经理，我没有什么意思，只是要问明白这盒子里有什么，并且想要检查一下。”

“你凭什么？”谢峰冷声道，“你就只是个前台，你以为自己是警察吗？有什么资格检查送给客户的礼品？”

“哼！我就是警察，现在说出来吓死你。”屠乐乐心里说着，脸色却一如既往的平静和认真。她道：“我当然知道自己是前台，所以您交给我的工作我都一丝不苟地完成，您刚才问我凭什么，我的回答是凭着我的认真负责。”

“哈哈，你这样叫认真负责？”谢峰怒道，“我看你这是没事找事，故意推诿工作。”

这个屠乐乐疯了吧？她究竟知不知道自己在干什么呀！这下子她要完蛋了！得罪了主管上司，绝对麻烦大了，不过跟我没关系，我只要看热闹就好了。见屠乐乐这样，李爽看她的时候跟看个疯子一样，一言不发，冷眼旁观。

同样觉得屠乐乐的言行有些古怪的还有温婉。不过作为好朋友，她肯定不能像李爽似的袖手旁观。

“谢经理，您别生气，我劝劝她。”温婉忙道。随即她拉着屠乐乐道：“乐乐，你这是干吗呀，不就是个礼物嘛，让你送就送呗，又不是多大的事，犯得着跟他为了这事较真儿吗？”

“婉婉，你不明白，这事还真得较较真儿才行。”屠乐乐低声道。

“经理，既然她不肯去，要不我去吧。”旁边的李爽见屠乐乐竟然跟谢峰闹起来，心里一阵幸灾乐。

“不用你，就她去。”谢峰指着屠乐乐道。

第七章　破碎的花瓶

包好的快递盒里怎么会有破碎的花瓶？谁打碎的？

董事长在看，公司职员在看，屠乐乐怎么办？

此时感应门不断开合，辉煌集团的员工陆陆续续进来签到上班。

有的签到之后虽然好奇，还是本着事不关己的想法直接进电梯上楼，也有一些爱看热闹的人在签到后停下了脚步站在一旁围观。

此事本来也没多复杂，就算不问，光是看上两眼就大概能猜出是怎么回事了。这让不少人看向屠乐乐的目光中充满了疑惑、怀疑、讥讽等情绪。毕竟无论是谁，都会觉得屠乐乐现在的举动很不明智，甚至十分愚蠢。这简直是在拿自己的工作开玩笑！

“都看什么看，赶快散了，不用去工作吗？”谢峰看到围过来的人越来越多，心里的火气也越来越大，可他又不能大发雷霆，只得呵斥旁观的人。他随即压低了声音，强压着心中的怒火道："屠乐乐，我再问你一遍，你去不去？"

"要我去也行，但是我得知道盒子里有什么，还得看上一眼。"屠乐乐还是像先前那样坚持己见，"我刚才说了，这是对工作的认真负责，因为这东西放在盒子里，是什么我不知道，是不是完好无损我也不知道，要是磕了、碰了、碎了，回头我因为这个丢了工作是小事，可要是客户因此觉得受到了怠慢，那该怎么办？"

"你！"谢峰这一刻脸色涨红，肺都要气炸了。

屠乐乐这番话听起来相当有道理，可谓是有理有据有节，如果不是为了坑屠乐乐，听了这样的话他说不定也得竖起大拇指说个"好"。可是现在他听了这话，真的想要吐血。因为屠乐乐这还是在拒绝自己的命令呀，大庭广众之下，自己这个经理的面子往哪里摆？

可气，太气人了！谢峰觉得自己脑袋里的血管都在猛跳，好像随时会爆。同时，他心里也一阵打鼓。屠乐乐这话让他听得心惊肉跳，尤其是那"磕了、碰了、碎了"几个字，着实让他觉得好像屠乐乐已经知道盒子里的高仿古董花瓶坏了。

不可能的，这盒子包装得严严实实，她又没有透视眼，怎么可能知道里头是怎样的？想到这儿，谢峰底气大壮，脸色一沉，猛吸一口气就要发作。这时，董事长耿一鸣和执行副总裁徐杰一前一后走了进来。

不好！将屠乐乐赶走这事是副总裁交给我的，听说还是董事长的意思，这本来是一件要做得很隐秘的事情，要是我闹得沸沸扬扬，到时岂不是显得我能力有限。不能让副总裁和董事长满意，那我再想升职就难了。更何况董事长最近一直都在倡导工作要认真负责，刚才屠乐乐的话不知道他听到了没，要是我现在对她粗暴打压，反倒显得我没什么水平。不行，我得换个方式。想到这儿，谢峰强压住要喷出的怒火，皮笑肉不笑地道："你说得对，对待客户当然要认真负责，这也是董事长对咱们的一贯要求。既然你这么想知道，那我就告诉你，这盒子里装着的是送给魏经理的一个古董花瓶，虽然是高仿品，但也不便宜，所以你去的时候更应该小心一些。你刚才对待工作认真负责的态度没错，值得表扬。"

啊！这怎么回事？经理竟然没发火。本来还等着看谢峰火冒三丈，严厉批评屠乐乐的李爽见他这么说，顿时就愣住了。这跟自己想的不一样呀，谢峰什么时候这么好说话了？

谢天谢地，总算是没事了。温婉见谢峰这么说，顿时松了一口气，心说：这下乐乐得到了自己想要的答案，应该去送了。

"谢谢经理夸奖。"屠乐乐神色淡然地点点头，随即道，"不过我还是想要看看这个高仿古董花瓶，确定一下它是否完好。"

"呃……"

一听屠乐乐这话，不管是温婉还是李爽，全都惊呆了。因为她们实在没有想到屠乐乐竟然这么固执。

刚才她跟谢峰对着干，好不容易过了一关，也得到了想要的答案，算是有了个台阶下，那就老老实实地去送东西吧，为什么还要没完没了地坚持要拆包装看看。

这个前台太猛了！这是跟谢经理有仇还是怎么的？刚才逼得谢经理都让步了，她却不见好就收，还是不依不饶。这是要干吗？围观的员工们全都暗暗心惊，同时也牢牢记住了屠乐乐。只是每个人对她的印象肯定不会好。

“这是在干吗？扎堆看热闹，影响太不好了，让客户看到成什么样子，我过去……”徐杰道。

“别。”耿一鸣摆了摆手道，“我也想看看稍后会怎样。”

“呵呵……”谢峰却是被气笑了。他是真没想到屠乐乐这么轴。简直就是不见黄河不死心，不撞南墙不回头呀。

要是别的事情，屠乐乐这么干，谢峰直接就不用她了，有的是愿意帮他跑腿的人。可问题是现在他做了这么个局，非得让她去送不行。看这意思，不看到里面的东西，她是绝对不会去送的。但是盒子里的东西根本就不能见光呀。

这一刻谢峰真是郁闷透了，想起之前他信誓旦旦地告诉副总裁，说自己很快就能将她赶走，真有种被大嘴巴抽脸上的感觉。

“屠乐乐，我也算是见过不少刺儿头下属，可是像你这样的，我是真的没见过！我就想问一句你到底还想不想干了？想干，你就把东西麻利地送去，不想干，现在就辞职走人！”谢峰冷声说道。

他这么做，也是无奈之举。本来按照他最初的想法，自然是设局坑了屠乐乐，让她哑巴吃黄连，有苦说不出，到时自然就圆满地完成了副总裁交给的任务。

可是他万万没想到计划赶不上变化，屠乐乐竟然非要拆开礼物看，还让他有点下不来台，无可奈何之下，他也只能采取这么简单粗暴的方式了。不这样的话，他真不知道怎么维持自己这个经理的威严。

想必这下子她该害怕，该屈服了吧，谢峰心里想着。他将一直偷瞄耿一鸣和徐杰的目光转回屠乐乐身上，随即却是大惊，下意识地道：“住手！你要干什么？这包装要是拆了，包不上怎么办？”

原来就在他刚才说那番话时，屠乐乐并没有害怕，而是伸手去拆礼盒的包装。

“没事，我能拆开，就能原样包上。”屠乐乐双手已经很利索地打开了最外面的包装，并将里头的盒子也打开了，随后将其慢慢地放在了地上道，“经理，您看，我的担心不是没有原因的。”

“哇！”

“啊！碎了。”

“这怎么回事？”

……

此时围观的众人看过去，才发现盒子内根本就没有什么高仿古董花瓶，有的只是一堆碎瓷片。

“啊！”除了屠乐乐和谢峰外，温婉和李爽也都看呆了。

怪不得乐乐死活不肯去送，非要拆封看看，原来是这个原因。见状，温婉恍然大悟，随即就心生疑惑：可是她又是怎么知道里头的花瓶已经碎了？奇怪！

“得亏谢峰没让我去送，要不然……”李爽也是一愣，想起自己刚才还主动要去送花瓶，更是暗叫侥幸。她瞅了瞅脸色难看的谢峰，又看了看面色平静的屠乐乐，忽然间觉得这件事似乎并不像自己想象的那么简单。

她竟然拆开了。这怎么收场？谢峰整个人都蒙了。阴谋这种东西见不得光，要是摊开了晾在大庭广众之下，只会成为笑柄。

现在他为了赶走屠乐乐而特别设的局就这样被晒在了所有人面前，虽然没人说什么，但是谢峰感觉得到每个人看自己的眼神都不太对劲了。

更要命的是，他注意到了耿一鸣和徐杰就在不远处看着自己。虽然他们神色平静，可是谢峰的一颗心却像掉进了无底深渊。对他来说，眼下最麻烦的不是回头怎么向徐杰交代，而是怎样化解这个尴尬局面。

“没想到，它竟然碎了。”谢峰笑了两声，道，“看来你刚才的坚持是对的，倒是我太想当然了，以为包好的东西就坏不了，没想到，真没想到。”

屠乐乐并没接茬儿，只是手脚麻利地又重新将礼物原样包好，放到了谢峰的面前道：“谢经理，不是我推诿工作，实在是担心会有这种情况发生，幸亏这次您亲眼看到了，要不然等我送到了客户那边，真是跳进黄河也洗不清了，您说是吧？”

能够在辉煌集团这样的公司上班的员工，不敢说个个都是社会精英，但绝对都很精明。先前也许弄不明白是怎么回事，但现在看到这一幕，只要不是太迟钝，多少都能猜出这里头有猫儿腻。

谢峰这是在故意刁难这个新来的前台呀，同样的想法在众人心头冒了出来。

只是没有人会说出来，大多数员工都选择转身悄然离开。因为这种事跟他们没关系，热闹看完了，差不多也该走了。况且也有人注意到了董事长和执行副总裁就在不远处，现在不走，留下来等着挨批吗？

众人逐渐散去时，耿一鸣也迈步朝他的专用电梯走去。

真是废物。徐杰看了一眼黑着脸的谢峰，有种一脚将其踹死的想法，见耿一鸣离开他只能连忙跟上。

“董事长……”走进电梯后，徐杰想要说点什么。

“挺有意思，不是吗？”耿一鸣淡淡一笑。

“的确……”徐杰不知道他什么意思，只能附和道。

“下不为例。”耿一鸣道，“要不然太不好看了。”

“是。”

看到耿一鸣和徐杰离开的谢峰，在给自己找了个台阶下后，也拎着那礼物盒转身离开。只是他现在双腿有些软，胸口有点闷，后背上、额头上更是凉飕飕的，原来不知道什么时候他已经出了满头满身的冷汗。他知道自己的麻烦还没完，刚才的一切徐杰都看到了，他得过去给个解释才行。

等谢峰走后，越来越多的员工前来签到上班，屠乐乐三人又忙起来。

好不容易闲了下来，温婉走到屠乐乐身边，低声道：“乐乐，你是不是得罪了谢峰？我看他好像在刻意针对你呀。”

“以前我是肯定没有得罪他。”屠乐乐摇摇头道，“毕竟我来辉煌上班没几天，之前根本就不认识他，自然也不会结怨，不过今天却将他得罪得不轻。”

“那怎么办？”温婉有些担心地低声道，“谢峰这人心胸狭窄，没事都喜欢找碴儿训人，现在你当众让他下不来台，不知道将来会怎么为难你呢。”

“怕他什么，大不了就见招拆招呗。”屠乐乐淡淡地道。

虽然嘴里说得轻松，屠乐乐心里却相当不爽。她到现在都没搞明白，为什么谢峰会设局对付自己，看这样子摆明了就是想要让自己吃个闷亏，然后被赶出辉煌集团。

屠乐乐很清楚自己跟谢峰往日无冤近日无仇，并且又是他的下属，无论如何也谈不上有什么利益冲突，可是他偏偏处心积虑坑自己，那这里头的原因就值得好好推敲一下了。

难道谢峰跟九爷有仇？他不敢去招惹九爷，于是就迁怒于我？屠乐乐心里冒出了一种猜测，随后又想：又或者是有人看我不太顺眼，想要将我从辉煌赶走？

屠乐乐反复思考，很快就想到了数种可能，只是无凭无据，她也很难确定究竟是什么原因。不过有两点她很确定：一是无论如何自己都不能让谢峰得逞，在任务圆满完成之前，她要想尽一切办法留在辉煌；二是今天当众让谢峰丢了脸，他要么就此偃旗息鼓，要么就肯定会对自己展开疯狂的打击报复。

前者倒也罢了，后者的话，那她可真得打起十二分的精神来小心应付了。毕竟谢峰虽然只是个经理，但县官不如现管，自己在他手下干活儿，谁知道他会用什么样的法子给自己找麻烦。

真没想到只是当个前台而已，竟然也这么多麻烦事。屠乐乐心中暗叹，不过她并不会因此就消沉和沮丧，反倒变得斗志昂扬起来。

董事长室。

耿一鸣坐在老板桌前，看着徐杰道："最近我发现了一个很有趣的订单，竟然是只剩下两个业务员的第二销售部拿下来的，你知道吗？"

"知道。"徐杰点了点头，道，"我听说客户是特意来找第二销售部的，然后被屠乐乐带了过去，就在仓库里把这个订单给谈成了。"

"屠乐乐也参与谈判了？"耿一鸣当然知道屠乐乐是谁，想起她是九爷介绍来的人，心里忍不住一阵厌恶。

"那倒没有，听说她只是把人带了过去，然后给他们送去了茶水，说起来这也算是前台该做的。”徐杰道。

“不管订单是怎么拿下的，既然有了成绩，该奖励还是要奖励的。”耿一鸣想了想，道，“就按照规章给那两个业务员奖励吧。”

“屠乐乐呢？”徐杰问了一句。

“你也说了，这是她应该做的，自然用不着再额外奖励了。”耿一鸣皱眉道。

“那我明白了。”

“阿杰，陈喜庆走了，何桥远的第一销售部初建，业绩并不理想。第二销售部虽然人不多，但是既然他们愿意做事，那就给他们一些便利，一切都是为了集团嘛。”耿一鸣对徐杰道。

“我懂了。”徐杰点点头，脸上露出微笑，只是目光深处却带着几分不爽。

他觉得耿一鸣这是在敲打自己，毕竟前任主管销售的副总裁陈喜庆之所以离开，其实是与他有关的。甚至对第二销售部两个人的打压，也得到了他的一些默许。

现在耿一鸣这样说，实在是让徐杰觉得有些意有所指。

此后几日，谢峰为了出心里的闷气，没少将一些虽然不太重要却繁重琐碎的工作交给屠乐乐做。不过，屠乐乐巧妙应对，再加上李薇薇和温婉的帮忙，每次都能圆满完成。这样一来，本来憋着劲想要屠乐乐吃瘪的谢峰更加气恼不已，但是偏偏又无可奈何。

不过谢峰这样刻意针对屠乐乐，辉煌集团内部也开始有了不少传言，说什么的都有，绝大多数人都比较同情屠乐乐，觉得谢峰这是在故意打压新来的员工。这让谢峰感到十分被动，加上副总裁徐杰也暗示他注意一下方式，于是他不得不暂时偃旗息鼓。

没有了谢峰的故意刁难，屠乐乐的工作变得轻松了许多。这也让她有时间逐渐熟悉辉煌集团，以便寻找合适的突破口，着手收集证据。

随着不断接触，她跟第二销售部的蒋文浩和范小盟也逐渐成了朋友，彼此交换了电话号码和微信号，闲暇时也会聊上两句。只不过对蒋文浩或是范小盟要请她吃饭的邀请，屠乐乐始终没有答应。

这天在家休息时，温婉见屠乐乐正与人在微信上聊得开心，听说聊天对象是蒋文浩，她迟疑了片刻后最终坐到了屠乐乐身边，很是认真地道："乐乐，我想我大概知道之前谢峰为什么会针对你了。你知道蒋文浩和范小盟为什么在集团里受冷落吗？"

"听说是因为原来主管销售的陈副总裁带着手下的总经理、经理，还有很多业务员跳槽了，却偏偏留下他俩，于是他们就成了受气包。"屠乐乐道。

"表面上是这样没错，但是实际上并不是这么简单。"温婉道。

"哦？能有多复杂？"屠乐乐一愣，随即就来了兴趣。

"陈副总裁跟徐副总裁之间有矛盾，是被排挤走的。"温婉道，"蒋文浩和范小盟一直被当成是陈副总裁的人，所以才会受到排挤。而谢峰是徐副总裁的人，你跟蒋文浩走得近，谢峰当然会看你不顺眼了。"

"用不着这样吧？"屠乐乐哭笑不得地道。

"本来就是这样啊。所以如果你不想被更多的人针对，还是离蒋文浩和范小盟远点吧，要不然肯定会被他们连累的。"温婉劝道。

"多谢你告诉我这些，我心里有数了。"屠乐乐道。

尽管如此，屠乐乐却没有真的因此疏远蒋文浩和范小盟，反倒是帮着他们出谋划策，又拿下了几个小订单。虽然俩人未必能从中得到多大的好处，可也让他们信心倍增，开始琢磨着拿下一个大项目，彻底让第二销售部咸鱼翻身。

在辉煌集团工作了一段时间后，屠乐乐了解到万古网络平台的确是由辉煌集团控股，并且最初成立还是耿一鸣建议的。只是万古网络平台初创不久，耿一鸣就出国留学了，随后一直由其父，也就是前董事长耿卫国管理。

耿卫国由于年纪大了，对新兴科技并不是特别了解，所以在这方面投入的精力和资金并不是特别多，以至于万古网络成立初期一直处于半死不活的状态，为此辉煌集团没少白白往里头搭钱，甚至在集团内部还曾经有过将其关掉的言论。不过耿卫国考虑到这是儿子出国前创建的项目，不希望它就此消亡，力排众议将其保留了下来。

直到现在的副总裁徐杰留学归国，耿卫国才将万古网络平台交给他来打理，随后在徐杰的管理下，进行了一番大刀阔斧的改革，万古网络平台一扫往日的颓靡之势，才有了后来的强势崛起。

从这个角度上说，虽然万古网络平台创立的时间很长，但是它真正崭露头角却是在两年前，被绝大多数人所熟知也正是从此开始。

后来耿一鸣回来，不但接管了辉煌集团，成为新一任的董事长，还重新把万古网络平台纳入了自己的管理范围。由于他刚回国不久，对集团内部的事务还在逐渐熟悉之中，因此徐杰依旧掌管着万古网络平台绝大多数的事情，不过双方也在有条不紊地进行着交接。

只是这万古网络平台涉嫌组织网络赌博以及洗钱等违法行

为，又究竟是何人所为呢？在得知了万古网络平台发展的曲折过程后，屠乐乐禁不住疑惑起来。

在前台工作了大半个月，屠乐乐已经适应了这份新的工作，并且开始融入新的工作环境。除了李薇薇和温婉之外，她逐渐结交了一些新的朋友。尽管这些朋友多数只是点头之交，或是聊了两句，不过对她来说，也算是个相当不错的开始。

至于屠乐乐交朋友的方式，也相当简单。

一般来说，她作为前台，负责接收员工们的各种私人快递。由于她那手只要稍微摇一摇快递，哪怕是隔着厚厚的包装，也可以将里面装着的东西猜出个八九不离十，因此她很容易就能判断出经常会有快递的一些员工的大概状况。

比如，七楼人事部的李非刚做了爸爸，因为他的快递以各种各样的婴儿用品为主。而八搂技术部的封冠则是个极客，因为他总是会有与电脑有关的设备寄过来。再比如跟李薇薇和温婉关系不错的维特，看起来身体健康，却经常会有一些药品邮寄过来，甚至不少是从国外寄来的……

通过快递对其主人有了这些侧面的了解后，屠乐乐再跟他们聊天儿就可以投其所好。比如跟李非聊聊他刚出生没多久的女儿，肯定可以让他高兴。而与封冠，屠乐乐则会聊一些电子方面的话题。如此一来，只要不是性格古怪到了极点并且戒备心极重的人，总会愿意跟屠乐乐聊天儿，并且将其视为可以交流的朋友。

除了结识新朋友外，屠乐乐跟李薇薇和温婉之间的关系也随着不断地接触和了解飞速加深。

了解的信息越多，屠乐乐越意识到自己之前对她们的一些认识并不完全正确，甚至出现了很大的偏差。比如李薇薇，起初听说她想要逆袭董事长耿一鸣时，还以为她纯粹只是想要嫁个有钱人，然后就可以锦衣玉食无所事事了。

后来屠乐乐才发现，李薇薇虽然一直没有放弃钓金龟婿的想法，但是她同样也在积极地工作、奋斗。除了平常在辉煌集团上班之外，她还在淘宝上经营着一家网店，也在做微商，此外下午下班后，还要去附近的步行街上摆地摊，卖一些零零碎碎的小饰品。

用李薇薇的话说："虽然很想嫁个有钱人，但是我绝对不是为了当个被人养起来，什么也不会做，只知道吃喝玩乐的金丝雀，我一样有我的人生，并且永不停止前进。"

虽然乍一听这话觉得有点中二，不过仔细想想却会发现相当有道理。就像屠乐乐自己，本来可以去当个内勤，却偏偏要来当卧底，为的不正是实现自己心中的理想吗？哪怕是这种理想在外人看来有些不现实，甚至愚蠢，但是自己觉得正确，并愿意为之奋斗就够了。

人生的路永无尽头，该怎么走，终究还是得跟着自己的心才行。唯有如此，前进时才有动力，将来方能不后悔。

至于屠乐乐对温婉的深入了解，却是源于一次偶然。

那天封冠到了一个新的快递，屠乐乐接收时感觉里面装着的应该是一块主板，但是究竟是什么型号的，又有什么用处却不得而知。等到下午下班时，屠乐乐将快递交给封冠，随口问了一句："你这回买的什么啊？"

这简单的一句话，算是彻底把封冠的聊兴给勾了起来。

像封冠这种对计算机和网络技术有狂热兴趣并投入大量时间钻研的极客，平常虽然给人的感觉十分沉闷，但是如果聊到了他感兴趣的话题，一下子就会变成话痨。

此时的封冠就是这样。他拿着快递开始滔滔不绝地给屠乐乐讲他手里的这块电脑主板多么多么难得，是他费了老大的劲才托国外的朋友给淘来的，并且各种参数多么多么厉害，性能如何如何强大。

说实话，屠乐乐对电脑了解并不很多，撑死了也就比一般只会用电脑的小女生强一些而已，现在听封冠聊起这些，顿时有种如坠雾中之感，虽然封冠说的每个字她都明白，可是组合成一句话屠乐乐却不懂了。

屠乐乐虽然不精通电脑，却很会聊天儿，因此就算听得再稀里糊涂，她都会时不时点点头，并且奉上一个你真厉害的笑容。而这也让封冠闷骚的极客之心得到了很大的满足，自然是谈兴更浓。

只是这对屠乐乐来说，却相当痛苦，当她无意间看向旁边时，注意到温婉正低着头像是在看什么东西，嘴角却微微勾起，露出了一丝不以为然的神色。这样的表情屠乐乐以前从来都没有在她的脸上看到过。因为温婉一向都是人如其名，温温婉婉，待人谦和，总能让人有如沐春风的感觉，像现在这种面露不屑的时候是绝对没有的。

婉婉也是技术部的，精通电脑，听到封冠夸夸其谈肯定会觉得不以为然。屠乐乐心里冒出了这样的猜想。

封冠又聊了一会儿后，最终因为屠乐乐等人要下班而不得不意犹未尽地离开，而他也没忘了向屠乐乐发出邀请，说等她有空带她去看看自己的电脑。屠乐乐点点头算是答应了，至于去不去，那就真的要看情况而定了。

“婉婉，刚才封冠说的我都没听懂，他不会是在忽悠我吧？”等封冠离开后，屠乐乐随口问道。

“忽悠倒是没忽悠，不过却吹了不少牛皮。”温婉挑了挑眉毛，笑道，“不过也正常，男人不在女孩面前吹牛，怎么能够显出自己厉害呢！”

“乐乐，你可别被封冠给忽悠了，你要对电脑感兴趣还是得问婉婉。”李薇薇插嘴道，“婉婉虽然经常在咱们前台驻扎，可她是正儿八经的技术部的人，不只懂硬件，还懂软件，是电脑高手！像我之前不小心被人盗了号，就是婉婉大侠路见不平拔刀相助，最终帮我找回来的。乐乐，如果你丢了QQ号，直接找婉婉，保管手到擒来。封冠跟她一比，就是个渣。”

“其实我也没她说得那么厉害！”温婉看向屠乐乐道，“不过有事了你可以找我，能帮我肯定帮。”

屠乐乐对前台工作越来越熟悉，并且已经融入了辉煌集团，但是她的心情不是特别好，因为卧底任务并没有特别显著的进展。她最近没有跟安家国主动联系，不太清楚案件的具体进展，但是从网络上可见的一些新闻中，还是隐隐约约感觉到，因为网络赌博引发的一系列恶性案件依旧呈现不断增长的趋势。这让她越发焦急，只是由于辉煌集团内部的规章制度相当严格，她收集证据的打算很难实现。

作为前台，屠乐乐多数时候的工作范围都在一楼，偶尔也可以进入十三楼仓库区，外加一些行政前台工作涉及的办公区域。除此之外，她的活动范围是受到限制的。事实上，这不是只针对她一个人，而是所有在职员工都需要遵守，要不然工作期间私自串岗很容易造成管理的混乱。同时辉煌集团内部有着不少商业机密，除了相关人员之外，其他无关人员是严禁打听和接触的，否则面临的后果可不单单只是被开除，甚至有可能会被起诉。

为了保护内部的各种研究成果和商业机密，辉煌集团内也制定了相当严格的安保措施。旁的不说，各种各样、或明或暗的监控无处不在，始终保证二十四小时无死角地监控每个重要的区域。此外，员工们的工作证也都有身份辨识芯片，每个人的级别所对应的权限都是不同的，当有人进入没有授权的区域时，就会触发警报。

正是因为从李薇薇和温婉口中了解到辉煌集团内部有着如此严密的安保措施，所以屠乐乐入职半个多月始终老老实实地做着前台该做的事情，并没忙于收集证据，哪怕她的心里已经相当焦急。

不过屠乐乐也不是什么收获都没有，最起码她通过或明或暗的方式知道了辉煌集团内部哪些区域是受到严密监控的。比如顶楼的董事长办公室、十七楼的财务室等多处地方。这些几乎都是辉煌集团的要害部门。

有些不是屠乐乐的目标，有些却是她想要收集辉煌集团所控股的万古网络平台组织网络赌博的直接证据必须要查的。

尽管目标就在不远处，屠乐乐却不敢轻举妄动。她需要等待一个合适的机会，既能进入某个区域，又能不引起别人的注意。这点十分重要。

就在屠乐乐耐心等待机会的到来时，一个让她意想不到的危急却不期而至。

第八章　蹊跷的玫瑰

送给韩雪艳的玫瑰怎么让维特闻到了，还诱发了他的哮喘？维特不能死！屠乐乐好不容易打开了公司高层的突破口，难道要就此失败？

这一天，温婉休息，屠乐乐和李薇薇一起上班，中午俩人没有在公司吃饭，而是去附近刚开的一家饭店尝鲜。

“乐乐……”俩人刚走进饭店，屠乐乐就听到有人喊自己的名字，循声望去，她不禁脸色微变，心里更是暗叫糟糕。

原来，此时饭店里有一群人在吃喝，而她恰好认识其中一个端着酒杯的青年。这人名叫刘奇，在老家时跟屠乐乐是邻居，两人的年纪相差不大，彼此也算熟识。后来都上了大学，又不在一个城市，就见得少了。

之前屠乐乐还听老妈说，刘奇大学毕业后在另外一个城市上班，没想到今天竟然会在这里遇到。

如果是在其他场合，屠乐乐肯定很乐意跟他聊聊，毕竟是老邻居老朋友，他乡遇故知，叙叙旧是理所应当的事。可是此时此地，屠乐乐看到他，就如同看到了一个天大的麻烦，浑身的汗毛都要竖起来了。

刘奇对她相当了解，并且知道她上的是警校，如果他过来问上一句，你毕业了，在哪个警局上班呀？那屠乐乐的卧底身份就会彻底暴露在李薇薇面前。

一想到这里，屠乐乐只想赶快离开，所以她想都不想拉起李薇薇就朝外走，嘴里道："快走，不在这里吃了，咱们去别的地方。"

"乐乐，怎么了？我刚才好像听到有个男的在喊你。"李薇薇有些摸不着头脑地问道。

"那个家伙以前追过我，当时很烦人，纠缠了很久，没想到会在这里遇上，我可不想再被他缠上。"屠乐乐随口编了个理由，不等李薇薇反应过来就拉着她快步离开。

"乐乐……哎……怎么跑了？"刘奇端着酒杯追出来时，只看到屠乐乐和李薇薇远去的背影，这让他又惊讶又纳闷儿。

"刘奇，怎么回事？酒都还没喝就跑了，不会是想趁机耍赖不喝吧？"刘奇回到饭桌上，一起吃饭的同事笑着问道。

"没有，没有，我刚才看到一个女孩很像我的邻居，本来想过去跟她聊聊，没想到人跑了！"刘奇连忙摇头。

"你不会是想追人家，编个老套的借口搭讪吧？"同事开玩笑。

"不是，不是，真是我的老邻居。她叫屠乐乐，读的是警校，现在应该已经毕业去当警察了，按理也不应该出现在这里，兴许是我看错人了。”刘奇挠挠头。

“看没看错人我们不管，但是该你喝的酒总还是要喝的。”同事笑道，“不但要喝，还得罚你一杯。”

“别呀，今天下午咱们还有工作，少喝点免得耽误正事，想喝的话晚上我奉陪到底。”刘奇忙道。

屠乐乐拉着李薇薇离开饭店，心脏依旧怦怦狂跳，同时暗叫倒霉。她实在没想到，在这个偌大的城市之中，竟然会遇到熟人，还是知道自己底细的人，这种概率简直就和天上掉了块砖头，结果正好砸到自己头上没什么区别。

此时，屠乐乐庆幸自己刚才只是进了饭店还没点菜，要是已经点了菜，正吃的时候被刘奇看到，然后过来打招呼，就肯定要穿帮了。

屠乐乐偷偷瞥了李薇薇一眼，见她并没有太多的怀疑，更没有没完没了地追问个不停，总算是松了口气。

随后，屠乐乐又跟李薇薇去了另外一家饭店吃饭，只不过有了刘奇那事后，她现在颇有点像惊弓之鸟，总是担心会再遇到熟人，因此这顿饭也没怎么吃好。

结完账，走出饭店回公司的路上，屠乐乐就在想回头得跟安家国说一声，因为刘奇的出现实在是太突然了，让她手足无措。毕竟知道她当警察的人不少，但是多数都在老家，而那些人也不太可能会出现在省城，可刘奇偏偏就突然冒了出来。

有一就有二，屠乐乐还真怕再有熟人出现，到时候自己的身份暴露是小，要是导致整个卧底计划失败的话，那麻烦就大了。

屠乐乐回到公司时，还有点心不在焉，李薇薇对此并没觉得奇怪，因为屠乐乐之前告诉她自己遇到了一个讨厌的、追求她的人，遇到这种事没有哪个女孩能够淡然处之。

“乐乐，要不你待会儿请个假回去休息一下。”李薇薇好心地劝道。

“不用，我没事。”屠乐乐逐渐镇定下来。她的心理素质还是不错的，要不然也不能被派来当卧底，只是这次的偶遇实在太过意外和突然，以至于她有些蒙，亏得她还算冷静，当时离开得也很果断及时，要不然可能就真的露馅了。

屠乐乐跟李薇薇又闲聊了几句后，正琢磨着要不要给安家国打电话汇报这件事，突然间，她眼角的余光一扫，就看到几个人正朝辉煌大厦这边走来，其中就有刘奇。

这让屠乐乐已经平静下来的心又再次翻腾起来：这是怎么回事？难道他是追着我过来的？不，不可能的，他刚才只是看了我一眼，怎么可能知道我在这里上班？可是……他在朝着公司这边走！完了，完了，要是被他看到我在这里当前台，问一句你怎么会在这里？我铁定就暴露了。

想到这里，屠乐乐猛地站起来，捂着肚子对李薇薇道：“薇薇，我肚子有点不舒服，去个洗手间。”

“去吧，去吧，不会是吃坏肚子了吧？”李薇薇摆摆手让屠乐乐离开，还关切地问了一句。

屠乐乐刚走，刘奇和他的同事们就进入了辉煌大厦。

屠乐乐并没有真的去洗手间，而是站在拐角处注视着大厅内的情况，眼见刘奇果真是来了公司，不管他来这里干什么，屠乐乐的心里都冒出了随时可能会暴露的危机感。

她做了个深呼吸，强迫自己镇静下来，同时告诉自己不要慌，拿着手机进了洗手间。

此时，她已经顾不上联络安家国了，因为远水解不了近渴，她首先想到的还是花美颜。在确定洗手间里没有其他人后，屠乐乐将电话拨了过去。

“喂，花大姐，别说废话，我这里有急事找你。我刚才出去吃饭，结果遇到一个对我知根知底的老邻居，糟糕的是他现在到了我们公司，看样子是来谈生意的。我怕被他看到，现在躲在洗手间里，你帮我查一下他来干什么，可以的话，尽快将他弄走。”屠乐乐已经没有心情跟花美颜闲聊，开门见山地把事情说了。

“好的，乐乐姐，你别慌，我马上想办法。”花美颜也意识到事情不妙，声音一下子变得严肃起来。

挂断电话后，屠乐乐没敢离开洗手间，免得回去后遇到刘奇，于是给李薇薇发了条微信，说自己肚子还是不舒服，在洗手间里多待会儿，让她多辛苦辛苦。

“乐乐，你怎么了？不会是吃了什么不干净的东西吧？不应该呀，咱们吃的是一样的东西，我就没事。”过了一会儿，李薇薇发微信过来，关心地问道。

“我也不知道，不过不严重，前台忙吗？”屠乐乐问道。

“还好，刚才来了一些谈合作的客户。”李薇薇回答道。

“那些客户走了没？”屠乐乐接着问道，这才是她最关心的。她猜李薇薇说的客户就是刘奇等人，他们不走，她不敢露面。此时她有些庆幸，幸亏刚才在饭店里自己及时将李薇薇拉了出来，她没看到刘奇，否则后果不堪设想。

“还没有。”李薇薇回道。

“那就辛苦你了，这本来是咱俩的工作。”

“不要这么说，谁做都是一样的。”

屠乐乐待在洗手间里，拖到刘奇等人离开才出来。她回到前台时，都到了快下班的时间。屠乐乐刚松了口气，李薇薇的一句话让她的心又提了起来。

李薇薇道：“今天的那些客户好像是来谈一笔不小的生意，估计明天还得来。”

屠乐乐有种天昏地暗的感觉，如果他们只来一天，她可以说自己肚子不舒服混过去。他们要是连着来几天，自己怎么办？她总不能天天肚子痛，然后赖在洗手间里不出来吧？这样的话，很难不引起别人的注意。

屠乐乐暗下决心：不行，看来得尽快想办法解决这件事了。

李薇薇和温婉说晚上要出去吃饭，屠乐乐以自己肚子还有些不舒服为由拒绝了。在她们走后，她打电话给花美颜。

“花大姐，调查得怎么样了？刘奇究竟是来干什么的？”屠乐乐问道。

“你没问问你同事？”花美颜问道。

“废话，我之前说自己肚子痛，一直待在洗手间，出来后就问刘奇他们来公司干什么，你不觉得很奇怪吗？到时候引起怀疑不是死得更快？赶紧说，查出来什么没有？”屠乐乐催促道。

“别急，我这就跟你说。刘奇所在的公司最近正在积极寻求跟辉煌集团的合作，想要成为其某种产品的供货商。这种商业谈判很是麻烦，最快也得五六天才能谈出个眉目来。”花美颜将自己了解到的情况告诉了她。

“那可怎么办？就算期间有两天休班，可是上班的时间依旧不少，我总不能天天躲着他吧？”屠乐乐紧皱眉头道，“看来得通知安处，让他帮忙想办法了。”

“安处估计也没辙，他不可能去干涉别的公司的正常经营，不过……我有办法，乐乐姐，只要你能再等一天，这事我应该就可以解决。”花美颜自信满满地道。

“一天倒是没问题，我明天就是休班，可是你怎么解决？”屠乐乐好奇地问道。

“能够用钱解决的问题都不是问题，而我家很有钱，并且正在做类似的业务，所以只要我跟我爸说一下，应该就能半路截和，刘奇的公司自然不用再跟辉煌谈了。”花美颜轻描淡写地道。

“你确定这法子能行？”屠乐乐将信将疑地道。

“放心吧，相信我就行了。”说完，花美颜就挂了电话。

事实证明花美颜的确没有吹牛。屠乐乐休息了一天后去上班时，再没见到刘奇的踪影。后来她偷偷跟同事打听了一下，说是生意没谈成，于是刘奇等人就撤了。

屠乐乐感到十分高兴，特意请花美颜吃了一顿表示感谢。

“花大姐，这次你家没有赔钱吧？”屠乐乐有些不好意思。

“乐乐姐，这次截和，我家的公司不但没亏，还小赚了一笔，应该是我请客才对。我爸还夸我有生意眼光，问我是不是想接手家里的生意，愁死我了！”花美颜有些得意又有些郁闷地道。

屠乐乐也没忘打电话给安家国，将这件事的来龙去脉汇报了一遍，为的是防止以后再有此类事情发生时连点应对措施都没有。这次有花美颜出手，算是解决了问题，但是不可能次次都让她靠着家里的财力来解决问题，所以提前做一些预防措施还是很有必要的。

此事过后，屠乐乐的工作再次恢复平静。

一天上午，屠乐乐正在接收快递，看到感应门缓缓打开，一个年轻小伙子捧着一束鲜花走了进来，他来到前台道："您好，我是心相印花店的，这里有一束鲜花需要你们公司的韩雪艳当面签收。"

鲜花不同于快递，一般来说前台是不会代收的。辉煌集团的规章制度就算再严格，也不会禁止员工日常的人际交往，所以前台遇到这种情况，只要打电话向签收人询问一下，再让花店的人做个登记就会放行。

屠乐乐正在忙，打电话的事就成了李薇薇的活儿。

李薇薇打过电话，又让花店的员工登记后，就摆摆手让他上了楼。她对屠乐乐道："真没想到这个韩雪艳的魅力这么大，不光公司里的一帮男人对她猛追，外头也有人送鲜花发起攻势。"

"你羡慕呀？"屠乐乐笑着道。

"能不羡慕吗？那可都是钱呀。"李薇薇撇了撇嘴，道，"刚才那一束玫瑰花，名字叫缤纷极光3号，是欧洲那边培育出来的，国内根本就没有，每一朵都得空运过来，并且从采摘到送达，时间不能超过二十四小时，否则就彻底凋零了，所以贵得要死，一朵少说也要一千多，你想想看，刚才那一束得多少钱。"

"这么贵？！"屠乐乐一惊。

她当然知道有些鲜花价格不菲，但是听到一朵花要上千块还是相当惊讶，心想：要是花大姐在这里，估计就不会觉得稀奇了。

“贵吗？”李薇薇不以为然地摇摇头道，“比这贵的花有的是，没什么大惊小怪的。你想想看，想要泡韩雪艳这样的美女，不拿大把大把的票子砸怎么行。”

“你说得有理。”屠乐乐笑着道，“你要是羡慕，那就努努力，等你什么时候征服了霸道董事长，这些都是小儿科。”

“要是真有那么一天，我是不会让他送我这种华而不实的东西的。”李薇薇嘴上这么说，目光中的热切和渴望却怎么都掩饰不住。

屠乐乐看到她这个样子，心中暗笑：完了，已经是花痴晚期了。

俩人正聊着，突然看到刚刚送花上去的花店员工匆匆忙忙地走了下来，神情颇为紧张。

屠乐乐看了一眼，觉得有些奇怪，却也没有多想。那个员工刚刚走出门，员工电梯突然打开，有两个人猛然冲了出来，大喊道：“拦住那个送花的，不能让他走。”两个人一边说，一边朝花店员工追过去。

“别追我，不关我事，我就是个送花的。”花店员工吓坏了，不敢再走。

“怎么回事？”见状，一向喜欢打听八卦的李薇薇问道。

“刚才这个家伙送花上去，韩雪艳刚刚签收，没想到正在那里和她谈工作的维特就哮喘发作，谁敢说不是这个家伙送的花引起的？坚决不能让他走。”其中一个回答道。

“维特？”李薇薇一愣道，“哪个维特？”

“管财务的那个。”

“糟糕。”李薇薇一惊，担心地问道，“他没事吧？有没有打电话叫救护车？”

“打是肯定打了，但是能不能来得及就不知道了。看他现在的样子，挺严重的。”另一人说道。

“不应该呀。我记得维特虽然有过敏性哮喘，可是他身上一直都带着治疗哮喘的喷剂呀。”李薇薇皱眉道。

“他当时的确是找喷剂来着，可是喷剂落在十七层了，刚才韩雪艳跑去帮他拿，谁知道竟然已经用完了。”这人摇了摇头叹息道，“你说他倒霉不倒霉。”

“那怎么办？”李薇薇也慌了。要是其他人遇到这种事，她多半不会着急，可是维特是她的好朋友，他现在哮喘发作并且有生命危险，她自然相当担心。

“别急，别急，肯定有办法的。”屠乐乐一边安慰李薇薇，一边焦急地想办法。她突然想起，刚刚接收的快递之中就有维特的包裹，并且她隐约记得自己当时摇晃时，里头装着的就是药品。

屠乐乐心想：那个包裹说不定就是他需要的药品呢？她连忙找到了维特的快递，三下五除二将其撕开，发现里头装着的果然是一个治疗急性哮喘的喷剂，顿时大喜，朝着李薇薇道：“别急，维特有救了。”

说着，屠乐乐冲向电梯，直上九层。韩雪艳在九层工作。

她刚出电梯，就听到一阵喧闹声，明显维特的突然发病让在场的人都有些慌神。屠乐乐还听到了粗重且艰难的喘息声，显然是维特发出来的。

“维特，别怕，药来了。”屠乐乐大声喊着，伸手将围观的人推开，同时把手里的喷剂塞到了维特嘴里，用力按了几下。

“喂，你什么人呀？什么情况都不知道，你就敢乱给他服药，出了问题算谁的？”

“这不是刚来的前台吗？她怎么会来这里？”

“我记得她，她就是屠乐乐，当众怼了谢经理的那个前台。”

众人见到屠乐乐出现，不管是看热闹的还是真关心维特的，都将目光投在了她的身上，开始你一言我一语地低声议论。

过敏性哮喘来得快，去得也快，只要措施得当，很快就能控制住病情。维特刚才气喘如牛，好像随时会断气似的，喷了两下喷剂后，症状马上就得到了缓解。

“谢谢。”维特看着屠乐乐说道。

“不用谢。”屠乐乐道，“这药是你自己的。回头你别怪我私自拆开你的快递包裹就行。”

维特没有再说话，看向屠乐乐的目光中充满了感激。他当然不会怪屠乐乐拆了自己的包裹，只会感谢她救了自己一命。虽然他现在病情有所缓和，却不适合说话，要不然一定要好好感谢一下屠乐乐。

没过多久，救护车来了，维特被送去医院。虽然哮喘已经缓解，可还是要进行检查，以及相关的治疗。

屠乐乐没有在九层做过多停留就回到前台。她刚才陪着维特时，简单观察了一下九层。这是她头一次到这一层来。她来去匆匆，众目睽睽之下，实在做不了什么。

“乐乐，维特没事了吧？”见到屠乐乐回来，李薇薇忙问道。她刚才看到维特被放在担架上抬了出去，所以心里越发担心。

“他已经过了最危险的阶段，送去医院只是为了确保没有大碍。”屠乐乐拍拍李薇薇的胳膊安慰她，见她放下心来，随即又道，“我估计维特肯定要住院观察一段时间，你要是实在担心，不如下班之后，咱们叫上婉婉一起去探望他，怎么样？”

“嗯，就这么办。”李薇薇点点头道，“要不然终究还是不太放心。”

李薇薇马上发微信给休班的温婉，约定时间，并让她准备一些水果什么的，鲜花肯定是不能再带了。

当然，屠乐乐建议李薇薇去医院探望维特也不仅仅是为了让她放心，更重要的是，屠乐乐想趁机跟维特搞好关系，成为更好的朋友。

屠乐乐之前拿着喷剂冲上九层救维特时，并没有杂念，只想着救人。别说跟维特认识，就算是个陌生人，她也不会袖手旁观。可是当维特转危为安后，屠乐乐马上想到了自己的任务。

虽然这么做，多多少少有点利用之嫌，这让屠乐乐心里稍感内疚，可任务就是任务。让她感到欣慰的是，自己这么做并不是为了做坏事或谋取私利，而是为了破案，手段兴许不太光彩，目的却是光明正大。

不知道将来薇薇、婉婉和维特知道了事情真相，以及我的身份后，还会不会把我当成朋友？屠乐乐心里这么想着，竟有点伤感和沉重。

下班后，屠乐乐和李薇薇换下工作服，一起离开辉煌大厦，跟已经在外面等着的温婉会合，去往省第二医院。

省第二医院就在中山路上，离辉煌大厦很近，它们的救护车来得最快，这对抢救病人来说无疑是最好的。

因为维特的家人并不在省城，所以即使他现在住院，身边也没有人陪着。同病房的其他患者总有家人、亲戚、朋友在身边不时地嘘寒问暖，维特这里显得格外冷清。

维特躺在靠窗的一张床上。屠乐乐三人来时，他正歪着头看着窗外，目光有些迷离，也不知道在想什么。

“三殿下，我们来看你了。”身在病房之中，李薇薇不想将气氛搞得特别压抑，于是随口开了个玩笑。

“叫我维特。”听到李薇薇的声音，维特猛地转过头，脸上满是惊喜的表情。

他先是朝着温婉打了个招呼，接着才看向屠乐乐道：“乐乐，谢谢你救了我。”

“甭客气，我也是碰巧了。”屠乐乐自然不会邀功，“如果不是你正好有个喷剂到了，我就算有心也救不了你，说到底还是你福大命大，自己救了自己。”

“不管怎样，都得谢谢你。”维特道，“我怎么都没想到自己会突然发作，更没想到我的喷剂偏偏在这个时候用没了，现在想想都后怕。”

“都怪韩雪艳，都是她那束缤纷极光3号害的。”李薇薇很是不爽地道。

“薇薇，也别这么说，韩雪艳又不是故意的。”温婉柔声道。

李薇薇冷哼一声，道：“维特，你肯定跟她八字不合，要不然怎么总是在她那里倒霉。”

“维特，你问过医生没，需要住几天院？”屠乐乐问道。

“医生说我这次的发作又突然又厉害，强烈建议我多住几天，最少也得住三天好好观察一下。”说到这儿，维特叹了口气，“其实我不太想住，最近工作很忙，有些事情离不开我，我要是休息三天，那麻烦就大了。”

“为什么不住？！”李薇薇道，“究竟是工作重要还是命重要？！”

“薇薇说的对，不管怎么讲，身体都是第一位的，工作再要紧也得先放在一边，况且我没听说公司最近有什么大动作呀，你能有什么工作要忙？”屠乐乐这句话，任谁听了都是劝维特好好休养身体的宽心话，其实她有套话的目的。

“你们不知道。”维特摇摇头道，“集团的确是没有什么大动作，可是旗下的一个子公司最近在为上市做准备。”

“上市？”李薇薇道，“哪个公司？”

第九章　来客不善

当红明星、董事长的客人就可以不登记硬闯吗？屠乐乐偏偏不吃这一套！

“薇薇，这种话也能问？”温婉连忙制止她继续问下去，因为这已经算是公司机密了。问得太多，维特说也不是不说也不是，对谁都不好。

“没关系，等到这事一公布就不算什么秘密了。”维特道，“况且我也信得过你们。准备上市的是万古网络，只是能不能成，真的说不好。”

“万古网络现在的发展势头很迅猛，不少游戏都很火，应该可以赚不少钱吧，为什么突然要上市呢？”屠乐乐问了一句。

“你看到的都是表象，事实并非如此。”维特轻笑一声，摇了摇头，却没有再继续说下去。他告诉屠乐乐等人万古网络要上市，固然是信任她们，也是因为这并不算是多大的秘密，说了也就说了。可是万古网络的财务信息，那就是万万不可以透露的了，因为这是公司的机密，作为财务总监保守秘密也是他的职业操守。

屠乐乐虽然好奇，并没有继续追问。李薇薇和温婉自然也没有多问。

不过看李薇薇眼珠子转来转去的样子，显然她已经在考虑要不要等万古网络上市，抢购一批股票赚点快钱了。

仨人正在聊天儿，病房的门被打开了，一股淡雅的香水味飘来，一个令人意想不到的人走了进来，是韩雪艳。

维特之所以会哮喘发作住院治疗，是因为别人送给韩雪艳的那束鲜花。于情于理她都应该来看看维特，表达一下歉意什么的。可是当她果真到来时，在场的人还是有点错愕。

“哼！”李薇薇冷哼一声，道，“我饿了，出去找点东西吃。”

“我也去。”

“一起吧。”

温婉和屠乐乐此时当然不好留下来，于是借着李薇薇的话一起走了出去。

“什么人呀，假惺惺，绝对是黄鼠狼给鸡拜年，没安好心。”李薇薇道。

“不要这么说，人家本来就不是故意的，现在又过来看维特，也算是做得很到位了。”温婉劝道。

“总之我就是看她不顺眼。”李薇薇不爽地踢了踢路边的冬青，道，“维特一个人住院有点可怜，我在想要不要请两天假照顾他。”

“特意请假就不必了吧。”屠乐乐劝道，“毕竟又不是特别严重的病，你要是觉得他一人太过孤独，大不了咱们下了班过来陪他聊聊天儿。”

“我同意乐乐的建议。”温婉点头道。

“那就听你们的。”李薇薇倒也没有坚持，又道，“你们想吃什么？”

“随便什么都行，我刚看到一个朋友，过去聊两句，咱们待会儿病房见。”说着，屠乐乐朝着远处走去。

“在医院里都能见到朋友，乐乐可真行。”李薇薇道。

“偶遇呗，走了走了，找吃的去。”温婉拉了拉正探着头朝屠乐乐远去的方向张望的李薇薇，随即朝医院外面走去。省二院外面有不少小吃摊，想吃什么有什么。

屠乐乐沿着院内的甬路走了一段，绕了两个弯后悄无声息地走到了一个正站在一丛冬青树旁的女孩身后，轻轻一拍她的肩膀道：“看什么呢？”

“哎呀。”那女孩吓了一跳，刚想喊，转过身来看到是屠乐乐，“乐乐姐，你知不知道人吓人会吓死人的。”

“你怎么在这儿？”屠乐乐看着面前的花美颜问道。

“其实也没什么大事，就是安处让我问问你，最近收集到了什么有用的证据没有？”花美颜问。

“有点，我注意到辉煌大厦内有不少区域的保密级别很高，所以我推测其中说不定就有破案所需的重要证据。”屠乐乐道，“为了能够进入这些区域，我正在努力地跟相关人员拉近关系。比如，现在正在住院的维特就是其中之一。”

“那有没有什么需要我帮忙的？”

“帮我查一下谢峰这个人吧。”屠乐乐想了想，道，“最近他一直在针对我，虽然对我来说并不算什么特别大的麻烦，我也能从中收集到一些零零碎碎的情报，可是总这样见招拆招实在是太被动了，所以我得捏住他一些把柄，关键时刻给他致命一击。”

“谢峰，我记住了，保证马上就能将他查个底儿掉。”花美颜一听自己也有活儿干，立马变得相当兴奋。

“等查出结果后，再联系我。”屠乐乐道，“记住了，动作不要太大。还有，尽量不要动用警局的资源，免得惹来不必要的麻烦。”

“行，我知道了。”花美颜点点头。

两人简单聊了两句便分开了。

屠乐乐又在甬路上闲逛了两圈才返回病房，在路上时，她总觉得有人在看自己，可是当她环顾左右时又没看到什么可疑的人。这让她禁不住有些怀疑，自己当了两天卧底后，都有些神经过敏了，总是疑神疑鬼的。

只是屠乐乐不知道，在她走进住院部时，韩雪艳正从住院部的三楼走下来，而她刚才所在的位置，恰好能够看到院内的景象，屠乐乐和花美颜分开时的情景被她看个正着。

屠乐乐回到病房时，见韩雪艳已经走了，而李薇薇和温婉还没回来，于是就拿起水果刀给维特削苹果，随口问道：“韩雪艳来干什么？”

“还能干什么，装好人呗。”维特一脸不屑地道，“上一回因为她我挨了打，她就来过一趟，猫哭耗子假慈悲，虚伪得要命，每次跟她说话都让我恶心得要死。”

“正好，吃块苹果压压。”屠乐乐将削好的苹果递给维特道。

“呀，你削苹果这么快！”维特显然没想到，不过是两句话的工夫，屠乐乐就把一个苹果削好了，而且削下来的果皮完完整整，这一手着实让他惊叹不已。

“这也没什么稀奇的。”屠乐乐没想到维特竟然会注意到这些，连忙掩饰道，“不过是削个苹果而已，练熟了谁都能成。”

“别人成不成我不知道，反正换成是我肯定不行。”维特一边说，一边伸出手道，“我这双手可是笨得很，也就是按按计算器什么的还行。”

“一个人一辈子能够做好一件事已经相当了不起了。”屠乐乐笑着道，“就像你，因为擅长按计算器，所以在十七层上班，而我们只能在一层。说起来，我一直很好奇，十七层的风景是怎样的？”

“景色倒是不错，只是看得多了也就没什么意思了。”维特道，“等我出院了，你想去看的话，就来找我。”

“不会给你添麻烦吧，我听说，十七层是不允许一般员工上去的？”屠乐乐欲擒故纵地问道。

“也没你说的那么严重。”维特摇摇头道，“一般来说，十七层的确不让普通员工随便上去，不过特殊情况下是可以的，比如我有事需要你帮我办，到时给你个临时授权，自然就能上去看看了。规矩是死的，人是活的嘛。”

“那好，等我闷了，想看风景时就去找你。”屠乐乐笑了。

“不闷的时候来找我也行。”维特笑道，“我有时候待在十七层也很闷，你要是乐意找我聊天儿，我会很开心的。”

“等你闷了，想找人聊天儿，可以随时叫我。”屠乐乐道。

“好的，谢谢你。”

“谢我什么？”

“谢你救了我，还有愿意陪我聊天儿解闷。”维特感激地看了屠乐乐一眼，道，“能在这里结交你、薇薇还有婉婉这几个好姐们，我觉得很幸运。”

“不只是你，我们也一样。”屠乐乐道。

“聊什么呢？”病房的门被推开，李薇薇和温婉拎着大包小包走了进来。

人刚到，一股令人禁不住皱眉的味道就扑面而来。

“什么东西？”屠乐乐不禁捂住了鼻子。

“榴莲。”温婉瓮声瓮气地道。此时屠乐乐才注意到，她的鼻孔里竟然堵着两团纸。

“谁买的？这是要搞恐怖袭击吗？”屠乐乐捂着鼻子连忙躲到一旁。

榴莲这种东西跟臭豆腐差不多，喜欢的人就喜欢得要命，不喜欢的人恨不得闻风远遁。屠乐乐恰好是后者，她可以接受臭豆腐，却对榴莲无爱。

“开什么玩笑，谁舍得拿这天赐美味去搞恐怖袭击呀，这不是暴殄天物吗？”李薇薇道。

“没错，没错。”维特连连点头。

“你们慢慢享用吧，我先出去躲躲，实在是受不了。”屠乐乐捂着鼻子就走，临走前还不忘打开窗户。

现在已经是七月底，天气很热，开着窗户倒是没什么事。要不然只怕隔壁床上的患者和家属全都得疯掉。

温婉见屠乐乐要走，连忙也跟了出来。

到了病房外，温婉取下鼻孔中塞着的纸团，长长地吸了口气后道：“我的妈呀，真是憋死我了，简直就是一场灾难。”

“我其实很同情维特的那些病友。”屠乐乐道，“我决定为他们默哀几分钟。”

“我也是。”温婉道。

说到这儿，两人相视一笑。

次日李薇薇正好休班，一早就去医院陪维特，而屠乐乐和温婉则照常上班。按照排班表，还有一个名叫郑茜的前台跟她们一起当班，只是跟她俩不同，郑茜几乎是卡着迟到前的最后一分钟才来，见到屠乐乐和温婉已经打扫完前台的卫生，什么话都没说。

对此，屠乐乐心里有些不爽。因为按照规定，当班的前台需要提前半小时到公司，然后共同打扫卫生，可是郑茜却姗姗来迟，逃避了本该属于她的事情也就罢了，事后连句歉疚的话都没有，好像屠乐乐和温婉就应该分担她的那些活儿似的，着实有点不太讲究。

不过屠乐乐觉得，在这种鸡毛蒜皮的事情上跟她掰扯有些不太值得，于是也就忍了，心里对她的印象变得很差。

屠乐乐不言语，性情一向温和的温婉就更不会说什么了，只是俩人相当有默契地没怎么跟郑茜说话。前台一下子变得有些沉闷，只有屠乐乐和温婉偶尔会低声聊上两句。

郑茜感受得到屠乐乐和温婉的疏远，却并不在乎，反倒是撇了撇嘴，低声道：“谁稀罕跟你们说话。”

“呦！乐乐，今天你上班呀！”范小盟和蒋文浩来打卡时，笑着跟屠乐乐打招呼。

“你俩够早的！”屠乐乐笑着回道。

“不早不行呀。浩哥说了，早起的鸟儿有虫吃，哎哟……”范小盟话没说完就挨了蒋文浩一下。

“就你嘴快。”蒋文浩瞪了他一眼。

“什么情况，最近有大项目？”屠乐乐走到蒋文浩身边问道。

“嗯，正在跑，才刚刚有点眉目，行不行的还真不太敢确定，所以没有跟你说。”蒋文浩凝视着屠乐乐道，“等这一单拿下，我们就能翻身了，到时候一定要请你吃饭，好好庆祝一下，你可得赏脸。”

“行吧，等真成功了，我就跟你们一起去庆祝。”屠乐乐点点头。

“一言为定。”

“行。”

等俩人离开，温婉看着他们的背影道：“你就不怕他们连累你？”

“有什么可怕的。”屠乐乐知道她这话什么意思，“要是交朋友还想那么多就太没劲了。谢峰真想跟我过不去，就让他放马过来吧。”

奇怪了，今天董事长和副总裁怎么来得有点晚？屠乐乐注意到，绝大多数的员工都已经到了，可是以往很早就会来签到上班的耿一鸣和徐杰却迟迟没来，她不禁有些纳闷儿。不过这种事也轮不到她操心，毕竟作为辉煌集团的高层，耿一鸣和徐杰除了有最大的权力之外，也有着绝对的自由，他们来不来上班，早到还是晚到，其实都由自己说了算，没有什么规章制度能够管得了。

上午九点多，各大快递公司的快递员陆续来送快递，屠乐乐随之忙碌了起来，自然也就没有闲心去想其他的。

屠乐乐接收完一批快递，正在喝水休息时，感应门打开，一个略显魁梧的男人走了进来。他先是左右看了一眼，然后做了个“请”的手势。

一个体态婀娜、衣着妖艳的女人迈步走了进来。她戴着一副极大的太阳镜，遮住了大半张脸，让人很难一眼看出她的样貌。她的身旁跟着一个中年女人，颧骨略微有些高，给人一种刻薄之感，看人的眼神带着几分审视和拒人于千里之外的冷漠。

这三人一前两后进了大厅，就好像压根儿没有看到屠乐乐三人似的，径直就要向旁边的电梯走去。

“屠乐乐，你去接待他们吧。”一直在低头看手机的郑茜突然道。

“乐乐……”温婉刚想说话，却被郑茜瞪了一眼。此时屠乐乐也已经走了过来，伸手将那三人拦住道：“三位客人你们好，我是前台屠乐乐，欢迎来我们辉煌集团，请问你们有预约吗？”

“没有。”那个中年女人瞥了屠乐乐一眼，道，“我们诗诗可是你们董事长的客人，从来都是想来就来，哪里还需要什么预约！我们的时间很宝贵的，没空跟你闲聊，快让开吧。”

说到这儿，她不再看屠乐乐，迈步就要继续往前走。

“请稍等。”屠乐乐再次将他们拦住，道，“很抱歉，既然没有预约，那我是不能随便放你们进去的。”

“小姑娘，你这样做就很让我们为难了。”那中年女人脸一沉，道，“我们今天来是有要紧事，耽误了我们的事，你承担不起。”

“请让开，要不然我就对不住了。”那男人明显是保镖，此时他走了过来，伸手就要推屠乐乐。

“这里是辉煌集团，我是这里的前台，接待每一位到访者是我的职责，你们叫谁让开？”见保镖的手伸过来，屠乐乐当即毫不犹豫地一把抓住他的几根手指，用力一掰，本来面无表情的保镖顿时脸色微变。

“乐乐，小心！”温婉见屠乐乐拦住了这三人，生怕她会吃亏，连忙走了过来。只是让温婉没想到的是，现在吃亏的并不是自己所担心的屠乐乐，而是那个保镖。心里暗暗惊讶的同时，她凑到屠乐乐身边低声道：“乐乐，这个女人是秦诗韵。”

“谁？”屠乐乐摇头道，“我不认识。”

“什么？你竟然不认识我们诗诗？”那个经纪人模样的中年女人听到这话，当时就炸了，她指着屠乐乐道，“你怎么回事！居然不知道我们诗诗！”

“不知道就不知道呗，很奇怪吗？”屠乐乐并没有因此退让，依旧一副公事公办的样子道，“倘若你们想见董事长，就请到我们前台登记，然后在旁边的沙发上等待董事长见你们。”

“谢经理，秦诗韵来了，屠乐乐傻乎乎地冲上去把他们拦住了。”一直冷眼旁观的郑茜悄悄发了一条微信。

“很好。你随时向我汇报情况，等屠乐乐把事情闹大了我再下去，这次我一定要将她扫地出门。”很快，一条微信回了过来，同时还有个狂笑的表情。

“明白！”

此时辉煌大厦一楼大厅内，屠乐乐一只手掰着保镖的手，对那个经纪人道：“请到前台登记。”

“我们要是不登记呢？”那经纪人脸色很难看，瞪着屠乐乐道。

“抱歉，那我就不能让你们进去，这是规定。”屠乐乐不卑不亢地说道。

“你……”经纪人气得脸都红了，可是看着被屠乐乐一只手就给制住的保镖，她也知道想玩横的估计行不通，只得转头看向身旁的妖艳女人道：“诗诗，你也看到了，这个小前台左一个不认识你，右一个规定，这是摆明了要刁难咱们哪。”

“哼！这点小事都做不好，看来我真得考虑一下是不是换个经纪人了。”一直没怎么说话的妖艳女人冷哼了一声，伸手将戴着的太阳镜摘了下来，看着屠乐乐道：“知道我是谁了吗？”

“不知道。”屠乐乐摇头道。

其实屠乐乐又怎么会不知道面前这个女人是谁。就算之前不知道，现在也早就认出她是秦诗韵了。作为当红明星，万古网络平台就是由她代言的。只要在万古网络平台上玩游戏，想不看到她的平面照片和广告视频都难。

此外，屠乐乐还听李薇薇说过一些八卦新闻，就是关于这个秦诗韵和董事长耿一鸣的。据说耿一鸣十分欣赏秦诗韵，特意请她来给万古网络平台代言，并且秦诗韵似乎对耿一鸣也颇有好感，两人无论现实生活中还是网络上，经常有一些互动，所以在辉煌集团内部，不少员工都认为秦诗韵很有可能会成为耿一鸣的女朋友。至少，两人之间也有点暧昧。

对于一个跟董事长关系很密切的女人，没有谁愿意去主动招惹。如果一开始就将她认了出来，屠乐乐多半不会去拦她。可是现在她已经是骑虎难下，不得已之下，只能是一条路走到黑了。

幸好她现在拦住秦诗韵三人都是在按照公司的规章办事，不管谁来了，都不能说她有错。

我跟郑茜往日无仇近日无冤，她为什么要阴我？可恶！想起郑茜刚才让自己去给这三人登记，而自己当时也没多想就听了她的话，结果却一脚踩进了坑里，屠乐乐心里就窝火，同时对郑茜暗恨不已。她转头看去，见郑茜脸上挂着幸灾乐祸的笑容，更火大火，真想一巴掌抽碎她满嘴牙。

恼火归恼火，现在的屠乐乐也不能拿郑茜怎么样，起码眼下不能跟她算账。同时她也不可能再退缩，要不然自己的面子往哪里摆，唯一能够做的就是揣着明白装糊涂，继续强硬下去。

"我是秦诗韵，你们董事长请我来给你们的万古网络平台做代言，现在我可以进去了吗？"秦诗韵见屠乐乐明明看到了自己的脸，依旧说不认识，心里禁不住一阵气恼。身为一个明星，最不爽的就是竟然有人不认识自己，会让她觉得自己知名度不够。

现在看着面前的前台张口闭口说不知道自己，秦诗韵心里的火气越积越多，不过顾虑到自己的形象，又不能当众发火，但她牢牢记住了屠乐乐，心里想着有机会跟董事长说一下，将这个不知所谓的小前台换掉。身为辉煌集团的前台，竟然不认识她秦诗韵，简直就是不可原谅!

“我现在知道了，你是秦诗韵。”屠乐乐点点头道，“不过没有提前预约，现在又不肯登记，我还是不能让你进去。”

“你……”秦诗韵没想到自己都把身份亮出来了，依旧被挡住，这让她顿时有种下不来台的感觉。

“你太过分了！”先前被秦诗韵训斥了一句的经纪人正想着怎么在她面前表现一番，好保住自己的工作，现在见屠乐乐一副油盐不进的架势，心中大喜，当即站出来怒喝道，“你不过就是个小前台而已，竟然三番两次的刁难我们诗诗，看来你是不想要自己的工作了！去，把你们经理叫来，我倒是要问问，凭什么拦我们诗诗，耽误了工作，造成损失算谁的？”

见状，秦诗韵也不再说话，重新戴上了太阳镜，站在一旁一言不发。

“露露姐，您别生气，我已经通知了我们经理，他马上就下来。”郑茜在此时说道，同时奉上了一个带着几分谄媚的笑脸。

“哼！早这样说不就完了，看来辉煌的前台还是有明白事理的。”秦诗韵的经纪人名叫郝露，她夸赞郑茜的同时也没忘嘲讽屠乐乐，警告的意味相当明显。

“乐乐，要不你给露露姐道个歉。”见状，温婉柔声劝道，想要帮屠乐乐将这事给遮掩过去。不然等经理来了，就糟糕了。她可是知道谢经理一直都看乐乐不顺眼，没事都想找她的麻烦，现在很明显乐乐得罪了不该得罪的人，他肯定会借题发挥的。

“现在道歉，晚了！”郝露冷笑道，“我们诗诗哪里受过这样的气，今天不好好说道说道，这事就不能算完。”

“谁呀，竟然得罪了露露姐。”说话的同时，谢峰已经一溜小跑过来，满脸赔笑地说，“露露姐，您先消消气，秦小姐也别生气，我刚才有事没在，让你们受委屈了，现在我来了，有什么事只管跟我说，如果是我们员工的责任，我一定严肃处理，绝不姑息！”

说到最末一句，谢峰看向屠乐乐。

哼！想要处理我，做梦去吧。屠乐乐当然知道谢峰这话是冲自己来的，不过她可不是一般的刚毕业参加工作的小女生，被人吓唬两句就怕了。谢峰越是这样大呼小叫，她反倒是越不怕。

“谢经理，这可不是我们在没事找事，更不是我们诗诗在耍大牌，实在是你们的这个小前台有点太过分了。”郝露见谢峰这样子，马上又端起了大牌明星经纪人的架子道，“起初，我们要上楼去见董事长，她就拦住了我们，问我们有没有预约，开玩笑！我们诗诗来辉煌工作，什么时候需要提前预约？”

“是是是……”谢峰点头道，“秦小姐是我们万古网络平台的形象代言人，又是我们董事长的好朋友，来辉煌集团当然不用预约。”

说到这儿，谢峰看了屠乐乐一眼，目光中全是待会儿再找你算账的意味。

“还是谢经理明事理。”郝露脸上露出一些笑容，“可是你们这个小前台就不行了，好说歹说都不行，刚才还跟我们的保镖动了手，非要我们登记，还口口声声说这是规定。”

“这的确是规定。”屠乐乐很认真地道。

“你看，到现在她还嘴硬！”郝露像是抓住了把柄似的，指了指屠乐乐道，“刚才她就是这样的，态度比现在还恶劣。其实光是这样也就罢了，最可气的是什么你知道吗？”

“您说，”谢峰道，“我一定严厉批评她。”

“最让人生气的是她竟然不认识我们诗诗！你说说看，身为辉煌集团的前台，居然不认识我们诗诗，甚至还百般刁难她，把我们诗诗气得心口痛，这要是影响了待会儿的工作，怎么算？”郝露看着屠乐乐道，“所以，绝对不能原谅！”

“您说得对，这事我一定严肃处理，绝不姑息。”谢峰赔着笑脸说道。转过脸来看向屠乐乐时，他的脸色瞬间变得冰冷，他沉声道：“屠乐乐，你怎么回事？身为前台，竟然不认识咱们公司的形象代言人秦诗韵小姐，你究竟是干什么吃的？还有，你三番两次刁难他们，到底想要干什么？你是不是不想干了？”

“我就是想继续在辉煌集团工作，才会这么做。”屠乐乐道，“因为我刚才所做的一切都是按照规章制度来的。”

“你还敢犟嘴？”谢峰本以为自己揪住屠乐乐的差错，可以好好训斥她一顿，出了当初在她面前栽跟头的恶气，再顺势将她扫地出门，完成副总裁交代下来的任务。

可是让谢峰万万没想到的是，屠乐乐根本就不吃他这一套，明明该诚惶诚恐地接受自己批评的她，竟然比自己还理直气壮，这更让他火冒三丈。

“我只是就事论事。”面对谢峰的愤怒，屠乐乐神色平静，不卑不亢地道，“他们来后，我明确地问过他们有无预约，他们的回答是没有。他们还表明要见董事长，按照公司规定的第四篇第五条，‘如果有预约来访者，必须查阅预约记录，再通知相应人员前来接待’。他们没有预约，我是不可能通知董事长的。

“公司的《行政前台工作职责》第一篇第二条明确写明，‘对待来访客人做好接待、登记、引导工作，及时通知被访人员。对无关人员、上门推销和无理取闹者应拒之门外’。另外，第二篇中还详细地进行了解释，第一条的接待来访者细则中明确提到，‘接待不明目的的来访者，先问清楚来访原因，根据原因来判断来者是无关人员，还是需要找公司相关人员进行接待’。”说到这儿，屠乐乐指了指一楼大厅的几个监控摄像头道，“我刚才做的完完全全都是按照规章制度来的，没有任何差错，更不存在故意刁难。如果谢经理您不信，可以随时调阅监控录像。”

“好，好，你竟然给我讲规章。”谢峰是真没想到屠乐乐竟然拿规章制度来压自己。偏偏让他不爽的是，屠乐乐说得还一点没错，按照正规程序，的确就得像她说的那么做。可是现实情况往往不可能这么生搬硬套，否则会很麻烦。但是如果说屠乐乐说得有错，那也不对，毕竟规章制度定下来就得执行。

正因如此，谢峰才觉得生气，又偏偏不能把屠乐乐怎么样。甚至都没办法驳斥她，因为自己虽然是经理，但是对于规章制度也就是有所了解，真做不到像屠乐乐这样一条一条都背得清清楚楚。

我的天呀，乐乐竟然真的把公司的规章制度给背下来了，太牛了。当初我还以为她是说着玩玩，没想到是来真的！温婉听着屠乐乐背规章制度，又震惊又佩服。

当初屠乐乐进公司，李薇薇将那本规章制度给屠乐乐时，她也亲眼见到了。当时李薇薇还笑着说：“如果想要混得好，最好把这本规章制度记住。”

温婉记得屠乐乐当时说好，她竟然就真的做到了。这一点不禁让温婉赞叹不已，同时又自愧不如。

第十章　救急的U盘

到金色大厅的路经常堵车，副董事长不可能不知道！这么短的时间，一个弱女子怎么把U盘送到会场？而且，这么重要的文件怎么会在会议当天被毁坏？他们为了名正言顺地开除屠乐乐到底准备了多久！

接下来的一段时间，谢峰每天都会交给屠乐乐许多繁重的工作。屠乐乐非但没有什么怨言，而且每次都办得妥妥当当。这让一心想要屠乐乐好看的谢峰气得直跳脚，只能变本加厉，想尽一切办法给屠乐乐穿小鞋。

虽然屠乐乐手里有花美颜给自己的U盘，也看过了其中的内容，心中狠狠鄙视谢峰这个渣男的同时，她也在犹豫究竟要不要将其拿出来对付谢峰。

屠乐乐还是有顾虑。最近谢峰在刻意针对她的事情，几乎整个辉煌大厦的人都知道了。如果现在她突然将U盘中的内容放出去，谢峰和郑茜固然要倒大霉，而她自己多半也会背上一个幕后黑手的嫌疑。

屠乐乐最担心的就是这一点。毕竟她还需要继续在辉煌集团卧底，就算因为谢峰几次三番刁难自己，使得她处在风口浪尖上，但是屠乐乐也不想成为人人提防的对象。如果那样的话，她在辉煌集团将寸步难行。

此外，尽管谢峰一直在找自己的麻烦，屠乐乐却也没有什么太大的损失。虽然工作累了点，但是能够磨炼自己，更重要的是她能从中收集一些有用的信息。对她来说，这就够了。

就像最近，集团内虽然看起来一如既往地平静，不过屠乐乐却从被谢峰派出打印的文件中看出，辉煌集团确实正在积极筹划并推动万古网络平台上市。

只是不知道集团的上层出于什么样的考虑，竟然一直没有公布这个消息。不过天下没有不透风的墙，陆陆续续还是有些小道消息传了出来。

这天赶上屠乐乐、李薇薇当班。正当公司员工们陆陆续续签到时，感应门打开，耿一鸣带着一个样貌俏丽、身着职业套装的女子走了进来。

“董事长好。”所有人见到了耿一鸣纷纷问好。

耿一鸣点点头，没怎么说话就朝着董事长电梯走去，而那女子则亦步亦趋地跟着他进了电梯。

“什么情况？那女的是什么人？”

“以前没见过呀！难道是新来的行政助理？”

“也许是吧，可是根本就没听说过。”

……

等耿一鸣进了电梯，员工们才纷纷议论起来，虽然不少人眼神中闪烁着暧昧的光芒，但也没人敢把心里的猜测说出来。

没过多久，员工们签完到纷纷离开，前台随之安静了下来。

以往谢峰都是在耿一鸣及徐杰上班前就待在前台，等他们一走马上回自己的办公室，今天他却并没急着走，而是走到李薇薇的面前主动问道：“薇薇，知道董事长身边那女的是谁吗？”

呵呵，他要挨怼了。一听谢峰这话，屠乐乐就忍不住心中暗笑。毕竟李薇薇对耿一鸣有想法在她们这个小圈子里根本就不是秘密。这也使得李薇薇对耿一鸣身边有没有女人出现这种事格外敏感。

今天耿一鸣身边突然多了个漂亮女子，并且还跟着他一起进了董事长的专用电梯，这就不免让人怀疑他们的关系了。究竟这女子是单纯的行政助理呢，还是以此为名的情人呢？

不管是哪一种，对李薇薇来说都不是好消息，此时她的心情也就可想而知了。现在谢峰问这种话，不管他的目的何在，对李薇薇来说都无异于在伤口上撒盐。她能够高兴才怪，以她直爽的性格也肯定不会忍气吞声。

“我管她是谁？跟我有什么关系？”李薇薇冷着脸横了谢峰一眼，很不给面子地道，“另外，谢经理，咱们虽然是同事，但是并不熟，请您以后叫我李薇薇，我可不想让人误会。”

谢峰没想到李薇薇竟然这么不给面子，心说：“看来郑茜说得对，李薇薇和屠乐乐真是欠收拾，这次我要是不给她们点颜色看看，她们就真不知道天高地厚了！”

想着，谢峰像是压根儿没有听出李薇薇话里的不爽和讥讽似的，笑眯眯地道：“跟你没关系，却跟屠乐乐有关系。”

“什么意思？”听到跟屠乐乐有关，李薇薇顿时好奇起来。

“这女的叫蒋若瑜，是新来的行政助理，听说是名校毕业，很有本事哦。面试的时候人事部的王雪华对她也是赞赏有加，不像某人，呵呵……”说着，谢峰用讥讽的目光看着屠乐乐，话语也是意味深长。

“少废话，这跟乐乐有什么关系！”李薇薇实在不愿意听谢峰啰唆，很不耐烦地道。

屠乐乐虽然没说话，但是也在听着。她也很想知道谢峰绕了个大圈子究竟想要说什么。

“当然有了。”谢峰看了李薇薇一眼，道，“我听说最初屠乐乐进咱们公司时可是靠了大股东九爷的关系，本来也是要做行政助理的，但是因为董事长对她不满意，才把她调到了前台。你说说看，跟她有没有关系？”说到这儿，谢峰看向屠乐乐，带着几分轻蔑地道：“屠乐乐，当初你削尖了脑袋想要钻进辉煌来给董事长当行政助理，却偏偏成了前台。现在看到董事长的行政助理是蒋若瑜这样有颜值有能力的人，你心里是什么感觉？”

“没什么感觉。”此时，屠乐乐才明白了谢峰刚才说那些话的目的。他不但是在给自己添堵，更是在挑拨她跟李薇薇的关系。

“怎么会没感觉呢？”谢峰一惊，他说了那么多，除了挑拨屠乐乐和李薇薇之间的关系，也是想要打击屠乐乐。一来是给自己出气，二来也是给郑茜出气，只是他没想到屠乐乐竟然这么平静。他顿时有种重拳打在了棉花上的感觉，太不爽了！

“那您说我该有什么感觉。”屠乐乐直视着谢峰道，“我跟董事长不熟，他跟我又没关系，他身边添个行政助理是他的事情，与我有什么相干。要是您想问我没能当成行政助理有什么感觉，那我可以告诉您，挺好的。要是不做前台，我又怎么能够认识薇薇和婉婉这两个好姐妹呢？”

李薇薇原本听到谢峰说的话心里的确是不太舒服，现在听了屠乐乐这番话，也就不再多想。

“其实我很好奇，”屠乐乐当然不会一味地忍让，尤其这事还是谢峰主动挑起来的，所以她的话语中也多了几分尖锐，“刚才您说的这些事都是听谁说的？”

“对啊，听谁说的？”李薇薇醒过味来，同样追问道。

“我是……听谁说的你们别管，反正我就是听说的。”谢峰本意是要给屠乐乐找点不痛快，甚至让李薇薇对她反感，所以才不惜将他从徐杰那里听到的一些事情说了出来，可是让他没想到屠乐乐三言两语就将此事掀过，并且还反将了自己一军。

谢峰当然不能实话实说，现在被屠乐乐和李薇薇问得没有办法，干脆冷哼一声，道：“怎么了？道听途说也犯法吗？”

“道听途说犯不犯法我也说不好。”屠乐乐笑道，“不过既然您这么说了，我正好也听说了一件事。”

“什么事？”李薇薇很给力地问道。

“我听说，咱们公司，准确来说是前台，有人跟上司之间的关系有点暧昧。听说，那位上司的夫人已经有所耳闻了，还派了私家侦探在调查……”屠乐乐慢条斯理地说道。

听到这儿，谢峰脸色已经有些发白，额头上出了一层冷汗。他心里有鬼，一听屠乐乐这话，明显有点儿发虚。即便屠乐乐并没有明说是谁，他也知道说的就是自己。

屠乐乐继续道：“本来任何一个公司都是很反对办公室恋情的，更何况还是这种不正当的男女关系。哪天私家侦探找到了这俩人幽会的证据，到时候这位上司的夫人一怒之下到公司来上演一场正牌夫人怒打小三的戏码，你说我们是袖手旁观呀还是该拉一拉呢？”

“我……不知道，反正不是我。”谢峰想到了自己的老婆，再想到如果真被她发现了什么，那后果……简直不堪设想。

“谁说是您来着。”李薇薇笑道。

“是呀，我刚才不是说了，听说，听说而已。”屠乐乐道，“您也说过，道听途说又不犯法。”

谢峰看了看屠乐乐，又看了看李薇薇，嘴巴张了又张，最终色厉内荏道：“赶紧工作，上班时间聊天儿，像什么话！”

扔下这句话，他转身朝楼上的办公室走去，虽然竭力想要让自己看起来镇定一些，不过明眼人都看得出来他有些慌乱。

“哼！我看他就是心里有鬼。”李薇薇道。

“本来就是。”屠乐乐轻哼一声，没有再说什么。

过了一会儿快递员来送快递，屠乐乐忙碌起来。李薇薇也有自己的事情要干，谁都没有再聊刚才的话题。

也许是被屠乐乐这手敲山震虎给吓到了，谢峰老实了不少，起码没有再像平常那样阴阳怪气。谢峰还暂时停止了对屠乐乐没完没了的打压，甚至偶尔见到她时，还会皮笑肉不笑地说上几句话，看样子是想缓和彼此的关系。只不过屠乐乐早就看穿了他的渣男本质，自然不会就此对他有所改观。双方暂时处于一种井水不犯河水的状态。

此外，就连郑茜也像是听说了什么，竟然连着请了几天假，即便是上班后也比以往老实了许多，至少不敢再像以前那样有事没事就对屠乐乐冷嘲热讽。

过了几天，屠乐乐、李薇薇、温婉三人相约外出吃饭。席间李薇薇道："乐乐，我这里有一个好消息、一个坏消息，你想先听哪个？"

"有关我的吗？"屠乐乐瞥了李薇薇一眼，又看了看温婉。

"与我们有关，也与你有关。"李薇薇道。

"那就先听好的。"屠乐乐并没怎么在意，随口道。

"你知道灵霄大楼吗？"李薇薇道。

"瞧你问的，虽然我不是本地人，好歹也在这边待了几年，怎么可能不知道那样的地标式建筑？"屠乐乐翻了个白眼，道，"灵霄大楼就位于裕华区那边的繁华地段上，租金相当昂贵，堪称寸土寸金，但还是令人趋之若鹜。我还知道这灵霄大厦最有名的就是顶层的金色大厅。听说那里金碧辉煌，经常召开各种商务会议。只可惜金色大厅不对普通人开放，所有这些我也只是听人说起过，最多就是在网上见过一些图片而已。莫非你有机会去？"

"聪明。"李薇薇笑道，"维特不是说过公司正在筹划让万古网络平台上市吗？只不过这种事也不是说办就能办成的，为了解决万古网络资金不太充裕的问题，公司决定以上市为契机，先提前从各大银行及金融机构那里吸纳一部分资金。为此，明天会在灵霄大楼举办一个推介会，我和婉婉作为老员工，自然就被派去现场了。"

“那我猜猜你所说的坏消息，不会就是因为我刚刚到公司做前台没多久，经验不够丰富，说不定还有某些人从中作梗，所以被排除在这次推介会之外了吧？”屠乐乐道。

“呃……”李薇薇的笑容顿时僵住了，有些尴尬地点点头。

“乐乐，你别生气，我们并没有别的意思。”温婉轻声道。

“放心，我没那么小气。”屠乐乐摆了摆手笑道，“再说了，这也不是什么大不了的事情，能去固然好，去不了也没什么，待在公司里上班也是一样的。”

“你真这么想？”李薇薇半信半疑地道。

“难道我还要为此大哭一场吗？”屠乐乐道，“那不过就是灵霄大楼，又不是人民大会堂，我至于吗？遗憾还是有一点的，不过没关系，等回头看看你们拍的照片就行了。”

“放心，我保证多拍照片，让你三百六十度无死角地全方位了解金色大厅。”李薇薇保证道。

“要是有机会我再给你拍些视频，保管让你有身临其境的感觉。”温婉也说道。

“那就行了。”屠乐乐笑了。

次日，前台只有屠乐乐和李爽两人当班，其他前台都被安排去了金色大厅。对此，屠乐乐倒不觉得怎样，反倒是李爽明显有些不太爽，工作时也懒洋洋的，时不时还跟屠乐乐抱怨两句。

屠乐乐除了安慰她外，也不得不多帮她分担一些工作。

李薇薇和温婉倒是都没有食言，也不知道是推介会场管得比较松，还是她俩有什么高招儿，不但将手机带在身边，还真拍了不少现场的图片和视频，通过微信发给了屠乐乐。恰如温婉昨天所言，着实让她有种身临其境的感觉。

通过这些图片和视频，屠乐乐也算是见识到了金色大厅为什么声名在外。一眼看过去真可谓是金碧辉煌，难怪很多大型商务会议在此召开。

李薇薇和温婉等人很早就去金色大厅布置会场了。按照流程，推介会将在上午九点整正式开始。

可是刚到了八点半，李薇薇就发了一条微信过来，道："乐乐，先不给你发照片了，这边出了点差错，我家霸道董事长有点不爽，看得人家小心脏怦怦直跳。不行了，我得先去喘口气……"

晕！屠乐乐看到这条微信真是有点哭笑不得。李薇薇这家伙有时候神经也是够大条的，推介会现场出了状况，她身为行政前台不是帮着去解决问题，竟然在欣赏她家的霸道董事长，听这意思还看得如痴如醉，甚至都有些缺氧了。

真是太不靠谱儿了！对于李薇薇的微信，屠乐乐只能这样评价。

幸好不是所有人都像李薇薇这样，很快温婉也发了一条微信过来，同样是个小视频，现场的确有点忙乱，看样子情况很严重。

叮铃铃。

正在此时，前台的电话突然响起来，屠乐乐看了一眼斜靠在前台懒洋洋的李爽，暗暗摇头，随即将电话接了起来："尊敬的客户您好，我是……"

"我知道你是屠乐乐，我是徐杰，现在有一件非常重要的事情交给你办，办好了，算你大功一件，要是办不好的话，你自己走人。”电话那头的徐杰根本没等屠乐乐说完就将她的话打断了。

“副总裁请说。”屠乐乐认真起来。

“因为电脑中了病毒，本次推介会用的PPT文件受到了损坏，可是现在咱们公司的网络发生了故障，没办法通过网络发送过来，所以我需要你去九楼找值班人员将备份的PPT文件拿来，亲自送到灵霄大楼顶层的金色大厅。”说到这儿，徐杰微微一顿，“听清楚了吗？”

“清楚了。”屠乐乐道。

“那就去吧。”徐杰道，“能够按时送到有功，送不到的话，不用辞职，你直接回家吧！”

“好的。”屠乐乐没想到这么大一个推介会竟然会出现这种状况，实在是让人哭笑不得。不过她知道事态紧急，也顾不上多想，放下电话之后，直接乘坐电梯上了九楼。

很显然，早有人打电话通知了九楼的值班人员，所以她刚一走出电梯就有人走过来问道：“屠乐乐？”

“没错。”

“这是推介会需要的PPT文件，你赶紧送过去吧。”说着，那人递过来一个U盘。

屠乐乐接过U盘就乘电梯下楼，随即匆匆跑出了辉煌大厦，打了个出租车就往灵霄大楼赶。

从辉煌大厦到灵霄大楼直线距离其实并不算远，也就十几二十里，但是如果放在上午八九点这样的早高峰时段就是另外一回事了。尤其这一段路不仅是省城的主干道，还是繁华地段，车流密集。

出租车司机看出来屠乐乐有些着急，一边安慰她一边开着车在车流中钻来钻去，很快就上了高架。

只要是熟悉路况的司机都知道，不管从哪里去灵霄大楼，走高架绝对是最快的。因为灵霄大楼就在高架的出口附近。若是以往，这样的选择也绝对正确，至少能够节省五六分钟的时间。但是今天却不同。

出租车在高架走了一段后，前方的车流突然慢了下来。出租车司机刚下意识地骂了一句，就听到车载收音机里说道："省城裕华区的高架桥上出现了交通事故，三辆车追尾，道路拥堵，上了高架的司机朋友请耐心等待，没有上高架的司机朋友请绕行……"

"这还能过去吗？"屠乐乐问道。

"够呛。"司机苦笑着摇摇头，又看了一眼后视镜，"现在连出去都够呛了。"

"这下麻烦了！"屠乐乐道。

与此同时，远在灵霄大楼的金色大厅之中，耿一鸣看着身旁的徐杰也说出了同样的话。

原来高架桥就位于灵霄大楼旁边，从金色大厅向外看足以看清楚上面的状况，高架桥上三车追尾的惨状未必能够看清，但是后面堵车的情景他却尽收眼底。

徐杰自己也开车，很清楚绝大多数司机来灵霄大楼都会选择走高架，所以他几乎不用问就能猜出屠乐乐已经被堵在了高架桥上。

"屠乐乐还能赶来吗？"耿一鸣问道。

"有点难。"徐杰想了想摇头道，"现在高架桥上堵得死死的，就算她步行过来，这么远的一段距离也得走很久。等她来了，黄花菜都凉了。”

“打个电话问一下。”耿一鸣道，“让她想办法克服一下，务必按时把文件送来。”

“呃……好吧。”听了耿一鸣这话，徐杰心里觉得他这根本就是强人所难。这么远的一段路，少说也得十来里，开车都需要一会儿，更别说步行了。就算是个男人都未必能够及时赶到，更何况屠乐乐一个女孩。这种事情根本不是克服一下就能办到的。

不过徐杰太清楚耿一鸣这种说一不二的霸道做派了，他既然说了，就没有什么回旋余地，因此自己也就不再多说什么，拿起手机拨了过去。

“随风奔跑自由是方向，追逐雷和闪电的力量，把浩瀚的海洋装进我胸膛，即使再小的帆……”手机里很快就传来了彩铃声，不过屠乐乐却迟迟没有接。

“什么情况？”耿一鸣皱眉，有些不快地道，“这个屠乐乐究竟在搞什么，这种紧要关头竟然连电话都不接，她是干什么吃的？”

耿一鸣的话还没说完，彩铃声突然停止，手机中传来了屠乐乐的声音：“喂，副总裁，周围太吵了，我刚听到电话铃声，有什么事吗？”

伴随着屠乐乐的喘息声，传入徐杰耳朵的还有嘈杂的汽车喇叭声以及呼呼的风声。

“你现在在哪儿？”徐杰也没绕圈子，开门见山地道，“能不能准时将文件送到？”

“我在高架桥上，刚才堵车了，我正设法赶过去。”屠乐乐的声音微微有些颤抖，伴随着粗重的呼吸声，却给人一种自信和坚定的力量，“不过我保证，一定会及时把文件送达。虽然遇到了点小麻烦，但是我能够克服！”

“快看，快看，高架桥上竟然有人在跑！”

“咦，看衣服，像是咱们公司的。”

“那是谁？这种时候谁会跑到高架桥上。”

……

此时，旁边传来了几个公司员工的低声惊呼和小声议论。

尽管他们竭力压低了声音，但是在相对安静的会场中依然显得很响亮。

耿一鸣一皱眉头，刚想呵斥这些看热闹都不分时候的员工，但是下一刻看到的画面直接让他冲到了窗前。他看到远处堵满了各种车辆的高架桥上的确有个纤细却矫健的身影在奔跑。因为离得远，耿一鸣看不清那人的面容，但是从服装上可以辨别出那人就是屠乐乐！

作为门面，辉煌集团的行政前台一向被严格要求统一着装。并且为了显得更加漂亮，辉煌集团给前台们发的职业套装都是专门请设计师设计的，不敢说独树一帜，但是绝不平庸，因此辨识度很高，哪怕相隔很远，依旧能够一眼认出来。

“屠乐乐，你正跑过来？”耿一鸣一把抢过徐杰的手机问道。

“啊，没错……您怎么知道？”电话中传来了屠乐乐的声音，夹着越来越粗重的呼吸声，当然还有呼呼的风声以及没完没了的汽车喇叭声。

“因为我在看着你。”耿一鸣拿着手机，炯炯有神的双眼目不转睛地望着高架桥上那个正在全力奔跑的身影，“你做得很好，我马上派人过去接你，你辛苦了，公司会记住你的功劳，我也会！”

挂掉电话，耿一鸣回过头来看了一眼身后：“没听到我说的话吗？派人去接她！”

“是。”一直站在一旁的谢峰答应了一声，忙安排人出去接屠乐乐。

“乐乐……”

李薇薇和温婉跟屠乐乐最熟，即便看不见脸，光从身影也能够将她认出来。看着她奔跑时矫健的身姿，两人又是佩服又是暗暗心疼。

“真厉害！这一路跑下来，少说也得十来里，就算是个大小伙子也撑不住呀！”

“别说十来里了，一般人就是跑个一千米都得累个半死。这也真是拼了！”

……

公司员工低声议论，都对屠乐乐投以敬佩的目光。

不但是辉煌集团的员工注意到了屠乐乐，不少来参加推介会的各大银行和金融投资机构的负责人也都注意到了她。

“耿董，刚才我听说PPT文件出了问题，但是你们连个备份都没有带来，其实我已经对这次推介会不抱什么希望了，因为我觉得连这种小事都做不好的公司是不可能做好大事的。”参加推介会的一家银行的总经理走到耿一鸣身边道。

“柳总经理，您听我解释……”耿一鸣忙道。

“耿董别急，听我把话说完。”这位柳总经理笑道，“不过现在看到你们公司的这位员工，我又对此次的推介会充满了信心。毕竟有这样具有拼搏精神员工的公司必然是前途无限的。要不是知道你们不可能在这么重大的项目上开玩笑，我只怕都会怀疑这是不是推介会的一部分了。不管怎样，对接下来的推介会，我充满了期待！”

说着，柳总经理指了指即将跑下高架桥的屠乐乐。

“谢谢。”耿一鸣微微一笑，点点头道，“我同样满怀自豪！”

此时耿一鸣远远望着屠乐乐，内心大为触动。想起自己对她的偏见他又有些惭愧，暗道：“只是让她做个前台，是不是有点屈才了呢？”

第十一章　另类红颜

都说“自古红颜多祸水”，李薇薇就是这么一个祸水级别的红颜。可是，她这个红颜也有另类的一面。

高架桥上，屠乐乐气喘吁吁，满头大汗，不过她的脚步依旧矫健，始终没有停歇。

屠乐乐之前听司机说短时间内不可能到达目的地后，当即决定跑着将U盘送过去。她敢这么做，自然是因为对自己的体力有信心。她在警校时创下的长跑纪录至今无人打破，还得了一个“跑不死”的外号。

要不是穿的职业套装太紧，并且脚下的鞋子根本不适合跑步，她还可以跑得更快。

屠乐乐并不觉得自己的体力到了极限，只是双脚已经被鞋子磨破了，她只能咬着牙坚持。

“屠乐乐……”伴随着喊声，有人骑着一辆电动车向她驶来，“董事长让我来接你。”

“谢谢。”屠乐乐点点头，“你先把文件送过去吧。”她将U盘递了过去。

“那好吧。”这人点点头道，“待会儿再回来接你。”

“不用了。”屠乐乐摆摆手。

这人也不再坚持，骑着电动车匆匆离去。

屠乐乐站在路边喘了口气，看了眼近在眼前的灵霄大楼，最后还是决定过去看看。她很想看看金色大厅里是什么样子，同时也想听听推介会。

尽管她之前的努力每个人都看在眼中，并得到了许多人的赏识，但是当她来到金色大厅，并没有欢呼和赞美，因为推介会已经开始，自然不会有人注意到她这个小人物的到来。

“乐乐，你来了。”几乎是细不可闻的声音中，两双手扶住了一瘸一拐的屠乐乐，它们分别属于李薇薇和温婉。

“喝点水吧。”李薇薇递过来一瓶水，眼圈有些发红地看着屠乐乐，又佩服又带着些许心疼，“你可真够傻的！公司又不是你家的，这么拼命干吗？”

“不是我家的，但是将来说不定会成为你家的。”屠乐乐打趣道，“为了好姐妹就算把腿跑断也值得。”

“乐乐……”听了这话，李薇薇竟不知是因为屠乐乐的打趣而嗔怪还是为她话语中饱含的心意而感动了。

“好端端的，怎么会中病毒？”屠乐乐看向身旁的温婉。她当然不是在质问，只是有些好奇。

“谁知道是不是有人用公司的电脑看了一些不该看的东西！

结果这个黑锅还得我们技术部来背，真够倒霉的！”温婉噘了一下嘴，很是不爽。

“连你都对付不了的病毒？”屠乐乐低声问道。她知道温婉虽然平常不怎么显露，但是她的电脑技术是很强的。

“对付得了我也不敢，搞不好会被怀疑跟这事有关系，我又不傻。”温婉摇了摇头，随即有些不好意思地说，“就是害得你跑了这么远，早知道我就……”

“没事，没事。”屠乐乐摆了摆手，并没有太在意，随后看向了前头，见站在台上讲话的不是耿一鸣也不是徐杰，而是新来的行政助理蒋若瑜。

“怎么是她在讲？”屠乐乐问道。

“听说PPT是她带人做的，所以更加熟悉，并且董事长和副总裁都在陪客人，这种上台讲解之类的事情他们自然不会干了。”李薇薇轻声道，“毕竟这不是新产品发布会，用不着董事长亲自上阵。”

推介会还在继续，却不再需要屠乐乐做什么，她又不能直接离开，只好待在一旁，如同局外人似的看着别人忙来忙去。

李薇薇和温婉都有自己的工作要做，不能一直陪着屠乐乐，这让她越发感到有些无聊。

临近中午，推介会暂时告一段落，但并没就此结束。按照国内谈生意的惯例，不管生意谈得怎样，宾主双方都要在一起吃顿丰盛的午饭。这既能增进了解，拉近关系，又可以在酒桌上解决一些分歧。像这种级别的酒宴，普通员工肯定是不够格参与的。但是或许是耿一鸣和徐杰都有过在国外留学的经历，习惯了国外会议的风格，又或许是俩人都很厌烦酒宴上没完没了的觥筹交错，所以他们很有默契地定了自助餐。如此一来，辉煌集团的普通员工也能够参与其中。

虽然屠乐乐早就有些饿了，不过并没有留下来吃饭，而是跟李薇薇和温婉打了个招呼后就一瘸一拐地离开了。

“屠乐乐呢？”李薇薇和温婉刚端着餐盘准备找个地方填饱肚子，谢峰就找了过来。

“她有事先走了。”李薇薇对谢峰全无好感，若非顾忌他是直属上司，肯定都懒得理他，听他问乐乐的去向，以为他又想找碴儿，于是就随口回了一句。

“走了？”一听这话谢峰就怒了，他要不是知道还有贵宾在，肯定会当场大发雷霆。即便如此，他还是沉声道：“两位董事长都还没走，她就走了，她以为自己是谁？立了点小功劳就不知道自己姓什么了！简直是无组织无纪律，岂有此理！”

说到这儿，谢峰就愤愤然地离开了。

“你说这家伙是不是没事找抽？刚消停了没几天，又来找乐乐的麻烦了。”李薇薇鄙夷地道。

“兴许他是有正事找乐乐。”温婉道。

“正事？”李薇薇不屑地冷哼一声道，“他能有什么正事？一个只会拍马屁的小人！”

说着，俩人找了个安静的角落开始吃东西。她们还没吃几口，谢峰就去而复返，跟他同来的还有徐杰。

“副总裁好。”李薇薇和温婉见到徐杰过来，连忙起身问好。俩人本来就在吃饭，温婉吃相还好些，李薇薇刚吃了口糕点，还没来得及嚼看到徐杰来了，仓促间不得不囫囵咽了下去，结果不但被噎得直翻白眼，而且不由自主地打起了嗝。

“你们好，别着急，先喝口水。你是叫李薇薇吧？”徐杰微笑着安抚了李薇薇一句，又道，“刚才你们谢经理说屠乐乐离开了，你们能不能告诉我，她去哪了？”

“她从高架桥上跑过来，双脚被鞋子给磨破了，实在是痛得厉害，去医院包扎了。”温婉说道。

“没错。”李薇薇点点头，却又打了个嗝，禁不住羞红了脸。

“那好，你们吃吧，打扰了。”徐杰微笑着朝俩人点点头，转身离开。

“哎呀，我今天才发现咱们副总裁竟然是个暖男。”李薇薇看着徐杰的背影道，“并且他还认识我，真是好感动。”

“难道你准备移情别恋，转移目标了？”温婉道。

“暂时还没有。”李薇薇横了温婉一眼，故作凶恶地道，“婉婉，难道在你心中，我就是这么一个轻浮的女人吗？”

“不是。”

“这还差不多，放过你了。”

“也不知道乐乐怎么样了，我真的有点担心她。”

“等下了班咱们去看她。最近咱们也真够倒霉的，维特刚出院，乐乐又受伤了，我在考虑有空要不要去庙里烧炷香，求求平安。”李薇薇道。

“认识你这么久，真不知道你还信佛。”温婉有些诧异地道。

“我不信，不过是求个平安嘛。”

“你可真够现实的。”

“谁不是呢？”

李薇薇和温婉边聊边吃的时候，徐杰正冷着脸对谢峰道："我知道你很想把屠乐乐赶走，但是我让你问的事情你该问清楚。"

"表……啊不，副总裁，我错了。"谢峰道，"我也是急着向您汇报，所以才没有问清楚。"

"我看你根本就没想问，只想借题发挥。"徐杰冷笑了一声，道，"算了，这件事就这样吧。现在她立了功，不好做得太过分，你暂时不要为难她了。"徐杰转身走开。谢峰傻眼了，一想到屠乐乐可能抓着自己的小辫子，自己偏偏还不能将她赶走，他就有种芒刺在背的感觉。

"阿杰，问清楚了吗？"这时耿一鸣刚结束一轮应酬，正端着高脚杯向徐杰走来，淡淡地问了一句，"不会真像蒋助理说的那样，因为立了点小功劳就开始翘尾巴了吧？"

"那倒没有。"徐杰看了蒋若瑜一眼，道，"她跑着过来，双脚都被鞋子磨破了，先前一直忍着没去医院包扎，趁着午饭的时候去上药了。"

"原来如此。"耿一鸣点点头，道，"那就让她休息几天吧，工资照常发，再多给她一个月的工资当奖金。这次她表现得不错，有功于公司，我考虑不让她再做前台，把她的职位提升一些。你看如何？"

"我能够理解董事长的意思，不过我觉得加薪就可以了，升职的话，还是不要太着急了。"一向都很支持耿一鸣的徐杰此时却摇了摇头，道，"虽说她这次功劳不小，可是毕竟刚刚加入公司没多久，资历不够，再加上又是九爷推荐来的，这样贸然给她升职说不定会引起非议，反倒不好。"

耿一鸣没有想到徐杰会反对，颇有些惊讶地看了他一眼，想了想，道："你说的也对，那就按照你说的办吧，只加薪不升职。"

"这样最好。"徐杰点点头，笑了起来，只是他的目光有些闪烁，不知道在想什么。

站在一旁的蒋若瑜脸色有些难看。

屠乐乐从灵霄大楼出来就直接打车去了医院。因为脚上只是被磨出了一些水疱，并不怎么严重，所以根本用不着住院，请大夫消消毒简单地包扎一下就行。

屠乐乐在急诊上排队等着大夫来处理伤口，闲着无聊就刷起了微信，刚打开手机就看到了李薇薇和温婉发过来的信息。屠乐乐得知自己走后谢峰来过，而且连徐杰都亲自过问，不禁微微皱眉，直到看到李薇薇和温婉说没有什么要紧事后才放下心来。

轮到屠乐乐处理伤口时，她拍了张照片发朋友圈。之所以这么做，倒不是因为她跟某些朋友圈重度患者似的，有事没事就喜欢拍照片发朋友圈，而是想要以这样的方式来伪装自己。

刚发了朋友圈没多久，屠乐乐的手机就响了，来电显示是花美颜。

"乐乐姐，你什么情况？我看你受伤了，要不要紧呀？你在哪个医院？我马上就赶过去。"屠乐乐刚一接通手机，就听到花美颜焦急的声音，同时还有汽车发动机的轰鸣声。

"我没事，就是脚上磨出了几个水疱，我在市第一医院，你开车慢点。"屠乐乐提醒了两句，就把电话给挂了。她不是不想跟花美颜多聊几句，而是担心影响花美颜开车。

市第一医院的急诊科大夫手脚相当麻利，很快就给屠乐乐处理完了伤口，随后告诉她一些注意事项，末了还给她开了张药方让她去买点消炎药。

屠乐乐根本就没有把这种小伤放在眼里，自然也懒得吃药。刚走出急诊科，屠乐乐就看到花美颜风风火火地跑过来，然后就是劈头盖脸地一通关心。

花美颜平常都是淑女范儿十足，很少能够见到她火急火燎的样子。可见她是真的担心屠乐乐。屠乐乐十分感动，笑着道："没事，就是破了点皮。"

"怎么回事呀？"花美颜道，"你不是在公司上班吗？怎么弄成这样了？"

屠乐乐怕她胡思乱想，把事情的经过说了一遍。

"你们公司也真够可以的，凭什么呀，别人工作出了纰漏，让你来收拾残局。"花美颜一听就火了，"不过，乐乐姐，你战斗力也挺强的，高架桥到灵霄大楼有十来里路，你这体力，真强！"

说着，花美颜很是佩服地朝屠乐乐竖起大拇指。

"少说废话，赶紧扶我上车。"屠乐乐道，"你大老远地过来，难道就是为了给我拍马屁？"

"当然不是。"花美颜连忙摇头，小心翼翼地扶着屠乐乐到路边，随后她开车接上屠乐乐驶出医院。

"去哪儿？"花美颜问道。

"先去买双鞋子，然后找个地方把我放下，我自己打车回去。"屠乐乐指了指座下的车道，"你这车太扎眼了，尽量不要让辉煌集团的人看到比较好。"

“行，听你的。”花美颜点点头。

屠乐乐和花美颜买完了鞋，一起吃了顿饭才各自分开，屠乐乐打车回公寓。

屠乐乐回家后洗了个澡，换了身宽松的家居服，正想看会儿书放松一下，听到门锁一响，随即传来李薇薇的声音：“乐乐，你在家吗？”

辉煌大厦的公寓都是给员工住的，因此以多人合住为主。屠乐乐就是与李薇薇和温婉合住。

“在呢。”屠乐乐应了一声。李薇薇和温婉走过来，问了问她的伤情，然后李薇薇道：“维特本来也想来的，但是他工作太忙，一时半会儿抽不开身，所以就让我替他关心你一下。你这脚虽然是伤了，不过也算因祸得福，可以暂时休息一段时间了，工资照发，并且额外多拿一个月的工资，高兴吧？”

“真的假的？”屠乐乐笑了。

“霸道董事长亲口说的，肯定不会有错。”李薇薇道，“谢峰让我通知你，等你脚好了再去上班就行。”

“我的脚倒是没什么大事，休息两天就能去了，一个人待在家里也无聊。”屠乐乐道。

不用上班仍然可以领工资的感觉虽然很爽，但是屠乐乐在家里闷了两天就有些受不了了。此时，她脚上的伤口也结痂了，虽然没有痊愈，但已经不影响走路，正好李薇薇下班后准备去摆摊，屠乐乐就强烈要求一同前往。

随着人们的经济条件越来越好，对夜生活的追求也越来越强烈，小吃街、步行街这种集合了饮食、购物、娱乐等诸多功能于一身的街道就应运而生。省城类似的地方着实不少。现在已经入夏，天气越来越炎热，人们到了晚上都不太乐意窝在家中，大多选择相约三五好友出来逛个街撸个串儿，这些街道就变得异常繁华。有了旺盛的人气，自然会引来小商小贩，李薇薇就是其中之一。

李薇薇晚上去摆摊穿得很普通，就是T恤衫加短裤，还卸了妆，怎么看都跟平常花枝招展的样子判若两人。

“你什么情况？”屠乐乐不解地问道。

“我这叫到什么山头唱什么歌。”李薇薇戴上一顶棒球帽，大半个脸都被遮住了，“想要做好生意，你得研究顾客的心理，你看我卖的这些东西都是针对小女孩的。她们来买东西，抬头一看我，哎哟，这摆地摊卖东西的竟然比我还漂亮，不买了。”

说到这儿，李薇薇摊手道：“你说，我得多郁闷，所以我总结出来一个经验，想要把东西卖出去，就得让自己平庸一些。”

“听你这么说，好像有点道理。”屠乐乐想了想，点点头。

“哈哈……”温婉忍不住笑了起来。

“难道不对？”屠乐乐马上察觉到温婉的笑声中有其他意味。

“婉婉，你想死吗？”李薇薇怒道。

“我不想被你打死，可是我真怕自己会笑死，哈哈。”说到这儿，温婉又笑了起来。

“究竟是怎么回事？”屠乐乐更加好奇了。

“我要是说了，你得保护我。”温婉溜到屠乐乐身后道。

“行。”屠乐乐点点头。

“其实薇薇没好意思说。”温婉道，“最初她去摆摊也不这样，因为太漂亮，所以遇到一帮小混混儿找她麻烦，咱们薇薇姐哪受得了这种气，当场就跟他们翻脸了。”

“结果呢？”

“他们没赢我也没输。”李薇薇带着几分小得意道。

“平手啊！”屠乐乐恍然大悟道。

“主要是他们人多。”李薇薇连忙解释道，“要不然，我肯定把他们全都打跑。”

“我觉得还是你跆拳道学得不行，换成乐乐的话，管他多少人，直接摆平无压力。”温婉道。

“我也不行，人太多的话，我也得跑。”屠乐乐道。

“有时间咱们找个地方切磋一下。”李薇薇跳了两下，摆了个跆拳道的姿势，“上回一下子就被你KO了，我有点受打击，一直想找机会扳回一局。”

“切磋倒是没事，不过我就怕你更受打击，我可是很能打的。”屠乐乐半开玩笑地道。跆拳道倒不是说不能用于实战，只是国内跆拳道馆教的东西大多是花架子，就算李薇薇练得再好，真打起来都未必是花美颜的对手，更不要说跟屠乐乐较量了，两者根本不是一个级别的。

“上次不算，你能不能打，打过了才知道。”李薇薇不服气地道。

“好。”屠乐乐没有拒绝，她看向温婉道，“后来呢？”

“还是我说吧。”李薇薇接过话头，“因为这个，我虽然没吃亏，但损失了不少货，可给我心疼坏了，再加上担心那伙人再来找麻烦，于是就换了个地方。谁知道后来又碰上几回，有的是小混混儿，有的是小太妹，总之都当我好欺负，从那时起我总算明白了一个成语的意思。”

“什么成语？”屠乐乐问道。

“红颜祸水。”李薇薇一本正经地道。

屠乐乐当即笑喷了。她没想到李薇薇会说出这个词来。不管李薇薇是自恋还是单纯地开玩笑，有一点屠乐乐无法否认，那就是：她的确很漂亮。即便现在是素颜，李薇薇也绝对是个八十分以上的美女，她自恋一点也情有可原。

不只是屠乐乐在笑，温婉同样在笑："每回听到薇薇这么说自己，我都想笑，其他红颜祸水都是祸害别人，她却经常祸害自己，真是个善良的红颜祸水。”

“少废话，”李薇薇瞪了温婉一眼，道，“在吸取了多次惨痛教训后，我最终决定还是低调一些。”

“原来如此。”屠乐乐点点头，又道，“有件事我想不明白，你在公司上班挣得也不少，为什么还要出来摆摊呀？难道真像你自己说的，为了锻炼自己？”

“当然是赚钱了，你会嫌自己钱多吗？”李薇薇看了看屠乐乐道，“我说过要在四十岁之前退休，不趁着年轻的时候努力赚钱，怎么实现我环游世界的伟大梦想？如果没有男人可以依靠，就只能靠自己了。这叫一颗红心，两手准备。”

“有想法，服了。”屠乐乐竖起大拇指道。

“我早就服了。”温婉点头。

“人要有梦想。”李薇薇道。

屠乐乐当然知道人得有梦想。她也有梦想，她的梦想还是双份的。她不仅希望成为一个刑警，而且希望帮父亲完成当年未完成的刑警梦。只是她现在没有办法跟李薇薇和温婉说这样的梦想。

在街边摆摊实际上很简单，一个包用来装货，把要卖的东西摆在一块干净的布上就行了。需要的技能除了能言会道擅长推销以外，就是眼观六路耳听八方，随时准备在城管的追赶下逃之夭夭了。

李薇薇不是第一次在步行街摆摊，十分熟练，根本就用不着屠乐乐和温婉帮忙。

不过屠乐乐和温婉却都没闲着，除了帮她将需要卖的东西摆好，也会帮着她吆喝两声。两人不是第一次陪着李薇薇出来摆摊，早就没了刚开始时的羞涩，吆喝起来就算不像旁边那些小商贩一套一套的，也绝对不会扭扭捏捏。

温婉的说法是：每个摆地摊的都有自己的特色，有的人卖的是相声段子一样的生意口，她们卖的则是在步行街里绝无仅有的高冷范儿。

李薇薇的说法更自恋一些：只要咱们三个美女往这里一站，哪怕是一句话不说，光是浑身上下散发出去的光芒就可以Cover掉整个步行街的所有灯光，不管是少男少女还是大爷大妈，想不注意到她们都难。只要他们稍微有点好奇心，就肯定得过来看看。既然如此，哪里还用得着吆喝？不嫌太Low了吗？

高冷范儿也好，魅力四射、引人注意也罢，事实就是不时会有人过来看一看问问价，然后再买点东西。

李薇薇卖的小饰品虽然十分精致，售价却绝对算不上便宜，可是依旧有不少人来买。对此，屠乐乐除了感慨有钱人真多外，也不得不佩服李薇薇的商业头脑。别看只是偶尔出来摆地摊，实际上收入并不比她在辉煌集团当前台少。

“那你为什么还要当前台？”屠乐乐问道。

“摆地摊虽然来钱快，但终究不是长久之计。”李薇薇道，“况且我摆一辈子地摊也遇不到我心目中的霸道董事长呀。”

今天李薇薇的生意不错，她很开心，连声说待会儿收摊后，一定要请屠乐乐和温婉去吃顿好的庆祝一下。

只可惜李薇薇还没高兴太久，不知道是谁喊了一嗓子：“城管来了！”她的好心情瞬间就给毁掉了。

“收摊了！”李薇薇一边向正在挑选饰品的几个顾客道歉，一边手脚麻利地把摆放着饰品的布卷了起来，塞进带过来的背包里，转手交给屠乐乐道，“乐乐，拜托你了。”

“放心。”屠乐乐接过背包，接着转身走入步行街上的人群中。

屠乐乐在路边等李薇薇和温婉，看到两辆城管的车驶向步行街，显然刚才那句警报绝对不是有人在恶作剧。

“侥幸，真是侥幸呀！”当屠乐乐将看到城管的事跟随后赶过来的李薇薇和温婉说了之后，李薇薇一阵后怕。被城管追着跑对她来说不算什么，要是被抓住后，将东西都给扣了，那就损失大了。

第十二章　接近高层的方法

一个前台怎么接近高层？除了努力工作升职加薪外，难道就只能像狗血言情剧一样推倒霸道总裁？屠乐乐好像开始渐入佳境了。

“咱们去吃什么？我请客。”李薇薇拍了拍口袋，十分豪爽地说道。

“随便什么都行。”屠乐乐笑道，“我不挑食，只要你请客就行。”

“没错，反正是你请客，就由你来拿主意吧，我们等着吃喝就行了。”温婉也笑道。

“让我想想。”李薇薇转了转眼珠子，“既然你们两个不知道吃什么，那我就带你们去个地方。”

半小时后，屠乐乐和温婉从出租车上下来，看着面前的餐厅，两人有些发愣。

“薇薇，你要请我们在这里吃饭？”屠乐乐看着餐厅招牌上的法文，道，“这家香榭丽舍餐厅可是现在全省城消费最高的西餐厅，据说进去光是喝杯水就不少钱呢。薇薇，咱们要不要这么奢侈呀？”

“这里可不只是花费高昂。”温婉将手机递到屠乐乐面前道，“看到那些法文没？我刚才在网上搜了一下，才知道这法文的意思是会员制。也就是说，别说咱们口袋里没钱，就算是相当有钱，如果不是人家的会员，照样不让你进去吃饭。薇薇，你到底带我们来这里干什么？”

“当然是吃饭，不过不是在这边，而是那边。”李薇薇说着指了指街对面。

“那还等什么，赶紧走吧！”屠乐乐道，“哪怕在这里多站一秒钟，我都觉得浑身不自在。这餐厅简直就是个巨大的光芒闪闪的提示牌，不断地提醒着我：你是个穷人。”

“别急着走呀。”李薇薇拉住屠乐乐，随即满脸向往地看着近在咫尺的香榭丽舍餐厅，道，“从第一次知道这个地方开始，它就一直是我的目标，我曾经很多次地告诉自己，有那么一天，我一定要走进这里头吃饭。”

说到这儿，李薇薇深吸了口气，道：“为此，我一直都在努力，我带你们来这里不是让你们陪着我一起羡慕有钱人的生活，而是向你们保证，有朝一日，我一定要请你们在这里最贵的包厢吃最好的食物喝最好的酒。”

“就凭你？真是太好笑了。”此时，旁边突然传来了一声嗤笑。

屠乐乐很是不爽地循声看过去，却没想到看见了一个她的“老熟人”，正是之前因为没有预约又不肯登记而被她拦住的“明星”秦诗韵。

只是现在的她跟当日屠乐乐见到的有些不同，穿着颇为正式，身边没有保镖和经纪人跟随。唯一没有什么变化的，就是说话时那种高高在上的腔调。

“秦诗韵，我们聊我们的天儿，跟你没有半毛钱的关系。你偷听我们说话也就算了，还莫名其妙地出口伤人，这就有点过分了！”屠乐乐指着她道，“难道你一个堂堂的大明星就这点素质吗？”

“原来是你呀，那个小前台，我刚才还纳闷儿呢，谁那么讨厌，光是看到了背影就让人心里不舒服。”秦诗韵冷哼一声，道，“这里可不是你们公司，我站在哪里，想听什么想说什么，可轮不着你来多管闲事。况且，你个小前台，一辈子只能站在香榭丽舍餐厅外头做白日梦的小人物又哪里懂什么叫素质。”

说着，秦诗韵掸了掸身上的衣服，道：“等你哪天能够跟我似的，可以走进去享用法国大餐时，再跟我谈这些无聊的东西吧。哦，忘记告诉你了，我平常都很忙的，不是什么阿猫阿狗想找就能找得到的。想见我，记得提前预约！说不定看在咱们见过两面的分上，我会见你一面，听你说说什么叫有素质。”

“乐乐，咱们走吧，犯不着跟她争辩这些。”李薇薇也认出了秦诗韵，见到她出现在这里，似乎猜到了什么，担心屠乐乐会惹来麻烦，于是拉着她道，“我们的梦想自己明白就行了。犯不着为了这种无所谓的事情跟她吵架，不值得。”

“薇薇，你说错了。”屠乐乐看向李薇薇道，“梦想没有大小，更不会是无所谓，任何梦想都应该得到尊重，也值得为了它去跟别人拼命。”

说到这儿，屠乐乐转头看着秦诗韵道：“你刚才的话我能不能这么理解，只要能够进去的人就是有素质的。”

“没错。”

“那要是我能进去呢？”屠乐乐道。

“不可能！”秦诗韵想都没想就粗暴地否定了，跟着道，“就凭你这样的小前台，什么都不是的小人物，凭什么能够进到里头？别做梦了。”

“那不如咱们打个赌。”屠乐乐道，“如果我进不去，那就是我输了，我当场给你认错，任打任骂。可要是我能够进得去，那就是我赢了，你就得向我朋友道歉，并且承认自己偷听我们说话和恶语伤人是很没素质的行为，怎么样？”

“好。”

香榭丽舍餐厅是出了名的门槛高，没有一定的社会地位和经济实力，以及其他会员推荐，根本就不可能得到会员资格，不是会员是绝对不可能到里头用餐的，秦诗韵之所以来了却没进去，就是因为虽然是受人之邀来这里吃饭，她自己却不是会员，所以在对方来之前，她只能在这里等着。

现在听到屠乐乐要跟自己打这样的赌，自以为必赢无疑的她想都没想就直接点头道：“我跟你赌了。”

“那就好。”屠乐乐道，“希望你说话算数。”

说着，屠乐乐伸手从背后的背包里掏东西。里头除了李薇薇卖的那些货，还有些精美的小礼品盒，是李薇薇特意买来装她出售的小饰品的，因为这样会显得十分高档，买家拿来送人也比较有面子。

“乐乐，你疯了？跟她打这样的赌！”李薇薇拉着屠乐乐道，“这里是会员制，不是会员，任何人都进不去，就算是富二代官二代的都不行，若非如此，这里也不会有那么大的名气啊！”

“放心，我自有办法。”屠乐乐自信地一笑，扭头看向旁边的温婉道，“婉婉，能查出来这个餐厅的经理叫什么不？”

“能，稍等。”说着稍等，温婉可是几乎没让屠乐乐等就说道，“经理是个法国人，不过起了个中国名字，叫戴高乐。”

屠乐乐点点头，朝秦诗韵道：“你等着看吧。”

屠乐乐随即就背着包，径直走向门口，伸手推门走了进去。

“欢迎光临，这位小姐请问您有预约吗？”门口的服务员见到屠乐乐进来，虽然看她的着装打扮实在不像是会员，不过出于礼貌还是问了一句。

“我没有预约，也不是来吃饭的，我是给一个叫戴高乐的人送快递的。”屠乐乐扬了扬手里看起来很像是快递的包裹道，“快递上的地址写的是这里，所以请叫戴高乐出来签收一下。”

李薇薇和温婉看到屠乐乐走进了餐厅，禁不住又惊又喜。尤其是李薇薇，更是转过头去看秦诗韵，得意地挑了挑眉毛。

秦诗韵有些发愣。她真没想到屠乐乐说进去就真能进去，惊诧之余却又禁不住冷笑道：“你们别高兴得太早，她很快就会被人家给赶出来的。”

“那可未必。”温婉对屠乐乐相当有信心地道，“你做不到的事不代表别人也做不到。”

“那就走着瞧吧。”秦诗韵再次冷笑道。

三人站在餐厅外，隔着玻璃能够看到餐厅内的景象。

屠乐乐站在门口等了不大一会儿，有个服务生就领着一个高鼻梁的外国人过来，多半是这香榭丽舍餐厅的经理戴高乐。

屠乐乐走上前去，不知道跟这人说了些什么，他摇了摇头，又说了一些话，屠乐乐又看了看手里的包裹，无奈地一笑，说了几句后就转身走了出来。

"看吧，被赶出来了。"秦诗韵一直冷眼旁观，嘴角始终带着一抹满是讥诮的笑容，显然是在嘲笑屠乐乐不自量力，见到她走了出来更是冷笑道，"怎么样？我早说过，她是没资格进去的，这次我赢定了。"

"那可未必。"屠乐乐此时走出了餐厅，正好听到了秦诗韵的话，道，"赢的是我才对。"

"胡说八道。"秦诗韵道，"你都被人赶出来了，还好意思说自己赢了？"

"错。"屠乐乐竖起两根手指在她面前一晃，道，"第一，我不是被赶出来的，而是自己走出来的；第二，咱们之前打赌时，我说的是只要能够进去就算我赢，现在我进去又出来了，怎么就不算我赢？"

"你这是在狡辩。"秦诗韵没想到屠乐乐会跟自己玩文字游戏，气得将太阳镜摘了下来，狠狠地瞪着她。

"我看是你在狡辩才对。"温婉忽然道，"刚才你们打赌时我录了音，要是你不服气咱们就听听吧。"

说着，温婉从手机里调出来一段录音。随即众人就听到她的手机里传来了屠乐乐的声音："那不如咱们打个赌。如果我进不去，那就是我输了，我当场给你认错，任打任骂。可要是我能够进得去，那就是我赢了，你就得向我朋友道歉，并且承认自己偷听我们说话和恶语伤人是很没素质的行为，怎么样？”跟着就有秦诗韵的声音传来：“好。”

听到这儿，温婉关掉了录音，看向秦诗韵道：“你现在还有什么话好说？别是输不起，想要耍赖吧？”

“你们……”秦诗韵气得指着屠乐乐三人，手指都在微微颤抖。

有录音为证，她没再说屠乐乐狡辩。毕竟当时屠乐乐的确说的是进不去就算输，而她也答应了。这事无论怎么说都不是屠乐乐在耍手段，只能怪她没有听清楚。

“愿赌服输，道歉吧。”屠乐乐看着秦诗韵指了指李薇薇道。

“你们这是作弊，是欺骗。”看着得意扬扬的屠乐乐，秦诗韵只觉得脸蛋发烫，就仿佛被屠乐乐狠狠抽了一巴掌似的，她又羞又恼，也顾不上再端着自己明星的架子，怒吼道：“我是绝对不会道歉的，绝不！”

“你确定？”屠乐乐道。

“反正你们休想让我道歉！”秦诗韵道。

“你这是要耍赖吗？”屠乐乐笑道。

“没错，我就耍赖了，怎么着吧？”秦诗韵铁定不准备道歉，也彻底豁出去了，昂着头一脸不屑地道，“反正又没人看到，你能把我怎么样？”

就在此时，餐厅的门开了，一个醉醺醺的外国男人带着一个娇艳的女子走了出来，他似乎听到了秦诗韵的声音，转头看过来，一双醉眼顿时变得色眯眯的，步履虽有些踉跄但还是两三步走到了秦诗韵近前，没等她反应过来，一把将她搂住，不由分说地给秦诗韵来了一个深吻！

“这什么情况？！流氓？还是误伤……”李薇薇下意识地朝后退了一步，尽量离这外国醉汉远一些，惊得目瞪口呆。

那外国男人长得倒是十分英俊，而且看起来也很有风度，即便醉了也没有丑态百出，只是搂住秦诗韵就亲这一出，着实有些吓人。

“说不定是熟人吧？”屠乐乐也颇为震惊，随口猜道。

温婉没有说话，而是专注地拿着手机在拍摄眼前难得一见的劲爆一幕。

秦诗韵也蒙了，之所以没有强烈反抗，是因为她恰好认得这个男人，只不过她此时头脑还保持着清醒，并没有忘记今天自己来这儿是要跟耿一鸣吃饭，如果这个景象被他看到的话，后果不堪设想。想到这里，秦诗韵连忙用力将那外国男人推开。

“雷蒙，你没事吧……”此时，那外国男人的女伴跑了过来，将这个叫雷蒙的男人扶住，她看向秦诗韵的目光像极了捉奸的正牌妻子，充满了憎恨和嫌弃。

“亲爱的秦……”雷蒙直视秦诗韵，目光中竟带着几分深情款款的意味，称呼相当亲昵，用的也是半生不熟的汉语，可是后面说的都是外语。

“这家伙在说啥？”屠乐乐的外语仅限于英语，水平也就是应付考试而已，所以她仅仅能确定这人说的不是英语，此外就什么都听不懂了。

“他说的好像是法语，具体的，我也听不太懂。”李薇薇听了听，最终也没能听出什么来。

“请你离我远点，不然我就报警了！”秦诗韵一边避开想要再次抱过来的雷蒙，一边威胁道。

雷蒙显然不打算放弃，依旧是不断地说着话，直到见秦诗韵拿起了手机，这才在女伴的拉扯和搀扶下悻悻离开。

“婉婉，你听得懂那个雷蒙在说什么吗？”李薇薇见温婉停止了录像才问道。

“听不懂，可是那又有什么关系，有了刚才的视频，我就不信秦诗韵还敢耍赖？！”说着，温婉朝着秦诗韵扬了扬自己的手机，“刚才你不是说没人看到吗？巧了，我又录下来了。你想想看，这要是传到网上去，再加个三流小明星说话不算话，愿赌不服输，结果惨遭报应，被醉汉非礼的标题，会不会有很多人看？说不定你会上娱乐版的头条哦。”

“你……”出了刚才那事，秦诗韵本来就有些蒙，正在考虑要不要给自己的经纪人打个电话。听到温婉这么一说，她顿时就傻眼了。

打赌不认账对她来说真不算什么，她怕的是刚才那一幕被传到网上，要是让人知道她曾经跟那个雷蒙之间的关系，别说自己的星路会彻底被毁，就是想要攀上耿一鸣这件事也得泡汤。

这一刻，秦诗韵又惊又怒还有些发慌，不过却强作镇定道：“你想怎么样？要钱是吗？说吧，多少钱才把视频给我？”

“钱我是一分都不想要。”温婉摇了摇头道，“我只想让你兑现赌约，向我朋友道歉，承认自己没素质。愿赌服输，这很难吗？”

“好。”秦诗韵当然觉得道歉很丢面子，但是她更怕视频会被放到网上去，要是那样的话她就完了。

“对不起。”秦诗韵几乎是咬牙切齿地对李薇薇道歉，随后又道，“我错了，我不该偷听你们说话还恶语伤人，是我没素质。”

说完这番话，她抬起头来看着温婉道："现在可以把视频交给我了吧？"

"其实……"温婉摆弄了一下自己的手机道，"刚才我说拍了视频，实际上是骗你的。"

"你……"秦诗韵怒气冲天，差点儿把牙给咬碎，当场就要发作。

可是温婉接下来的一句话又让她把到嘴边的怒骂给生生咽了回去，让她差点儿憋出内伤。温婉说："不过你刚才道歉的这段，我顺手拍了下来。我想，如果传到网上，肯定会有人很好奇，你这些话是为了什么而说的。"

"你说吧，怎样才肯把视频给我，无论要钱还是别的，只要我能办到的，都行。"秦诗韵虽然愤怒到了极点，但是把柄被人抓住了，她也只能是忍气吞声。

"我什么都不要。"温婉再次摇头道，"只希望彼此相安无事，你做你的大明星，我们安安心心地上我们的班，你看如何？"

"好。"秦诗韵咬着牙应了下来。

"那就再见了。"温婉朝屠乐乐和李薇薇使了个眼色，转身就走。

"有句话我忘记跟你说了。"屠乐乐看向秦诗韵道，"能不能进到里头吃饭，我觉得并不能代表什么。我们进不去，并不代表我们就比你低贱，你能进去也不意味着你比我们高贵。况且，这家餐厅又不是你家的，你用它来炫耀，真没什么意思。"

说到这儿，屠乐乐朝秦诗韵摆摆手道："最后祝你有个好胃口，拜拜。"

“拜拜。”李薇薇和温婉也有样学样，一起挥手。

三人转身朝着街对面走去，想起刚才戏耍秦诗韵的事情，忍不住笑成一片。

“可恶！气死我了！”看着三人扬长而去，秦诗韵越想越火大。

不能就这么算了，我不会放过你们的。想到这儿，秦诗韵拿出手机，拨了一个号码。接通后，她一改刚才暴躁的样子，满脸笑容，声音娇弱地道：“耿董，我已经到香榭丽舍外面了，你什么时候到呀？”

“我还有点事。”手机中传来耿一鸣有些冷漠的声音，“咱们有机会再约吧。”

啪。电话挂断。

秦诗韵听着手机里传来的嘟嘟声，先是怔了片刻，随即怒火中烧。

就在此时，之前停在路边的一辆车突然车灯一闪，加速离开。

开车的正是耿一鸣，其实在屠乐乐三人和秦诗韵发生口角时他就已经到了，只是没打算露面。让他没想到的是恰好看到了刚才的一幕，也见识到了秦诗韵的另一面。

正因如此，原本对秦诗韵就没有什么想法的耿一鸣更加意兴阑珊。回想起屠乐乐三人耍弄秦诗韵的小手段，他不禁摇摇头，尤其是想起屠乐乐冒充快递员进入香榭丽舍餐厅的情景，不由得抿嘴一笑，他猛踩油门，跑车咆哮着远去。

在休息了两天之后，屠乐乐再也忍受不了无所事事地待在公寓里了，所以提前返回公司上班。

谢峰不知道是出于什么心理，还当着一众前台的面，假模假样地夸赞了屠乐乐一番，所说的话让屠乐乐忍不住直起鸡皮疙瘩，索性就将其当成了耳旁风。

郑茜虽然又回来上班了，却不像以前那样总是在屠乐乐面前摆出一副趾高气扬的样子。

这么一来，屠乐乐的工作一下子变得舒心了不少。只是一想到她的任务，免不了又有些闹心。

最初她奉命来辉煌集团做卧底时，上头想要通过九爷的关系让她去当行政助理，所以她接到的任务是调查耿一鸣、徐杰等高管，希望从中找到操控万古网络平台进行赌博和洗钱的幕后黑手。计划赶不上变化，等她到了集团后，却突然被调到了前台。

其实做前台对屠乐乐来说也没什么，但是却让她失去了跟辉煌集团高层接触的机会，于是她的任务也随之调整成了先站稳脚跟，逐渐接触公司的财务人员，并从他们那里搞到万古网络平台的财务信息。

本来屠乐乐还有些发愁该如何入手，却意外遇到维特哮喘发作，并且及时出手救了他，两人进而成为关系不错的朋友。当时维特还表示过有机会会邀请屠乐乐去他所在的十七楼看看。

对此，屠乐乐当然大喜过望，虽然当时没有说什么，她心里却一直都在期待着维特的邀请尽快到来。可让她郁闷的是，也不知道最近维特是忙于万古网络公司上市而忘记了这件事，还是当初说的只是客套话，反正他迟迟没有邀请屠乐乐。

更让屠乐乐不爽的是自己最近休息在家，没有见过维特，这让她连想要旁敲侧击提醒一下的机会都没了。

今天屠乐乐急着回来上班，一是实在不愿意闷在家中，二是想要趁着维特签到时想办法给他提个醒。

早上八点半，员工们陆续前来上班。

屠乐乐一边在忙着自己的工作，一边不时地注意着签到的人中有没有维特的身影。

只不过她没等到维特出现，却看到了耿一鸣和蒋若瑜。

屠乐乐跟李薇薇不一样，并没有嫁个有钱人的打算，所以对耿一鸣就没什么过多的想法。当在场的员工纷纷向耿一鸣问好，想要混个脸熟的时候，屠乐乐反倒是悄悄地走到了远处，低头干着自己的工作。

恰恰是因为如此，反倒让屠乐乐显得与众不同，引起了耿一鸣的注意，他迈步走了过去。

该死的，又是她！蒋若瑜看到屠乐乐，心里一阵不爽。

众人见耿一鸣有此举动都相当惊诧。因为见过耿一鸣签到的人都知道，他从来不会过多停留，基本上签到后就径直离开，像现在这样在屠乐乐的面前驻足，实在是破天荒的一幕。对此，每个人都禁不住暗暗揣测，但是因为耿一鸣就在面前，没人敢出声议论。

感觉到有人站在了面前，屠乐乐下意识地抬起头，随即就看到耿一鸣正面无表情地看着自己。

“董事长好。”屠乐乐连忙问好。

“屠乐乐，我不是让你多休息几天吗？怎么今天就来上班了？”耿一鸣看着她道，“听说你的脚受了伤，好点没有？”

“好多了，谢谢董事长关心。”屠乐乐忙道。

“那就好好工作吧。”耿一鸣点点头转身离开。

“婉婉，你说董事长这是什么意思？”屠乐乐等耿一鸣走远后才走到温婉身边问道。

“我也不知道。”温婉叹了口气，道，“只希望薇薇知道后不要多想，要不然才叫麻烦呢。”

“不会吧？！”屠乐乐惊道。

“当然会。”温婉道，“我见过很多次董事长签到，可是他从来没有用正眼看过谁，薇薇说这叫蔑视众生，典型的霸道总裁风范。但是今天他特意停在了你的面前，还问了问你的脚，这实在是太反常了，很容易让人胡乱猜测。”

“耿一鸣这不是坑人嘛！”屠乐乐一阵不爽，道，“那你说咋办？”

“先跟薇薇通个气，随后冷处理。”温婉道，“只要董事长不再过来，那么这事刮一阵风也就过去了。其实这样也不错，至少谢峰不敢再找你麻烦了。”

“我倒宁愿没这事。”屠乐乐挠了挠头，道，“真是闹心。”

“两位美女，干吗呢？”维特走了过来。

“别理我，烦着呢。”屠乐乐随口道。

“哎哟，既然这么烦，正好去我那边喝杯咖啡，看看窗外的风景，说不定心情会好些。”维特朝屠乐乐道，“我马上就打电话请你上去。”说完，他转身就走了。

如果之前受到这样的邀请，屠乐乐会相当高兴。可是现在，一想到耿一鸣莫名其妙地在自己面前溜达了一圈，说了些不痛不痒的话，很有可能会引起薇薇的不快，屠乐乐就有种遭了无妄之灾的感觉，心中一阵阵烦躁。

第十三章　被打断的情报

屠乐乐很气恼，自己即将从维特口中套出公司财务信息，却被这个神秘来电生生打断。不过，这也让她暗暗心惊，维特作为财务总监都被人监视，其他高层呢？辉煌集团真的有问题！

维特倒是说到做到。他离开没多久，前台的内线电话就响了起来，正是他打来的，说十七楼的打印机出了点问题，点名让屠乐乐上去看看。

屠乐乐当然不会拒绝，直上十七楼。

电梯在上升过程中停了几次，里面的人看到屠乐乐在电梯中，即便没人敢当面议论，背后也免不了指指点点，言语中必然会提到今天早上耿一鸣特意停下来跟她说话的事情。

屠乐乐没想到事情会扩散得这么快，看样子这事已经成了整个辉煌集团内部的八卦，所有人似乎都在揣测她跟耿一鸣之间的关系。

如果屠乐乐对耿一鸣真有什么想法，也许此时会心中暗喜。但问题是她全然没有攀高枝儿的念头，所以对这种带着几分绯闻色彩的传言相当反感，以至于从电梯里走出来时，脸上已经没有半点儿笑容。

辉煌集团相当庞大，各种生意的往来账目十分繁杂，所以财务部门着实不小，在职的人员足有二三十个。

人多起来后，自然就免不了会有派系，甚至出现等级。而维特无疑是最高层的其中一个。正因如此，他才有权力让屠乐乐上到十七楼来。

维特有自己的独立办公室，相当宽敞并且还有一面相当大的落地窗。站在窗边，极目远眺，视野开阔，足以让人心胸随之打开，一扫心中烦闷。

“乐乐，坐。”维特将屠乐乐迎进自己的办公室，殷勤地请她坐下，端来了一杯咖啡道，“蓝山咖啡，绝对正品，我托朋友从日本带来的，你尝尝。”

“谢谢。”屠乐乐知道蓝山咖啡，但是平常她连假的都没喝过，更别说真的了，自问喝不出好赖，不过维特一番盛情，她也不好拒绝，只得端起来抿了一口。

“怎么样？”维特满脸期待地看着她。

“你想听真话还是假话？”屠乐乐将咖啡杯放下问道。

“假话是怎样的，真话又是怎样的？”维特笑着问道。

“假话就是这绝对是我喝过的最好喝的咖啡，没有之一。”屠乐乐哈哈一笑，“真话就是我平常很少喝咖啡，所以品不出来它的妙处，你给我喝绝对是白瞎了。下次要是再来的话，用不着给我喝这么好的东西，一杯白开水就可以了。”

“虽然真话有点让人郁闷，不过我还是更喜欢听真话。”维特端起自己的咖啡杯喝了一口，道，“其实咖啡也好，茶也好，别的饮料也好，好喝不好喝都是别人说的，喜不喜欢才是自己的感受。人活着，就是要忠于自己的内心，不必太在意别人怎么想怎么说。”

“维特，我发现你今天似乎感慨良多。”屠乐乐调侃了一句，随后深深地看了他一眼，道，“不过，还是要谢谢你安慰我。”

之所以这么说，是因为屠乐乐意识到维特方才的那些话并非是他在感慨人生，而是在绕着弯子劝自己。显然，他虽然身在十七楼，但也肯定听到了一些关于自己的流言。

“不客气，咱们是朋友嘛，这都是我应该做的。”维特见屠乐乐懂了自己的意思，微微一笑，也就没有再继续多劝。有时候劝解别人，实在用不着说太多的话，点到为止就可以了。

“早就说了要请你上来坐坐，可是最近我实在是忙得不得了，而且你又没上班，所以就拖延到了今天。”维特指了指那扇大落地窗道，“想看外面风景的话，那边角度最好。我以前被工作折磨得焦头烂额、心烦气躁时，就会站在那边，喝杯咖啡，眺望一下外面的风景，心情自然而然就会舒畅一些。”

“你的工作不挺好的，有什么可心烦气躁的？”屠乐乐貌似随意地问道。

“只要是工作，又哪里有什么顺顺利利的？”维特显然也是有些话闷在心里久了，很想找人聊聊，听屠乐乐这么说，他也就顺势开始大倒苦水，“我的工作更是如此。在你们眼中，我只需要跟各种各样的表格、单据、数字打交道就可以了，除了没完没了的计算之外，其他的并没什么值得烦心的地方，对吧？”

“难道不是吗？”屠乐乐反问道。

她本身对财务没有什么特别深入的了解，也就是这次来执行任务前，才特意恶补了一些财务方面的知识，所以心里清楚财务并没有那么简单。不过此时此刻，屠乐乐肯定是不能这么说的，她问的问题要符合现在的身份。

事实上，在绝大多数人的固有印象中，财务人员或者说会计师，其实跟电影电视剧中经常出现的账房先生没什么分别，再说直白一些，就是算账的。既然是算账，当然只是跟各种各样的账目和数字打交道，除了烦琐一些，又能有什么糟心事？

这样的看法绝不是个例，而是相当普遍，所以屠乐乐现在这么问丝毫不显得奇怪。

“当然不是了。”维特苦笑着摇头道，“如果真的这么简单，我又怎么能有资格拿超出公司内九成以上员工的高薪。”

“那我就不大明白了。”屠乐乐道，“你究竟有什么需要烦心的地方，如果不介意，不妨说出来听听，也许我能帮你出出主意。”

你连我的工作是怎么回事都不懂，又能帮我出什么主意。维特心里这么想着，但是并没有拒绝她的好意。对他来说，恰恰因为屠乐乐不懂，才正是一个最好的倾诉对象。

“万古网络平台最近正在准备上市，这你知道吧？”维特道。

“知道，最初是你告诉我的，后来整个公司都知道了，我就是聋子也听说了。”屠乐乐道。

“其实我烦心的就是这事。”维特喝了口咖啡，道，“所谓的上市，一般指的是狭义的上市，即首次公开募股，英文说法是Initial Public Offerings，简称IPO，也即企业通过证券交易所首次公开向投资者增发股票，以期募集用于企业发展资金的过程……”

“打住。”听到这儿，屠乐乐直接做了个暂停的手势打断了他的话，“维特，你要搞清楚，我只是个小前台，不是学经济的高才生，这些复杂的东西就不要跟我说了，要不然我怕没等听完，我就已经被你烦得直接从这里跳下去了。”

说到这儿，屠乐乐指了指面前的落地窗，还比画了一个纵身一跃的动作。

“好吧，是我的错。”维特举了举手做了个“抱歉”的手势，随后道，“那我就尽量说得简单些。想要上市，在国内的话，牵扯到很多事情。首先是企业改制，随后才是发行上市，其中又会涉及方方面面的问题。”

“与你有关的呢？”屠乐乐问道。

“很多。”维特苦笑道，“要不然我也不会头痛了，眼下只是开始阶段，所以只进行会计报表审计、盈利预测编制以及资产评估工作。这里头不光是我一个人做，还要跟评估师合作完成。”

“听起来似乎也不难呀。”屠乐乐想了想，道，“再大的工作都是由小工作组成的，拿出蚂蚁啃骨头的精神来慢慢做就行了呗。”

“如果只是工作量大，倒没什么，毕竟我拿了这份工资受点劳累是应该的。”说到这儿，维特皱着眉叹了口气，“可问题根本就不是你想得这么简单，因为在我审计万古网络公司以往的账目时，发现了很多看似正常但却并不怎么正常的地方，这让我有理由怀疑……”

叮铃铃。

正当屠乐乐聚精会神地想要听维特接下来的话时，电话铃声突然响了起来。这让她很想要骂人。因为她知道维特要说的恰恰就是自己要查的。哪怕他没有全都说出来，只是稍微透露一些东西，也足以给自己随后的侦查任务指明方向。

可偏偏就在这个时候，电话铃声响了。维特被打断这么一下，先不说还会不会继续这个话题，就算他肯说，只怕也未必会跟先前想说的一样了。

“喂，你好。我是维特，好的，我知道了，马上就去。”维特拿起电话，说了两句后就把电话挂了，随后满是不好意思地说，“乐乐，副总裁有事找我，我得失陪一会儿了。”

“没关系。”屠乐乐虽然心里郁闷得要死，也不得不故作大方地摇了摇头，“反正咱们也只是闲聊，还是工作要紧。我也该走了，跟你聊了一会儿天儿，心情好了很多。”

“你先别急着走。”维特摆了摆手道，“你得帮我看看打印机，它是真的坏了。”

“好吧。”屠乐乐没有想到事情会峰回路转，心中一阵窃喜。

维特简单说了一下打印机出了什么问题，就离开了办公室。屠乐乐等他走后就去检查打印机。拜谢峰所赐，她前段时间几乎天天跟复印机、打印机、传真机等公司里常用的办公设备打交道。正所谓久病成良医，见多了各种故障后她对一些小毛病的解决也就有了一些经验。刚才听维特说的那些问题，她其实已经知道了怎么回事，靠她自己就能够解决。

不过她不打算这么做，这不符合前台工作的正规程序，而且她也正好可以打着检查打印机的旗号留下来，以便找到有关万古网络公司的财务资料。

打印机就放在维特的办公桌上，从旁边放着不少打印出来的文件可以看出，他这台打印机的使用频率相当高。

屠乐乐走到打印机旁，按下开机键，检查了一下，发现的确存在维特刚才所说的故障。她并没有直接动手处理，而是拿出手机拨通了供应商的维修电话。

等着修理工赶来的过程中，屠乐乐貌似随意地看起了放在办公桌上的一些表格，不过她并没有动手翻动，她觉得重要的表格、数据应该硬生生将其记住，也并没有拍照。不知道这间办公室里是否安装了监控摄像头，为了避免留下什么不利于自己的证据，所以她十分小心。

过了没多久，供应商派出的修理工就赶了过来，因为打印机的故障并不大，没用多少时间就修好了。此时屠乐乐先给维特打了个电话，告诉他打印机已经修好，可以放心使用后，之后就直接坐电梯回到了一楼前台。

“怎么去了这么久？”温婉见她回来随口问道。

“难得去一趟维特的办公室，当然要看看风景。”屠乐乐笑道，“顺带着帮他联系了维修工将他的打印机给修好了。”

“我就猜着你是去看风景了。”温婉露出一个心照不宣的笑容道，“我其实也挺喜欢他那边的风景的，只不过他那里的重要文件太多，还有不少来历不明的东西，所以为了不惹上什么不必要的麻烦，还是尽量少去为好。”

“什么意思？”屠乐乐一愣，道，“我看维特那里挺干净的，哪有什么来历不明的东西？”

“你觉得干净，是因为你不知道怎么侦测。”温婉瞥了一眼四周，低声道，“我上次去他那里，随便用软件侦测了一下，就发现了至少两个摄像头。换成是我，光是想想一天到晚在别人的监视下生活，就浑身不自在。”

“不会吧？”屠乐乐大吃一惊。

在灵霄大楼上见识过温婉的电脑水平后，屠乐乐已经坚信她是个深藏不露的高手，所以即便不知道她究竟用的什么软件侦测出了这些东西，却绝对不怀疑她这些话的真实性。

只是屠乐乐实在没有想到维特那间看起来环境不错的办公室里，竟然会装有这么多的摄像头，大为震惊之余她也不禁为自己的小心谨慎而庆幸。尽管无从得知这些东西究竟是什么人装的，但是如果她之前肆无忌惮地在维特的办公室里搜查证据，肯定会彻底暴露。

忽然，屠乐乐想起维特即将说出有关万古网络平台财务问题前接到的那个电话，一阵后怕。她不禁怀疑这个电话打进来的时间，究竟是赶巧了呢？还是根本就是故意为之，为的正是不让维特说出财务上的机密。

“婉婉，这件事你有没有告诉维特？”屠乐乐看向温婉道。

“我曾经在私下闲聊的时候跟他提了一句。”温婉叹了口气，苦笑道，“只是他似乎并不相信我。当时他还说我肯定是谍战片看多了。我见他不信，又不想惹祸上身，就没有再跟他提过，不过他的办公室我后来再也没去过。”

“这事咱们还是等下班后再私下聊吧。”屠乐乐瞥了一眼一楼大厅角落中的监控摄像头道。

“好。”温婉点点头，又道，“乐乐，你跟薇薇解释清楚了没？”

“还没有。”屠乐乐摇摇头道，“我觉得在微信里说不清楚，所以想等下班后当面跟她说。”

“这样也好，不过能早点说还是早点说。”温婉道，“毕竟你自己跟她解释，总好过她从其他人那里听到。”

“嗯。”屠乐乐应了一声，拿出手机点开微信，给李薇薇发过去一条信息：“今天上班时出了点让我意想不到的事情，下班回去跟你细说。”

屠乐乐的想法很简单，等下班后跟李薇薇当面一说，再加上有温婉在旁边给自己做个证，就完全可以将可能会引起的误会解除，毕竟这事全都是耿一鸣莫名其妙的举动挑起来的。屠乐乐自始至终什么都没做，要不是怕李薇薇多心，她都懒得特意去澄清。

只是即将下班时，屠乐乐在微信上看到了两条信息，不得不改变了自己的打算。

这两条信息中，一条来自李薇薇，内容相当简单，就是一个“好”字。

而另外一条来自花美颜，内容也很简单，不过却让屠乐乐有些担心：“乐乐姐，快来救命呀！”

“怎么了？”屠乐乐发微信过去询问，花美颜却没有回复。这让她更加担忧。

单凭这么一条信息，屠乐乐猜不出来花美颜究竟遇到了什么麻烦，竟然会向自己求救，并且还说得这么不清不楚。不过让屠乐乐稍微安心一些的是她能够确定花美颜并没有什么生命危险，最起码人身自由还是有的，要不然也不可能有时间给自己发微信。

毕竟按照常理来说，一个人如果真的遇到了危险，想要求救的话，最快捷的方式还是打电话而不是发微信。

屠乐乐又看了看花美颜的朋友圈，发现在发这条信息之前她在逛街，发的都是一些街拍，诸如这个地方的冰激凌很好吃之类的。

尽管确定花美颜并没有危险，下班后屠乐乐还是跟温婉打了声招呼就匆匆忙忙出了辉煌大厦，随即拨通了花美颜的电话。

“乐乐姐，快来救我呀，我快被烦死了。”电话很快接通了。

“你在哪儿？遇到了什么麻烦，要不要报警？”屠乐乐问道。

“报警？那倒不用。”花美颜一愣，道，“你还是来我家吧，我爸妈来了，正在对我严加拷问。如果你不来给我做证，我这次就死定了。”

“好吧，你坚持住，我马上过去。”屠乐乐一听花美颜的父母在，顿时放下心来，直接就把电话给挂了。想起花美颜的父母，她也禁不住暗暗苦笑。

作为多年的同学外加室友，屠乐乐不止一次见过花美颜的父母，并且跟他们一起吃过很多次饭，所以对他们的了解还是挺深的。

平心而论，在屠乐乐心中，花美颜的父母都是相当不错的人。作为成功的商人，她的父母相当有钱，但十分平易近人，绝对没有社会上不少富人惯有的傲慢，尤其是请花美颜的同学一起吃饭时，从来都没有表现出高高在上的架势。

此外，他们对花美颜也相当疼爱，说是含在嘴里怕化了、捧在手里怕摔了也不为过。平常，只要是花美颜提出来的要求，不管多难，她的父母都会想方设法地满足她。

可是在花美颜想当警察这件事上，她的父母却是出奇地不支持，并且屡次三番地阻挠，让花美颜相当郁闷。

之前花美颜之所以跟屠乐乐一起留在警察学院没去上班，就是因为她的父亲通过自己的社会关系堵住了她很多条路，想要逼着她去本地的一个警察局当内勤，而这恰恰是花美颜最不想做的事情，于是双方的关系一下子变得很是紧张。

如果不是因为这次安家国来招收卧底，并且花美颜被选作屠乐乐的支援，只怕她跟父母之间的冷战依旧在持续。

当初屠乐乐也问过花美颜，她有没有跟父母说参与卧底行动的事。当时花美颜并没有正面回答，反倒是找了个话题给岔开了。现在看来，她肯定没有告诉父母，而是选择了隐瞒，于是爱女心切的父母就找了过来。

头痛呀！屠乐乐挠了挠头，真是不知道待会儿如何面对花美颜的父母。

其实屠乐乐很能理解花美颜父母的心情，毕竟谁不心疼自家闺女。但是换个角度来看，那种被保护起来的生活并不是花美颜想要的。当双方出现了矛盾时，作为旁人，屠乐乐真的不知道该怎么处理。尽管如此，她也不可能袖手旁观，哪怕是硬着头皮也得想办法去解决。因为这不仅关系着花美颜的理想，更关系着她们现在的工作。

花美颜住的地方还是当初她们一起租的，所以她手里还有钥匙。不过当她打开门进去后，还是被眼前的景象给吓了一跳。

第十四章　多出来的眼睛

财务室有摄像头很正常，但是财务总监的办公室有针孔摄像头还正常吗？最重要的是这些针孔摄像头还不是出自同一个势力。

花美颜的父母花云龙和颜美娟此时正一左一右地坐在客厅的沙发上瞪视着花美颜，而花美颜则可怜兮兮地坐在一个小板凳上，耷拉着脑袋，一副等候宽大处理的模样。

当屠乐乐开门进来时，听到声音的一家三口同时看了过来。

花美颜自然满脸喜悦，简直跟被关押了多年的囚犯得到特赦一般，眼睛里都亮晶晶的，不知道是不是喜极而泣。花云龙和颜美娟看过来的目光却相当不友善，甚至说是杀气腾腾都不夸张。

直到他们看清楚了来人是屠乐乐，目光才随之变得温和。

“是乐乐呀，快来！”颜美娟站起身来，满脸笑容地招呼屠乐乐进屋落座。

“阿姨好。”屠乐乐规规矩矩地道。

虽然她早有心理准备，不过刚刚进屋时还是被花云龙和颜美娟那犀利至极的眼神给吓到了。此时她才意识到不管这俩人平素多么平易近人，能够白手起家并赚到海量金钱，又岂会是易与之辈。当他们发怒时，那种气势绝对非同小可。

“叔叔好。”屠乐乐又向花云龙问好。

“坐吧。”花云龙指了指旁边的沙发道，“我们正跟花美颜谈话，既然你来了，有些话我想要问问你，毕竟你跟她是最好的朋友，相信你对她的了解还是很多的。乐乐，你不会帮着她骗叔叔和阿姨吧。”

“不会，不会，能说的我一定说。”屠乐乐忙笑着道。不过她的话里也打了个埋伏，能说的说，不能说的她当然是绝对不会说了。

屠乐乐很自觉地拿了个小凳坐到花美颜身边，这叫同甘共苦。

“乐乐姐，够意思！”花美颜朝屠乐乐身边靠了靠，一副寻找依靠的样子。

“花美颜，你少说话。”花云龙道。

“哦。”花美颜再次低下了头，虽然手里拿着手机却不敢玩。

这下麻烦大了，不过究竟是怎么回事呢，让花叔叔生这么大气？屠乐乐听到花云龙这么叫花美颜禁不住心里打了个哆嗦。因为听花美颜说过，每当她父亲直呼她的全名时，往往就是暴风雨即将来临的征兆。这个时候撒娇什么的通通没用，只有老老实实地认错受罚才行。

“乐乐，你告诉叔叔，这里的房子是谁租的？”花云龙显然不想给屠乐乐和花美颜过多交流的机会，直接就开始发问。

“是我们两个租的，不过我现在工作的地方有公寓，所以回来住的时候比较少。”屠乐乐实话实说。毕竟这没有什么见不得人的。

“乐乐，不是阿姨说你们。”颜美娟道，“你们两个孩子也真是让人担心，明明家里有现成的房子不住，非要到外头来租房，你说你们两个小女孩住在这样的地方，要是出点什么事，可怎么办好呀！”

“阿姨，其实……这边的环境还是不错的。”屠乐乐辩解了两句，想说就算是遇到了坏人，自己和花美颜也能应付得来，可是抬头看到颜美娟的目光，到嘴边的话还是给咽了回去。

花云龙听到屠乐乐的回答跟女儿之前说的一样，脸色稍微缓和了一些，道：“你刚才说自己有了工作，在哪儿上班？”

“辉煌集团。”屠乐乐答道。

“省内数得上的大公司，不错。”花云龙赞道。

“哼！”颜美娟不知想到了什么，冷哼一声。

花云龙顿时露出尴尬的神色，清咳两声继续道：“乐乐，你知道平常花美颜都跟什么人来往吗？”

“知道。”屠乐乐点点头。

“说来听听。”花云龙和颜美娟同时说道。

“我呀。”屠乐乐指了指自己，“她本身就很乖，平常的交际圈子也不大。认识的朋友基本上都是我们的大学同学，可是现在毕业了，同学们各奔前程。她在省城的朋友就只剩下我了。”

“如果只是你，我们当然不担心了。”颜美娟道。

“我们其实……想要问你的是花美颜除了你之外，还有没有异性朋友？”花云龙道。

“异性朋友？”屠乐乐一愣，扭头看了一眼低着头装死的花美颜道，“谁？我怎么不知道！”

“你不知道？”花云龙做了大半辈子生意，跟无数人打过交道，对自己识人看人的眼力相当有自信，看到屠乐乐的表情很容易就分辨出她的惊愕绝对不是装出来的，而是真的不知道。可这样一来，就有些棘手了。

“我没听她说过呀。”屠乐乐看向花云龙，“要不您给提个醒，我想想认不认识。”

“谢峰，这个名字你听说过吗？”花云龙没有绕圈子，直接道。

“知道呀。”屠乐乐点头道，“我们经理，渣男一个，您怎么知道他的？”

“你问她。”花云龙冷哼一声，指着花美颜道。

“我请私家侦探去查谢峰的事被我爸妈知道了，然后……”说到这儿，花美颜翻了个白眼，一脸的无辜和郁闷。

“叔叔阿姨怀疑你跟谢峰有关系？”屠乐乐何等聪明，一听花美颜说了个开头，马上就猜到了后头，忍不住笑了起来。她明白花美颜为什么这么郁闷了。这次黑锅背得相当冤枉，毕竟她查谢峰是受自己所托。可这事又牵扯到自己正在执行的任务，卧底任务本身是要保密的，所以面对父母的追问她是不能说的。

因为花美颜不肯说出实情，让担心女儿会遇到坏人骗财骗色的花云龙和颜美娟夫妻俩就更加担心和窝火，于是就有了刚才她进来时见到的那一幕。

“究竟是怎么回事？”花云龙敏锐地意识到事情似乎不像自己想的那样，因此也就更加松弛，却也更急着想要弄明白其中的原委。

“其实这事怪我，说起来还是美颜帮我背了黑锅。”屠乐乐道，“我在辉煌集团工作，但是这个谢峰不知道为什么，总是跟我过不去，一天到晚给我穿小鞋，我实在是被他烦得不行了，就想着怎么收拾他一顿，于是就想让花大……美颜帮我找找他有什么见不得人的事。结果不知道怎么着你们就知道了，可能有点误会，这事涉及我，美颜又不好乱说，所以……”

“原来是这么回事呀。”听到这儿，颜美娟伸手拉着花美颜道，“你也真是的，你告诉我们跟乐乐有关，我们不就不问了吗？”

晕。一听这话，屠乐乐就忍不住想翻白眼。合着谢峰跟我有关就没事，真是不是自家的闺女不心疼。

“你现在在辉煌集团那边做什么工作？”花云龙问道，“怎么不想当警察了？我记得曾经听你说过，你很想做一名刑警的。”

“这个……其中有些由折，就不太好说了。总之，您只要知道无论我还是美颜都没有干坏事就可以了。”屠乐乐看向花云龙和颜美娟，“叔叔阿姨，我知道你们很爱美颜，一直都很担心她，但是请相信我们，我们都是成年人了，知道什么是对的，什么是错的，不会干违法乱纪的事情。”

“你们保证？”花云龙看了看屠乐乐，又看了看花美颜，似乎猜到了点什么，面色郑重地问道。

“我们保证！”屠乐乐和花美颜异口同声道。

“要注意安全呀。”花云龙站起身来道，“本来还想请你们吃顿饭的，不过看样子你们很忙，那就以后再吃吧。乐乐，好好照顾美颜，拜托你了。”

“我会的。”屠乐乐点点头道，“我保证。”

“那咱们走吧。”花云龙朝颜美娟使了个眼色，率先迈步走了出去。

颜美娟见他这么说了，也就不再多问，不过临出门却偷偷地塞给花美颜一张银行卡，这才追着花云龙离开。

“究竟是怎么回事？”走出了楼，上了车，颜美娟问道。

“如果我没猜错的话，她们可能在执行任务。”花云龙叹了口气。

“那怎么行？”颜美娟当时就急了，“不管什么任务都有危险。”

“其实刚才屠乐乐有句话说得对，她们都是成年人了，知道自己在做什么。”花云龙想了想，道，“咱们过多的干涉反倒容易引起小美的逆反心理，到时候处处跟咱们对着干就不好了。”

“这样行吗？”颜美娟不放心地问道。

“先看看再说吧。”花云龙发动了汽车，轻声道，“儿大不由爷，真是说得一点都没错。”

屠乐乐和花美颜站在窗口看着花云龙和颜美娟夫妇驱车离开，这才不约而同地长出了一口气。

“吓死我了。”

“真有种劫后余生的感觉。”

两人看了看彼此，都忍不住笑了。

“乐乐姐，谢谢你，要不是有你帮我做证，我这回死定了。”花美颜满脸感激地道。

“不用谢，说起来这次还是我连累了你。要不是为了帮我，你也不会被你爸妈审。”屠乐乐摆了摆手道，“我只是有些纳闷儿，你调查谢峰的事怎么会被你爸妈知道的？”

“十有八九是我雇佣的那个私家侦探。”花美颜道。

“我明白了。”听到这儿，屠乐乐已经明白了其中的来龙去脉，“这私家侦探，十有八九是通过你爸爸的社会关系找的，对吧？”

“对！”花美颜点点头，有些郁闷地说，“我还特意叮嘱过这个私家侦探，让他保密，谁承想他嘴上答应得好好的，到最后还是把我给卖了。以后我再也不相信他了！”

“信不信他倒是无所谓。”屠乐乐道，“不过再有这种事不能再找这种不靠谱儿的私家侦探，今天他能够把你雇佣他的事情告诉你爸爸，明天就能再告诉别人。得亏这次调查的不是特别要紧的事，要不然后果不堪设想。”

“我以后会注意的。”花美颜这回也算是吃一堑长一智，“乐乐姐将来再需要调查什么，还是我亲自去吧。”

那就更加不靠谱儿了。屠乐乐心里暗想，不过并没有明说。她想了想，道：“不管怎样，咱们执行任务的事情瞒着你父母终究不太好。我觉得你有机会的话，还是应该跟安处说一声，有他出面帮忙做一做你父母的工作，说不定他们就能够接受你当警察这件事了。”

“乐乐姐，你别总是说我，”花美颜道，“好像你也还没跟你爸妈说实话吧。要是哪天他们找上门来，你咋办？”

“到时候再说吧。”屠乐乐皱着眉道，“我跟你不同，你现在给我做后援，相对来说安全一些，而我却是当卧底，要是被他们知道了，还指不定会怎样呢。总之，能瞒一时是一时吧。”

说到这儿，屠乐乐站起身来道："既然没什么事了，我也得走了。"

"干吗这么着急走，"花美颜拉住屠乐乐的胳膊道，"我还想着跟你一起出去庆祝一下我死里逃生呢。"

"我还有事，"屠乐乐道，"下次再约吧。"

"那好吧。"花美颜倒也没有坚持，很是乖巧地点了点头。

"你要是觉得无聊，可以给你爸妈打个电话，叫他们一起去吃饭。"屠乐乐道，"只要注意保密，别泄露了咱们的任务，应该就没什么问题。"

又跟花美颜闲聊了两句，屠乐乐告辞离开。

因为堵车，等屠乐乐回到公寓时，天都已经黑了。她一进门就看到李薇薇正一身休闲装地坐在客厅里看电视，手里拿着个纸巾盒，地上扔着不少用过的纸，眼圈还有点红，看样子是刚刚哭过。

屠乐乐瞥了一眼电视，发现她看的是部国产剧。能够将李薇薇感动成这样，可见这电视剧还是蛮不错的。

"薇薇，没看欧巴剧？"屠乐乐随口问了一句。

"最近正爱国呢，抵制韩剧。"李薇薇扭过头来看了屠乐乐一眼，又重新把目光放到电视上，嘴里却道，"其实欧巴剧看多了也就那样，国产剧现在制作得也不错，关键是对我口味。像现在这个，我就很喜欢。"

"喜欢就好。"屠乐乐说了一句，就回自己的房间换衣服去了。她洗了把脸后才坐到沙发上，没话找话地问道："婉婉呢？"

“玩游戏呗。”李薇薇目不转睛地看着电视。

“薇薇，之前我说有事要跟你说，刚刚有点急事出去了一趟，现在如果你愿意的话，我想跟你聊聊。”屠乐乐斟酌着语言道。

“你说吧。”李薇薇将电视剧暂停，转过脸来看着屠乐乐。

“今天早上我和婉婉去上班，董事长来了……”回来的路上，屠乐乐就把该怎么跟李薇薇解释想了不知道多少遍，所以根本没有什么废话，三言两语就把整件事的来龙去脉说完，末了道，“事情就是这样，我跟你说一下，就是怕你多心。”

“没事。”李薇薇笑道，“我怎么会多心，又有什么资格去多心？别说我跟他现在一点关系没有，就算成了男女朋友，我也不可能阻止他去结识其他女孩。”

屠乐乐看着李薇薇有些发红的眼眶，再听她这番话，一时间竟分不清楚她说的是真心话还是反话。

“薇薇，我……”屠乐乐还想再说点什么，可是一时之间竟不知道该从何说起。

“乐乐，你先听我说。”李薇薇摆摆手道，“难道在你的心目中我就是这么一个心胸狭窄的人吗？”

“不，不是。”屠乐乐忙道。

“那不就行了。”李薇薇道，“所以这事根本就用不着跟我多做解释，因为完全没必要。就算他真的喜欢你，而你也喜欢他，你们一个未娶一个未嫁，也是正常的事。作为你的朋友我只会祝福你们，至于吃醋什么的，我是绝对不会做的。”

说到这儿，李薇薇深吸了一口气：“我喜欢他不假，可是却也不会拦着其他人喜欢他。况且，你刚才也说了，他去找你跟你说话，我又怎么会因为他的所作所为就对你不满。乐乐，你真的是想多了。”

“有你这话，我就放心了。”屠乐乐长出了一口气，道，“你不知道当时我多闹心，就怕你不高兴，现在看来是我想多了。”

“我肚子饿了，你们要不要吃点东西？”此时，温婉从自己房间里走出来问道。

“要。”屠乐乐摸了摸肚子道，“下班后我就跑来跑去，现在是真饿了。薇薇，你吃吗？”

“吃。”李薇薇道，“不吃饱肚子，哪来的力气减肥呀。”

屠乐乐闻言一笑，转身去厨房里做东西吃。

尽管屠乐乐平常像男孩子多过像女孩子，不过她的厨艺相当不错，并且手脚麻利，很快就端着三份热气腾腾的蛋炒饭走了出来。

“好吃。”温婉吃了一口，很是满足地道，“我要是个男生的话，一定娶你回家。”

“不过是一份蛋炒饭而已，你就要娶我，追求可真够低的。”屠乐乐笑道。不管怎样，自己的厨艺被认可都是件令人高兴的事。

“过日子嘛，不就是吃家常菜，难不成还天天满汉全席？”温婉道。

“没想到你天天玩着最潮的游戏，想法倒是挺传统的。”屠乐乐道。

“谁不传统？”温婉指了一下低头吃饭的李薇薇道，“就算是薇薇，不也是想要找个好人嫁了。”

“喂喂，你们说你们的，别扯上我。”李薇薇举着勺子道，“我一天到晚地想着嫁人，都快被人当成花痴了，为了本姑娘的名声着想，我决定低调一些日子再说。”

“那要是耿一鸣来追你呢？”屠乐乐道。

“这我倒是可以考虑考虑。”李薇薇忙改了主意，随即又轻叹一声，有些沮丧地道，“只可惜他似乎看不上我，我都想放弃了。”

“只要你不放弃，肯定有机会的。”屠乐乐鼓励道。

“但愿吧。”李薇薇有些信心不足。

屠乐乐和温婉相视一眼，想劝又不知道怎么劝，想出主意也没什么主意可出。毕竟这种事说简单就是女追男隔层纱。可要是说难，那也真的是比上天容易不了多少。尤其事关李薇薇的终身幸福，谁又敢胡乱给她出主意。

“婉婉，之前在公司里说的那件事你再和我仔细说说吧。”为了避免尴尬，屠乐乐决定转移话题。

“什么事？”李薇薇好奇地问道。

“就是我跟你说过的，维特的办公室里有摄像头的事。”温婉道，“今天因为董事长找乐乐说话，她怕你多心，结果郁闷得不行。后来维特见到了就请她到他办公室里看风景，回来后我们就聊起了这事。”

“乐乐……”听了这话，李薇薇心里颇为感动，因为她明白屠乐乐如此郁闷，归根到底是看重她们之间的友情。倘若不是屠乐乐主动跟李薇薇解释，即便她嘴上不说什么，心里也必然会留下疙瘩。这件事最终很可能会让她们的友情出现裂痕，甚至彻底反目。

现在能够将话说开，让李薇薇心结尽消，不论屠乐乐还是温婉都很高兴。

随后屠乐乐又把话题重新引回到了维特办公室里的隐藏摄像

头上。之前在公司里听温婉说时，她就相当震惊，随后去见花美颜和回来的路上她一直在想这件事，越想越觉得心绪不安。这些摄像头说明，除了自己，还有其他人盯上了维特，而且还不少。

对屠乐乐来说，这绝对不是个好消息。因为这意味着她的任务难度无形中大幅提升了，她想要收集证据的话，不但要绕过公司内部的监控，还不能暴露在这些隐藏摄像头下，其中的难度可想而知。

现在屠乐乐唯一感到庆幸的是出于谨慎，她并没有偷看维特摆在桌上的资料，要不然很有可能自己已经暴露了。可即便如此，现在回想起来她依旧有些后怕。

正因如此，当知道温婉有办法找到这些摄像头时，屠乐乐才想跟她深聊一番。就算是不能设法将这些东西清理掉，起码也得搞清楚它们所在的位置，尤其是那些摄像头的拍摄范围，以便将来可以避开。

“婉婉，莫非你之前说的那些并不是玩笑，而是确有其事？”听到屠乐乐和温婉再三提到此事，本来还在吃蛋炒饭的李薇薇也来了兴趣。

“当然是真的了，难道你以为我之前跟你说的都是在开玩笑吗？”温婉瞥了李薇薇一眼，少有地正色道，“我从来不会在技术上开玩笑。”

“知道了，知道了，别生气了，技术控大人。”李薇薇见温婉有些不高兴，连忙道歉，同时伸手摸了摸温婉的头以示安慰。

“哼！懒得理你。”温婉轻轻地打开李薇薇的手，随即掏出了自己的手机。她手指飞速地在屏幕上划动了几下后，一张维特办公室的三维立体图出现在了屏幕上。

“这怎么弄的？太厉害了！”屠乐乐不禁一阵惊叹，看了看温婉的手机，跟自己用的一样都是国产机，可是这种反应速度和神奇的功能却是自己手机上没有的。

“我只是对手机硬件做了一些升级，捎带着重做了一下系统，还安装了一些我自己写的软件而已。当然，这些并不是重点。”温婉很是淡然地随口解释了一句，随后看着手机屏幕上的三维立体图，指了两个地方道，“针孔摄像头就安装在这两个地方。”

“那维特岂不是很惨，只要一上班就处于别人的监控之下。”李薇薇一脸同情地道。

“这有什么惨的，咱们不也一样吗？”温婉一脸淡然地道，“只不过一个是摆在明处，一个是藏在暗处罢了。”

“那倒也是。”李薇薇想到一楼大厅角落里的监控摄像头，随即就释然了。

“我觉得这根本就是两码事，绝对不能相提并论。”屠乐乐摇了摇头。

“有什么不同？”李薇薇不解地道。

“你们有没有想过，这些摄像头的来路不明。极有可能不是咱们公司安装的。”屠乐乐道。

“那也未必。”李薇薇摇摇头，“维特曾经在国外待过，很注重个人隐私，尤其他又是财务总监，办公室里有不少公司的机密文件，所以不能轻易暴露在监控之下。我听说，当初为了安装监控的事，他还直接去找过董事长。后来董事长同意了他的要求，不但是他的办公室内，整个财务室都没有安装监控摄像头。”

“你的意思是说，董事长表面上答应了维特，但是又不放心，于是私下里又派人偷偷去安装了隐蔽的针孔摄像头？”屠乐乐道。

“我可没这么说。”一听这话，李薇薇顿时就有些着急，连忙辩解道，“董事长怎么可能会这么做？也许是别人干的，比如谢峰或是别的什么人。总之，董事长那样的人是不可能做出这么卑鄙无耻的事情来的。”

屠乐乐和温婉见她这样着急地维护耿一鸣，相视一眼，不由得笑了起来。李薇薇禁不住又羞又臊，脸都涨红起来，嗔怒道：“笑什么，有什么好笑的，我说的有错吗？”

“没错，没错，情人眼里出西施嘛。”温婉打趣道，“所以好事都是董事长做的，至于坏事嘛，当然得是别人做的。”

“话是这么说，不过还有点疑惑你得帮我解释一下。”屠乐乐道，“如果针孔摄像头是公司派人安装的，为什么要安装两个？”

“我怎么知道？”李薇薇摇摇头，随即就醒过味来道，“我可没说这摄像头是公司装的，刚才那些话都是你说的。”

“好吧，我承认是我说的。”屠乐乐微微一笑，道，“现在咱们都冷静地想想，先不去追究此事跟董事长有没有关系。只说如果安装针孔摄像头是公司内部所为，那么为什么要安装两个？”

“也许是为了视野更好。”李薇薇想了想，道，“也许是防备摄像头出现故障，所以多安了一个备用。”

“你说呢？”屠乐乐看向温婉。

“我认为你之前的猜测是正确的。”说着，温婉又点了点自己手机上的那个三维立体图上标记出来的俩针孔摄像头，下一刻那俩摄像头上就有不少线条散发出现，可以看出来这线条代表的是摄像头所能监控的范围。

“你们看，这两个针孔摄像头的监控范围有将近三分之二是重叠的。这也就意味着它们绝对不是像薇薇推测的那样，装上两个是为了视野更好。”温婉又道，“此外，当时我通过技术手段对这俩摄像头的型号进行过一次简单探察，发现它们根本就不是一个公司生产的，这也就排除了第二种可能。”

“婉婉，你是故意跟我作对的吧！”李薇薇佯怒道。

“没有，我只是就事论事，技术问题不容儿戏。”温婉一本正经地道。

“这跟技术有关吗？”李薇薇不爽地道。

“我觉得很有关系。”温婉认真地道。

“啊！”李薇薇捂脸低头，一副被温婉打败了的样子。她跟温婉认识的时间比较长，很清楚她的为人，在别的事上，温婉绝对是人如其名，相当温婉随和，但是只要一提到跟电子软硬件有关的事情，她就格外容易较真儿。

屠乐乐生怕两人吵起来，赶忙岔开话题：“就算公司真要暗中监视维特，也没有必要装上两个摄像头吧，所以这里头肯定有猫儿腻。”

“你觉得是怎么回事？”李薇薇抬起头看着屠乐乐道。

“不排除你之前说的那种可能，就是公司内部有人出于某种不可告人的目的想要监视维特。”说到这儿，屠乐乐很自然地想到了今天在维特的办公室里时，他接到的那个来自副总裁的电话，只是她并没简单地怀疑到副总裁徐杰的身上。

轻易地怀疑并认定某个人就是嫌疑犯绝对是身为一个警察的大忌，因为这很容易让其变得视野狭窄，甚至在调查过程中钻了牛角尖而不自知。

屠乐乐进入辉煌集团后成了前台，不可能再像最初任务中安排的那样让她直接去接触和调查公司的一众高层。但是作为一个卧底，在整个案情水落石出前，她会对任何一个有能力操控万古网络平台进行网络赌博的高层人士心存怀疑。其中当然少不了耿一鸣、徐杰。

没有确凿证据之前，屠乐乐只会怀疑，不会轻易下定论。因此，即便觉得那个电话来得蹊跷，她也不敢马上断定徐杰有问题。

“你看，乐乐也说了，我说的对。”李薇薇看向温婉，挑了挑眉毛，满脸的得意。

“不要偷换概念，她说的是不排除这种可能。”说着，温婉看向屠乐乐，“其他的可能呢？”

“还有一种可能，就是公司内潜伏着其他公司派来的商业间谍。”屠乐乐一脸严肃地道，“想要了解一个公司的真实情况，看其财务信息就能够猜出个七八分，所以商业间谍盯上维特的办公室并不稀奇。”

“乐乐说的真是太有道理了。”李薇薇点头道，“别忘了，咱们集团刚刚办了一次推介会想要融资，并且万古网络平台也正在为上市做准备。这个时候不知道有多少双眼睛在盯着集团的财务信息。只是这些本来就是商业机密，万古网络又不是上市公司，无须公布财务信息，外人是根本不可能了解真实的财务情况的。在这种情况下，出现几个商业间谍实在是再正常不过了。喂，你们为啥这样看着我？”

第十五章　黑道来袭

维特怎么惹上了黑道？一个大公司的财务总监居然会借高利贷？维特的线索不能断，屠乐乐决定帮助维特。

“薇薇，真没想到，你还有柯南的本事，分析起来头头是道，厉害呀！”温婉调侃道。

“没错。”屠乐乐笑道，“我被你这一连串的分析给震惊到了。”

“这算什么呀，不要小瞧我，我将来可是要做霸道总裁的女人。”李薇薇昂起头，眉毛一挑，一脸骄傲地道。

“这话咱们得好好说说。”屠乐乐笑问，“你究竟是要当霸道总裁呢，还是要当人家的女人？”

“一样，一样。”李薇薇再次脸红道，“这种小问题就不要计较了。现在咱们需要考虑的是该怎么办？”

“还能怎么办？当然是凉拌了。”屠乐乐摆了摆手道，“这事本来就跟咱们关系不大，用不着掺和进去，免得惹祸上身。”

“可……”李薇薇有些着急。

“可什么可？”温婉冷笑道，“别说你现在跟耿一鸣没关系，就算将来你们真在一起了，这种事也用不着你多操心。”

“除了现在咱们根本没有掺和这事的资格，还有个很现实的问题就是如果公司追究起来，问咱们怎么知道的此事，又该怎么回答呢？”屠乐乐看向李薇薇道，“倘若实话实说，那岂不是把婉婉给出卖了？要是遮遮掩掩，说不定咱们又会被怀疑上。到时候就是没完没了的麻烦。”

“啊！”李薇薇此时才明白过来，随即拉着温婉的手，不好意思地道，“对不起，我之前没想到这些。”

“其实我刚才说不管也不是真的就一点都不管。”屠乐乐想了想，道，“虽然这事与咱仨无关，但是维特牵扯其中，作为朋友咱总不能眼睁睁地看着他掉进坑里却不闻不问。”

“你这么说，我都糊涂了。”李薇薇摸了摸脑门道，“你这一会儿说不管，一会儿又说管，究竟是管还是不管呢？”

“管，但不是明着管。”屠乐乐掏出手机看了一下时间，“现在有点晚了，不好再把维特叫来见面，等明天有机会，咱们约上他一起吃个饭，跟他当面说清楚。维特要是相信咱们那就好办，要是他不相信咱们……”

“那怎么办？”李薇薇有些担忧道，“别看维特平常嘻嘻哈哈，可是却非常执拗，他要是认定的事情，很难劝他改主意。”

“要真是被你说中了，咱们得想办法将他从这个大坑里捞出来。”屠乐乐坚定地道，“倘若真有商业间谍搞鬼，不出问题也就罢了，只要出了问题，维特作为财务总监，不管是失察还是玩忽职守，可都不是小过错。如果公司执意要追究责任，他很有可能要坐牢的。”

“有这么严重？”李薇薇和温婉都有些吃惊。

“有。”屠乐乐点点头道，“你们可别忘了，辉煌集团不是小公司，涉及的经济利益也不是一千两千，如果真的因此而造成巨额的经济损失，维特即便不承担主要责任，那也绝对不是小事。”

“既然这样，咱们就别等着了。”李薇薇也有些急了，拿起手机看了看时间道，“以我对维特的了解，现在他肯定还没睡觉，打个电话约他出去泡吧，捎带着把这事跟他说清楚。要是他不相信……到时候咱们再想办法，就算是翻脸，也不能见死不救呀。”

说着，李薇薇拨打了维特的电话号码。

电话里传来了两声彩铃后，随即就道：“您拨打的电话正忙，请稍后再拨。”

“竟然拒接！”李薇薇一皱眉，并没放弃，再次按下了重拨。

这回跟之前一样，刚响了一下就被拒接了。

“哎哟，我就不信了，不管你在干什么，今天的电话你必须得给我接。”李薇薇也来了脾气，飞速地给维特发了条短信：有急事，速接电话。

随后她再次把电话打了过去。

这次彩铃响了两声，总算是接通了，手机里传来了维特的声音，带着几分压抑着的烦躁：“薇薇，我还有事，晚点再聊行吗？”

“不行，我也有要紧事，十万火急……”李薇薇道。

“回头再说吧，我真有事。”维特并没问李薇薇所说的急事是什么，就准备结束通话。

“维特，你要是敢挂我电话，以后就别说是我朋友。”李薇薇又气又急地道。她是真的关心维特，所以听了屠乐乐的分析后才如此着急，想尽快帮维特解决掉隐藏着的麻烦，只是让她没想到的是维特却推三阻四，让她觉得好心没好报，心里的不爽一下子就爆发了。

“薇薇，你这是闹哪样呀！”维特显然被李薇薇的话给吓住了，没再挂电话，但还是压低了声音道，“我说的是真话，我现在真有事，稍微晚点我再……”

“别急，这个电话我来接。”此时手机里传来了一个陌生的声音，虽然是普通话，却带着比较浓重的地方口音，“你们是李恪的朋友？”

“你是谁？”李薇薇一愣。

“别问我是谁。”那人道，“想见李恪，你们来长安区的西苑小区六单元301室，记得带钱过来。”

“带钱？”李薇薇一惊，旋即纳闷儿道，“带什么钱？”

“别管那么多，总之带钱过来就行，越多越好。”说到这儿，对方直接就把电话给挂断了。

“维特不会是被人给绑架了吧？”李薇薇不禁有些蒙，看了看温婉和屠乐乐道，“咱们要不要打电话报警？”

“听着不像。”屠乐乐听那人说要钱时，也想到维特会不会被绑架了，但是想起他接电话时虽然有些烦躁，却并不惊慌，想来不会是被陌生人给绑架了，那么很有可能说话的人就是维特的熟人。

尽管不知道这人莫名其妙地让她们带钱过去究竟要干什么，屠乐乐还是觉得不能坐视不管。

“我去看看吧。”屠乐乐道，“要不是坏人也就算了，如果真有人想绑架勒索，就让他们尝尝我拳头的厉害。”

“你一个人行吗？”李薇薇担心道，“要不我还是陪你一起去吧，真动起手来，我也能帮上些忙。”

“我也去。”温婉举了举手道。

“那就一起去吧。”屠乐乐想了想，道，“先去换衣服，然后找个地方取钱。”

因为事情紧迫，三人都没有磨磨蹭蹭，换了衣服拿了银行卡就一起出了门。

打了个出租车，三个人先取了钱。屠乐乐平常花钱不多，可是她刚工作不久，银行卡里并没有多少钱。而温婉和李薇薇虽然早就已经工作，但是温婉平常购买各种游戏以及电子产品花钱也不少，所以真正有钱的还是李薇薇，她直接就取了一万出来。

本来李薇薇还想多取点，但是被屠乐乐给拦住了。因为她们这次去，根本就不是为了送钱，而是为了救人。拿上一万装装样子就行了，拿多了反倒是累赘。

取了钱，三人坐着出租车直接前往西苑小区。

辉煌大厦所在的中山路横贯长安区，只是长安区很大，去往西苑小区在不堵车的情况下，少说也得十几二十分钟。现在是晚上，早过了晚高峰，并没有遇到堵车，三人很顺利地来到了西苑小区门口。

“咱们就这么进去？”李薇薇看了一眼西苑小区的大门，咽了口口水道。

“不这么进去，难不成还等着他们敲锣打鼓地欢迎咱们？”屠乐乐道，“既然敌我不明，那就直接来个快刀斩乱麻，趁着他们麻痹大意，打他们个措手不及！”

“其实也不是真的敌我不明。”自从上了出租车就一直低头玩手机的温婉突然抬起了头，“我刚才试着黑进了维特的手机，除了确定一下他的位置，还打开了他手机上的摄像头和话筒，所以里面的情况还是可以知道的。”

说着，温婉将自己的手机递到了屠乐乐的面前。

“婉婉，你真行，没想到你还有这样的本事。”屠乐乐闻言大喜，她看向温婉的手机，见到屏幕上正显示着一个房间内的景象。手机像是被维特拿在手里，所以摄像头所能拍到的影像视角就显得狭窄，除了维特之外，只能看到一个三十来岁、样貌凶狠的男人。

他脑袋上的头发剃得只剩下薄薄一层，可以看见发青的头皮，脖子上戴着粗大的金链子，领子口处还露出一片片文身。光是这个样子，就能看出他不是什么善人。

此时他正对着维特，口沫横飞地说着话：“李恪，你也别求我，说什么不要把不相干的外人给扯进来，我也不理会你那套。我就知道杀人偿命欠债还钱，天经地义！你爹在我那里耍钱输了四千，后来又借了好几万，也都输了，我不是开善堂的，这笔债当然得要回来。”

“他欠了你多少钱，我帮他还，可刚才打电话的是我朋友，跟这事无关，你把她们叫来干什么？”维特一脸惶急地道，“求求你，放过她们吧，有什么冲着我来。”

“找她们来干吗？当然是送钱。”那凶恶男人冷哼一声，道，“李恪，我为什么肯借钱给你爹，就是因为他说你有钱，要不是冲着你的面子，我会借钱给他个老棺材板子？现在我来要账，你却说手头上没钱。哼哼！我李三在道上混了这么久，还没有要不来的帐，更何况这还是我的钱。你没钱，那没事，我找你的朋友要，这笔债将来你自己还就行了。要是她们没有带钱来，哼！”

“三哥，你别胡来。”维特脸色骤变，颤声道，“这里是省城，不是乡下，要是你胡作非为，把事情搞大了，谁也救不了你。”

“我现在当然不会胡来，可是拿不到钱，那可就说不准了。”李三冷笑一声，搓了搓脖子上的金链子，道，“没人能够欠了我的钱不还，要是把我惹毛了，我发起疯来连我自己都怕。老板子，你说呢？”

说到这儿，他面露狠色，冷不防地一脚就踹了出去。

因为角度问题，手机屏幕上看不到李三踹的究竟是谁，但是随后传来的哎哟哎哟的惨叫声，听起来有些苍老，显然是来自一个老人，多半是维特的父亲。

“怎么办？”李薇薇看了看屏幕上粗壮的李三，又看了看满脸焦急、眼泪汪汪的维特，禁不住又害怕又担心。

尽管李薇薇平时胆量不小，但她终究只是个普通女孩，遇到李三这种一看就不像是善类的主，就算学过跆拳道，照样心里发怵，因此她很自然地道：“要不咱们还是报警吧？”

“现在报警的话，等警察来了都不知道什么时候了。”温婉道。

“警察一来，性质就变了，我担心那个李三会狗急跳墙，威胁到维特的生命安全。”屠乐乐慎重考虑了一下道，“咱们还是试着救一下他们吧，只要行动得当，未必不能把他们救出来。”

“你有什么主意？”温婉问道。

“待会儿我打头阵，第一个冲进去，薇薇在后面策应我，婉婉则留在外头监控里面的情况，如果我遇到了什么危险，你们就果断报警，具体的行动步骤是这样的……”屠乐乐现在也顾不上低调了，脑筋飞转，想好了一个行动方案后，开始给李薇薇和温婉布置任务。

因为时间仓促，所以也不可能布置多么严密的营救计划，整个计划显得有些简单粗暴，着实不太像一个警察学院的毕业生想出来的东西，不过恰恰是这样，反倒易于执行。

屠乐乐给李薇薇和温婉交代好了行动的细节，又再三确定她们都记住之后，这才拿起李薇薇取出来的那一万块钱，迈步朝着六单元301室走去。

“都准备好了吗？”屠乐乐对着手机问道。

为了保持步调一致，三人直接开启了微信对讲功能。这样一来，基本上可以保证联络通畅，以便随时应对各种可能的突发状况。

“准备好了。”李薇薇站在一楼的电箱总闸处做了个OK的手势。

“我也准备好了。”温婉则站在楼外头，以防营救计划出现问题。此外，她还负责给屠乐乐提醒房间内的情况。

“那就好。我要上了。”屠乐乐点点头道，“祝我好运吧。”

低声说着，屠乐乐迈步来到了301室的外面，按下了门铃。

叮咚。

“谁？”门内传来了一个陌生的声音。

“我叫屠乐乐，是维特的朋友。”说着，屠乐乐将那一万块钱拿出来在猫眼上晃了一下，“我是来给他送钱的。”

“行，那就进来吧。”里面的人咔嚓一声打开门，嘴里还不忘抱怨道，“怎么就带了这么点来？”

“因为太着急了，我们也不知道维特干什么用，所以只在ATM机上取了点，要是不够的话，我们再去拿。”屠乐乐一边随口敷衍着，一边等着里头的人将防盗门打开。

“那还等什么，快去取呀！”开门的是个二十来岁的男子，精瘦，打扮跟李三有些相似，唯一不同的是脖子里没有大金链子，听屠乐乐说还有钱，连忙催着她去取。

“取钱没有问题。”屠乐乐道，“可是我总得见了维特，问问他用钱干吗吧。”

屠乐乐一边说，一边朝屋里走去，同时也没忘了趁这男子不注意，在胸前做了个手势。她的手机现在就放在胸前的口袋中，摄像头露在外面，她这手势是做给李薇薇和温婉看的。

维特的房子并不大，这点跟他辉煌集团财务总监的身份着实不太相称。要知道维特的年薪相当高，不管是买还是租，都没有道理住在这样的小房子里。可事实上这里的确就是他的家，因为屠乐乐看到衣帽架上挂着维特的衣服。这景象让屠乐乐有些诧异。

“老大，来了个女的，给咱们送钱的。”开门的男子敲了敲一个房间的门说道。

“拿来了多少？”嘴里问着，李三走了出来。

“很多。”屠乐乐道，“多得怕你们拿不走。”

啪。

屠乐乐的话音未落，房间里的灯就突然灭了。这是留在一楼的李薇薇拉了电闸。屠乐乐刚才说的那句“多得怕你们拿不走”就是信号。

嘭！

屋内陷入黑暗的同时，早有准备的屠乐乐身形一个飞转，顺势就是一记鞭腿狠踢了出去，当场就踹在了那个开门男子的脸上。

虽然现在屋内一片黑暗，但是所有人的位置都跟之前并没有太大变化。毕竟正常人遇到突然停电，第一反应不是四处乱走，而是停在原处，等待眼睛适应黑暗。

屠乐乐就是趁着这样的机会，将离自己最近的家伙给踹飞了。屠乐乐这一脚使出了全力，虽然没有下死手，但是那个男子摔出去少说也得晕上一会儿，足够屠乐乐解决战斗了。

“怎么回事？”

“不想活了！”

停电的时候李三倒是没怎么样，可是等手下小弟被踹飞，他马上就醒过味来，大声喝骂起来。

“薇薇！”屠乐乐喊了一声。

啪！房间里的灯再次亮了起来。

刚刚经历了黑暗，现在骤然光明大放，换成是谁都会相当不习惯，一般人会下意识地闭上眼睛。

屠乐乐早有准备，已经眯起了眼，随后身子朝前一纵，如同捕猎的豹子，猛地就蹿到了李三的面前，跟着就是一拳打在了他的脸上。

以李三的身材，抗击打能力并不弱，就算被打中了面门也不会轻易晕倒。起码李三自信能够顶住屠乐乐的攻击，心里还在想："等我缓过劲来，看我不抽死你这个小娘儿们。"

只是事实证明，李三实在是高估了自己也太小瞧了屠乐乐。

因为就在挨了屠乐乐那一拳的瞬间，李三除了觉得鼻子又酸又痛，还感觉到一股难以抵御的眩晕感席卷了自己的脑袋，随即就身不由己地晕倒在了地上。

屠乐乐敢一个人闯进来救人，绝对不是盲目自信，更不是莽撞，而是有一个全面的考虑，并且她已经在心里演练过多次。

正是有了这样的考量，她才敢孤身闯进来，要不然的话，就算是为了维特的人身安全，她也不会贸然行动。毕竟她始终没有忘记自己是个警察，保护人民的生命安全是排在首要位置的。

李三刚倒在地上，房间的门就被猛地拉开，满脸焦急和担心的维特冲了出来，当他看到站在自己面前的是屠乐乐，而躺在地上晕过去的却是五大三粗的李三时，顿时就傻眼了。

"乐乐，这……你……"维特简直无法相信眼前看到的一切。

"赶紧找根绳子把他们捆起来。"屠乐乐道。

就在这时，李薇薇和温婉也都跑了上来，见到屠乐乐已经把李三及他的手下制伏，两人禁不住齐声欢呼起来。

"都住手！你们是什么人？这是想要干什么？！"此时，房间里又跑出来一个鼻青脸肿、衣服上还有不少脚印的男人。他大声道："都快停手，要不我就报警了。"

说着，他就要阻拦拿着绳子去捆人的李薇薇。

"爹，你这是干什么呀！"维特急道，"这是我的朋友。"

"朋友？哼！我看她们是咱家的仇人。"维特的爹冷哼一声，道，"你们现在捆上了李三哥，等他醒过来怎么办？这笔账将来还不是要算到我和你弟弟的头上。你倒是痛快了，难道就不管我们的死活？你到底是不是我儿子，是不是你弟弟的亲哥哥！你是不是想看着我们死才开心！"

维特的爹越说越生气，竟冲到维特的面前，一巴掌抽在他的脸上。

啪！

这一巴掌打得实在太狠也太突然。屠乐乐根本来不及阻拦，而维特显然也没有反应过来，他的脑袋被抽得猛然朝旁边一甩，白嫩的脸上马上浮现出一个红红的手掌印。

"李恪，我告诉你，我来是找你要钱还债的，不是让你给我惹麻烦的。"维特的爹打了维特之后，依旧怒火不消，低吼道，"你现在就去给我筹钱，少一分，我就打死你。"

"这什么人呀！简直就是好坏不分！"

"真没想到维特的爹竟然这样，要钱都要得这么理直气壮，我也算是长了见识了。"

"我都有点怀疑维特究竟是不是他亲生的。这也忒过分了！"

屠乐乐三人哪见过这种场面，全愣住了，你看看我，我看看你，都觉得眼前这一切看着太不可思议，也让她们倍感窝火。

“乐乐，咱们怎么办？”李薇薇拿着绳子，看了一眼倒在地上的李三道，“还要不要捆上他？”

“捆什么捆！”维特的爹一听李薇薇这话，当场就翻了脸，指着她的鼻子道，“你们以为自己是谁？这里是我家，不欢迎你们，你们给我滚出去，要不我就报警了。”

“报警？”屠乐乐忽然一笑，道，“好呀，那你就报警吧，有手机吗？知道电话号码吗？要不要我帮你拨号？我倒是想看看，警察来了找谁的麻烦？”

“你们……”维特的爹被屠乐乐这句话呛得无言以对，因为他实际上很怕警察。

正当屠乐乐以为这下可以让维特的爹稍微冷静一些时，他却干了一件让所有人都意想不到的事情。

啪！

维特的爹又一巴掌抽在了维特脸上，怒道：“你还愣着干什么，看着你爹我被人骂？你还是不是我儿子，还不赶她们走！”

“你！”李薇薇和温婉此时全都怒了。

“乐乐……”维特被抽了两巴掌，脸都肿了，眼泪汪汪，满是委屈，看向屠乐乐三人时目光中有无助又有歉意，而他张嘴说出来的话却是，“你们还是先走吧……对不起。”

“对不起什么！”维特的爹怒喝道，“谁对不起谁？是她们吃饱了撑的来给咱们添麻烦，你还跟她们说对不起，你傻吗？快点，让她们滚蛋，我看着她们就心烦。三个女的，大半夜的不睡觉跑来咱家，肯定不是什么正经人！”

“……”屠乐乐三人听了这话，火气直冒。就连一向性子最温和的温婉都在咬牙。如果不是顾忌到他是维特的爹，只怕三人早就反唇相讥了。

“好，我们走。”屠乐乐算是看出来了，维特的爹根本就是个好坏不分、是非不明、欺软怕硬、只知道折腾自己儿子的混蛋。对于这种人，她也实在不想打交道，甚至都不想跟他在同一个屋檐下多待一秒钟，要不然她会觉得恶心。

挨了骂，受了气，屠乐乐却不想忍，所以她掏出了之前拿着的那一万块钱抖了两下道：“本来是过来给你送钱的，谁想到……算了，维特，回见吧。”

“慢着。”维特的爹忽然叫住了她们，他看到了屠乐乐手里那一把红艳艳的钞票，眼睛都直了，脸上的怒容也被贪婪代替，满脸谄笑道，“既然是来送钱的，怎么不早说！来，进来坐。”

“对不起，没兴趣。”屠乐乐直接拒绝，将钱往兜里一塞转身就走。

“哼哼！”李薇薇和温婉不爽地哼了一声，也跟着屠乐乐走了。

啪！

维特的爹见维特满脸泪花地愣在那里，一巴掌又抽在他脸上，怒吼道：“还愣着干什么？快点去追呀！人回不回来不要紧，关键是钱，钱！”

“嗯。”维特应了一声，匆匆追了出来。

出了家门，维特没跑多远就看到了屠乐乐三人。她们根本没走多远，就站在楼门口等着他。屠乐乐早就料到了他会下来。

“维特，这究竟是怎么回事？”李薇薇追问道，“那是你爹吗？”

“是我爹。”维特苦涩地一笑，两行眼泪又下来了，“我家的事一言难尽，将来有机会再跟你们细说吧，我下来就是跟你们道歉的，对不起，给你们添堵了。”

“我们都知道不是你的错，怎么会怪你。”屠乐乐将那一万块钱拿出来递给了李薇薇。

“这钱你还是拿着吧。”李薇薇压根儿就没往口袋里装又给了维特，道，“够吗？不够我再转给你一些。”

“这钱我不能要。”维特连忙拒绝。

“谁白给你了？我是借给你的。”为了让维特接受，李薇薇故意道，“还得算利息的，高利贷那种，驴打滚的债，还不完就拉你给我抵债。”

“拿着吧。”屠乐乐道，“我们不知道怎么回事，所以也没取多少。”

“那我就拿着了，等发了薪水，我马上还你。”维特接过了钱道，“谢谢你们。”

“谢什么呀，我们是好朋友嘛。”屠乐乐三人齐声道。

“维特，我个人建议你，实在不行还是报警比较好。”屠乐乐道。

“行，我会考虑的。”维特点点头道，“上头还有事，我先回去了，就不送你们了。”

“再见。”屠乐乐摆摆手。

第十六章　栽赃嫁祸

公司财务信息泄露。这与前台何干？谢峰怎么笑得如此阴险？不好！他们要嫁祸于我！

维特也没再客气，拿着钱匆匆上了楼。

“这叫什么事呀，要不是亲眼见到，打死我都想不到维特的爹竟然是这种极品！”李薇薇很是不爽地道。

“乐乐，咱们真就这么走了？”温婉看了看楼上道，“我怕等那俩要账的醒过来会为难维特。”

“我也担心，可又能怎么样呢？”屠乐乐长叹了一口气，道，“你没看出来吗，维特的爹欠了债，只想还钱，根本就不想把事情闹大。而他不跟要账的龇牙，反而对维特下狠手，如果咱们报了警，就算警方能把这俩要账的抓走，但是他爹的殴打和辱骂，也够维特受了。这种家务事，真的是很难说清对错的。”

“唉。”她们忍不住一声叹息。

这件事里其实很容易分得清对错。可是错的是爹，维特作为儿子，又能说什么，说来说去就是一笔糊涂账。

“啊！气死我了，本来还想着跟维特好好说一下他办公室的事，没想到却遇到了这样的烂事，郁闷死我了。”李薇薇挥了挥拳头道，“我要去喝酒，谁去？”

“一起吧。”屠乐乐道。

此时天气已经有些炎热，省城里烤串的摊子已经不少，虽不是随处可见，想要找一处喝酒撸串却并不难。可三人点好了东西，等端上来时谁都没有胃口，除了喝酒，就是在讨论维特那个是非不分的父亲。

只不过她们三个再怎么不爽，再怎么替维特觉得憋屈和不值，也没有什么用，这终究是维特的家事，作为外人，她们真的是无能为力。因此，她们才更觉得郁闷和无奈。

这一晚上，三人喝得都有点多。

屠乐乐三人本以为维特这件事到此算是结束了，可是很快就发现这不过是她们的一厢情愿，麻烦才刚刚开始。

第二天屠乐乐三人一起来到前台时，发现维特早就来了，看样子已经等了她们很久。

即便是七八月份，早上天气照样很凉，维特绝对是吃足了苦头。见到屠乐乐她们时，他颤抖得像是秋风中的树叶，说话都有些不利索了。

“维特，你这是干吗呢？”李薇薇又气又急地道。

“等你们，有事相求。”维特哆哆嗦嗦地道。

“来，先喝杯热水。”屠乐乐端了杯热水给他道，“有什么事不能打电话，非要这样。”

“这样才有诚意嘛。”维特勉强挤出了点笑容，道，“我其实……想要找你们借点钱。”

“借多少？”李薇薇道。

这话现在也就她能说，因为除了她之外，屠乐乐和温婉手里都没什么余钱。

“越多越好，最少也得五万。”维特道。

“网上转给你行吗？”李薇薇道。

“行。”维特点点头道，“你就不问问我干什么用？”

“反正我把钱借给你了，你爱干吗干吗，就是扔进水里听响，放到火里烧了跟我也没一毛钱的关系。”李薇薇摆了摆手道，“还有，记得给利息，驴打滚那种。”

“谢谢。”维特满是感激。

叮咚。手机提示音响起，是李薇薇给维特转账成功的提示音。

维特看了一眼手机，朝李薇薇又道了谢后匆匆离开。

“这钱给了他，还真不如扔水里放火里呢，就他爹那种人，看着就不靠谱儿。”李薇薇道，“可是维特都这样低声下气地求我了，我又不能不借，老天呀，那可是我的嫁妆钱。”

“家家有本难念的经，维特肯定也是被逼得没办法了，要不然不至于向咱们开口。”屠乐乐道，“尽管我认识维特不久，但看得出来他是个骄傲的人。”

“你说得没错，他的确是个骄傲的人。”温婉忽然道，“其实这事跟咱们也有点关系。”

“什么意思？”屠乐乐一愣。

“昨天咱们不是冲进去救人吗？”温婉道，“乐乐你打了那俩要账的，然后等咱们走了，他们就找维特要医药费，还说不给的话就报警抓你，维特的爹也不知道在想什么，竟然帮着那俩混蛋说话，维特也是被逼得没办法了，又背了这笔账，结果不得不再次找咱们借钱。”

“你怎么知道得这么清楚？”李薇薇问道。

“当然是黑进维特的手机看到的，我担心他有危险。”说到这儿，温婉脸色变得有些阴沉，“昨天咱们走了，他们又打维特来着，要不是……我真想报警。”

“人渣！”屠乐乐气得直跺脚。

“人是我打的，这个钱不能让维特掏。”屠乐乐看向李薇薇道，“这钱算我借你的。”

“别，这钱就是维特借的。”李薇薇摇摇头道，“你跟维特不熟，不知道他有多骄傲，这钱我借给他为什么要利息，不是我贪钱，而是不这么着他是一分都不会要的，说不定还会去借高利贷。要是这笔债你帮他扛，说不定连朋友都没得做了。”

“这不是死要面子活受罪吗？”屠乐乐愤愤道。

“一个人一个活法，他就这样，咱们能怎么办。”李薇薇耸耸肩道，“这事就先不提了，等今天下班了，咱们再找机会跟他好好聊聊。”

“也只好这样了。”屠乐乐叹了口气。因为性格直爽，当她看到维特这样拧巴的处事方式时，着实觉得有点憋屈。

维特离开不久后，陆陆续续有人来签到上班，屠乐乐三人随之忙碌起来，也就没空再多闲聊。

八点半左右，耿一鸣与助理蒋若瑜一起出现。只是今天耿一鸣没再主动找屠乐乐说话，面色略微有些阴沉，目光带着几分冷意，一副生人勿近的样子。以至于在一楼的员工们向他问好时都有些战战兢兢的。

耿一鸣刚走进电梯不久，徐杰也来签到上班。只是跟耿一鸣的面沉似水不同，他脸上的笑容和煦许多，遇到有人朝自己打招呼时，都是微笑着点头回应，让每个人都有种春风拂面的感觉。

“今天董事长怎么回事？心情很不好的样子。”等签到的人群逐渐散去，有了些空暇，李薇薇走到屠乐乐和温婉身边说道。

“可能是出了什么麻烦的事情吧。”屠乐乐道，“要不然也不至于一大清早的就摆脸色给人看。”

“还真让乐乐给说对了。”温婉走了过来，将手机递到屠乐乐和李薇薇的面前道，“这回不只是出了麻烦，还是个大麻烦。如果摆不平的话，不但万古网络融资的事情要彻底泡汤，说不定就连上市的事都要搁浅，更糟糕的是维特这次真的是掉坑里了。”

“怎么回事？”闻听此言，屠乐乐和李薇薇全都一惊。李薇薇更是急得伸手把手机抢了过去，低头看了一眼，顿时就脸色大变。

手机上正显示着新闻页面，上面有个鲜明的红色标题：疑似辉煌集团财务信息泄露，万古网络融资恐遭滑铁卢！

除此之外，还有不少与此有关的新闻。除了报道辉煌集团泄露出去的财务信息外，还有不少揣测这件事后面是否还有其他问题存在。甚至还有一条写着：“据悉辉煌集团正在融资，疑似资金链断裂。记者采访各主要银行负责人，回应称并没参与融资，更不知道辉煌集团的经营状况。”

现在网络上已有的新闻，众说纷纭，各家媒体都是自说自话，没有一个全面地报道。但是深入分析一下，却又给人不同的感觉。看起来所有媒体都在七嘴八舌地自说自话，但又像是有一股无形的力量将他们串联到了一起，集体给辉煌集团唱衰。

这还不是最糟糕的。真正糟糕的是所有的媒体似乎都忽略掉了一件事情，那就是此次融资的是辉煌集团旗下的子公司万古网络公司，而不是辉煌集团。可是现在网络的舆论风潮一起，倒像是辉煌集团已经经营不善，难以为继似的。

耿一鸣从回国之后到现在还没有几个月，正想着大展拳脚大干一场，突然间就遇到了这种事情，心里多么撮火就可想而知了，早上的脸色能好看才怪。

看到这些新闻报道中所谓的财务信息泄露，屠乐乐第一个想法就是这下维特的麻烦大了。这可真是祸不单行，他正被家里的事情搞得焦头烂额，又出了这种事，真是霉运当头。随后她又觉得这件事怎么看都十分蹊跷，就像新闻是被人故意放出来的。

“婉婉，这些新闻你是什么时候看到的？”屠乐乐问。

“刚刚看见。”温婉道，“刚才闲了，随便看了看微博才注意到的。”

“那你能查出这些新闻是什么时候出现的吗？”屠乐乐顿了顿，又道，“另外，能不能查出最初刊登这些新闻的是哪几家媒体，又是由什么人发布出来的？”

“可以，这个应该不难查。”说着，温婉坐到了电脑前头。

屠乐乐忙走过去看着。尽管她的计算机水平仅限于上网和玩游戏，但是这不代表她不识货。看着温婉行云流水地操作、飞快地切换各种页面，她真是自愧不如，对温婉十分佩服。如果不是前台的计算机配置不够高，网络速度不够，说不定温婉的速度还可以更快。

“乐乐，你想到了什么？”李薇薇见屠乐乐问的问题很有针对性，禁不住好奇地问了一句。

“我在想，这些东西究竟是从什么人手里泄露出去的，又怎么会一下子就扩散到了整个网络？”说到这儿，屠乐乐转过头来看着李薇薇道，“另外，做这件事情的人到底想要干什么？”

与此同时，顶楼的董事长办公室内，耿一鸣面对着徐杰，也问出了差不多的问题。

“你去查，一定要查出这事究竟是什么人干的？是某些媒体为了搞个爆炸性新闻，还是有人故意在针对我们？另外，你联系一下媒体，看看能不能将这些新闻删除，不能让这些东西在网络上无限制地扩散，要不然对咱们的影响太大了。”

尽管耿一鸣并没有大发雷霆，但是出于多年的了解，徐杰能够感觉到他心中此时压抑着的强烈的愤怒。他就像是一座外表看起来还算平静但内里已经岩浆滚滚、火焰熊熊的火山，随时都可能爆发。

徐杰不想成为被殃及的对象，忙道：“我会督促下面的人尽快去查，有了结果马上向你汇报。”

“查是一定要查的，”耿一鸣道，“要是不查出个结果来，类似的事情将来说不定还会发生，那我们集团真就成了个透风冒气的筛子，什么秘密都藏不住了！除了责令安保部门仔细查，不准放过任何的蛛丝马迹外，还要问一问维特这个财务总监。出了这样的事，他难辞其咎。”

“好。”徐杰点了点头，站起身道，“我马上就去办。要不要给上次有意向融资的银行和投资机构去个电话，解释一下？”

“解释有什么用。”耿一鸣揉了揉眉心道，“这些玩资本的，哪个不精明，现在出了这种事，他们肯定会躲得远远的，想要他们主动凑上来，估计得等风暴平息之后了。”

“那也未必，说不定就有投资公司想要抓住这风险中蕴藏的机会呢。”徐杰道。

“你说的也对。”耿一鸣点点头，“那你抽空打电话沟通一下。这次的乱子不小，咱兄弟俩得同舟共济了。”

“放心吧，咱们一定能够过去的。”徐杰笑着道，随后又跟耿一鸣聊了两句才告辞离去，出门时他忽然停下来，“有件事忘了跟你说，昨天我打电话找维特谈事情时，发现屠乐乐在他的办公室里，调查的时候要不要连她一起查一查？”

“屠乐乐？”耿一鸣想了想，道，“查。不管是谁，该查的就要一查到底，该追究什么责任就追究什么责任。我早就想清理一下咱们集团内部了，这回也算是给了我个机会，干脆就蟑螂蛀虫一并都赶走。”

“好的。”徐杰微微一笑，迈步出了董事长室。

“但愿你别让我失望。”耿一鸣靠在大班椅上，半眯着眼睛，仿佛自言自语般低声道。

屠乐乐的问题李薇薇一时间也不知道该怎么回答。因为财务信息泄露这种事造成的影响不但大而且恶劣。表面上看起来第一个要担责任的肯定是作为财务总监的维特，但实际上他十有八九是无辜的。

这事的幕后黑手究竟是谁，就目前来说，有嫌疑的人着实不少。旁的不说，在维特的办公室里安装了针孔摄像头的人肯定逃不了，并且他们的嫌疑也是最大的。

“你觉得会是谁干的？”李薇薇低头沉思了片刻，对于屠乐乐所提的问题并没什么头绪。

“这个世界上虽然有一些损人不利己的精神病和某些从不利己专门利人的圣人，但终究都是少数，绝大多数人做事的出发点都肯定要为自己着想，即便不求对自己有多大好处也必然不会损害到自己的利益。为非作歹的人尤其如此，毫不夸张地说，绝大多数坏人都信奉利己主义。”屠乐乐淡淡地道，“在我看来，将辉煌集团的财务信息公然泄露到网络上的人他的目的十有八九是有利于自己。”

屠乐乐稍微停顿了一下，道：“由此咱们不妨想想看，要是辉煌集团果真出了什么问题，最终谁会得利，那么谁就逃脱不了嫌疑。”

“道理是没错。”李薇薇点点头道，“可是这也不是短时间内能够看出来的啊，哪怕是最终水落石出，怕是黄花菜都凉了。”

“所以现在就要看婉婉的了。”屠乐乐道，“我相信此事能够在一夜之间造成这么大的声势和影响，背后肯定有人在暗中推动，并且此人的能量很大，就算不是整个事件的主谋，他也必然与其有关，至少能够从中得利。只要咱们可以找到一条线索，就能以此为突破口，顺藤摸瓜，将真正的幕后黑手给揪出来。”

“厉害！”李薇薇一听大喜，刚竖起拇指要夸赞她两句，就看到满脸焦急和忐忑的维特匆匆忙忙走了进来。

“维特，你过来，我们有事跟你说。”李薇薇招了招手喊道。

“我有急事要办，先不聊了，回见。”维特摇了摇头，勉强向李薇薇挤出了个生硬的笑容，随即就朝着员工电梯跑去。看样子当真是有十万火急的事情。

“他这是怎么了？”李薇薇有点不爽地道，“连说句话的时间都没有吗？”

“他估计知道了财务信息泄露的事情，上头打电话召他回来问话。”屠乐乐指了指头顶道。

“糟糕了，本来我还想着告诉他他办公室里有摄像头让他赶快清理掉，这下……”李薇薇大急，拿出手机就要拨号。

“你干吗？”屠乐乐伸手拦住她道，“你要是听我的，最好还是别跟维特说这些，也别让他现在就去清理摄像头。”

“为什么？”李薇薇道。

“有这些东西在，那就是有外人图谋不轨，这次财务信息泄露的黑锅就不一定会扣到维特的头上。”屠乐乐道，“可要是维特真的听你的把那些东西都清理掉，这事他就说不清了，搞不好还会再多背上一个销毁证据的罪名。”

“不会这么复杂吧？”李薇薇满脸惊愕地道。

“就是这么复杂。”屠乐乐淡淡地道，“所以，无知是福，还真是说得相当有道理。”

说到这儿，屠乐乐心头一动，突然有了恍然大悟的感觉，她脸上露出一丝微笑，道，“也许用不着咱们操心，维特这次也能平安过关。”

“真的？”李薇薇将信将疑道。

“是真是假我也说不好。”屠乐乐道，“等晚上约维特吃个饭，当面问他一下就什么都知道了。”

“吃饭？”屠乐乐的话音未落，谢峰满是讥讽的声音就传了过来，他走到屠乐乐的面前道，“你都要自身难保了，还有心情吃饭，心可真够大的。”

“谢经理，您这话什么意思？”屠乐乐皱眉道。

“什么意思？你自己心里应该比我有数。”谢峰朝屠乐乐勾了勾手指道，“走吧，跟我去办公室，我有话要问你，你最好老实点，要不然闹起来了丢人现眼的可是自己。”

谢峰得意地挑了挑眉毛，朝着周围示意了一下。

屠乐乐回头看去，才发现有几个保安已经挡住了大门，看样子是防着自己逃跑。

“你要干什么？”李薇薇瞪视着谢峰问道。

“你少管闲事，这可是董事长交代下来的，跟你们无关就袖手旁观，别自找不痛快。”谢峰毫不客气地呛了李薇薇一句，又看向屠乐乐道：“走不走？”

“好，我跟您走。”屠乐乐给了李薇薇个少安毋躁的眼神，跟着谢峰朝他二楼的办公室走去。

到了办公室里，谢峰并没有让屠乐乐坐下，而是自己一屁股坐在椅子上，却又一句话不说，上上下下地打量着屠乐乐，目光中充满了得意和张狂。

屠乐乐不知道谢峰葫芦里卖的是什么药，但是对他现在玩的这一套却并不陌生。

作为一个警察，屠乐乐在学校里就接受过询问嫌疑人的技巧训练，因此很清楚该怎么打破犯罪嫌疑人的心理防线并趁机问出口供。因为熟悉，所以遇到类似的手段时就必然会有所防备，不会轻易就范。况且，谢峰现在的所作所为根本也没有什么询问技巧可言。在屠乐乐看来，更多的是小人得志后的打击报复，除了令人不齿，对自己没有半点儿威胁可言。

因为根本就没把谢峰放在眼中，或者说只是将其当成了一个可笑的跳梁小丑，屠乐乐现在心里全然没有半点儿紧张，反倒是如同在欣赏闹剧一样瞅着谢峰，想要看看他究竟想玩什么鬼把戏。

其实不用谢峰说，屠乐乐多少也猜到了一些，多半跟集团的财务信息泄露有关。之所以会牵扯到她的身上，也跟她刚刚去过维特的办公室有关。

这丫头怎么会一点都不怕呢？谢峰见屠乐乐一脸的泰然自若，顿时又是惊讶又是郁闷，相当不爽。

之前谢峰奉了徐杰的命令要将屠乐乐赶出辉煌集团，可是任他使了不少手段都没有成功，反倒搞得自己灰头土脸，郁闷之余把屠乐乐彻底恨上了。倘若不是前段时间徐杰命自己不要再为难屠乐乐，并且郑茜也告诉他屠乐乐好像知道了他们的关系，让他有所忌惮，他肯定是不会轻易放过屠乐乐的。

虽然不好再刁难她，谢峰对她的憎恨却丝毫没有消减，反倒是与日俱增。看着她天天在眼前晃来晃去，自己却偏偏拿她无可奈何，谢峰觉得十分不爽。

尤其是不久前，耿一鸣在前台签到时主动找屠乐乐说话，更是让谢峰感到了不安。

因为在他看来，这是屠乐乐即将得到耿一鸣青睐并随后会受到重用的信号。如果他所料成真的话，那么等到屠乐乐飞上枝头时，自己肯定会倒霉的。一想到这儿，谢峰就觉得忐忑，甚至在考虑要不要找个机会巴结一下屠乐乐。只是让他没想到的是，还没等他下定决心这么做，集团的财务信息就被人泄露到了网上。

这种事会给集团造成多大影响谢峰根本懒得理会，让他高兴的是屠乐乐被牵扯了进来。与此同时，副总裁再次命令自己好好问一问屠乐乐，看看她跟这事有没有关系。

机会呀！接完了徐杰的电话后，谢峰就意识到这将是自己一雪前耻，将屠乐乐彻底赶出辉煌集团的最好机会。于是他暗下决心，不管这事是否跟屠乐乐有关，他都要想办法将这个帽子扣在她的头上。只有将她从辉煌集团赶走，他在心里积攒许久的闷气才能一扫而空。

至于屠乐乐是否是冤枉的？谁在乎！谢峰正是本着这样的想法将屠乐乐叫到自己办公室里来问话。在此之前，他还幻想过屠乐乐各种忐忑、惶恐，乃至痛哭流涕着向自己求饶的情景，他甚至都想好了如何高高在上又正气凛然地对她说出类似“现在才后悔，晚了”这样的话，看着她满脸懊悔和绝望的样子，肯定会相当过瘾。

谢峰想得挺好，可是等屠乐乐真的来了，他就发现事情跟自己预想的完全不一样。屠乐乐竟然一点都不害怕。

这是怎么回事？她怎么就不怕呢？那我之前酝酿了半天情绪岂不是白费了？谢峰此时十分不爽，于是猛然一拍桌子，大喝道：“屠乐乐，你老实点！”

“谢经理，我一直都站在这里，等着您问话呢。”屠乐乐看谢峰的眼神就像是在看白痴，所说的话却是软中带硬，绵里藏针，“难道这也是不老实？那我可就真不知道谢经理所谓的老实指的是什么了，要不等回头郑茜来了，让她示范一下。”

“你……”谢峰本来就跟郑茜不清不楚，上班时他经常会假公济私地将郑茜叫到办公室里来，说是谈工作，可是怎么谈，谈的是什么那就真的只有他俩自己清楚了。在此期间，谁老实谁又不老实更是难说得很。

谢峰心里有鬼，一听屠乐乐这话，当即就从椅子上跳了起来，拍着桌子道："你这是认错的态度吗？"

"认错！我认什么错？我有什么错？"屠乐乐眯起眼看着谢峰道，"谢经理，我本来好好地在前台工作，您把我叫上来问话，跟着就让我认错，这倒是让我糊涂了，我哪儿错了？"

"屠乐乐，你少在这里装糊涂！"谢峰又拍了一下桌子，怒喝道，"你跟维特勾结在一起，泄露了集团的财务信息，对集团的融资和上市造成了不可估量的影响，你以为自己做得天衣无缝，没人知道，可是别忘了，天下没有不透风的墙。现在事情败露了，你最好老实交代，争取个宽大处理，要不然的话……没有你的好果子吃！"

"谢经理，您别拍了。"屠乐乐淡淡地道，"您的手痛不痛我管不着，可我心疼那张桌子。"

"屠乐乐，你不要以为装疯卖傻胡言乱语就能把你的过错搪塞过去，我告诉你，没门！今天你要是不把和维特沆瀣一气、出卖集团利益的事情一五一十地交代清楚，就休想出这个门。"谢峰大声怒喝。他下意识地想要拍桌子以壮声势，手刚抬起来就想起了屠乐乐刚才的话，顿时没了兴趣，一只手抬在半空举着难看、放下别扭，着实让他有些尴尬。看到屠乐乐那满是讥讽的眼神，他越发生气。

"谢峰，饭可以乱吃，但是话可不要乱讲，乱扣帽子我可以告你诽谤的。"此时，话说到了这分儿上，也就彻底撕破了脸皮，屠乐乐当然不会再跟谢峰客气，她冷着脸道，“你要是有证据，欢迎随时报警抓我，到时候是坐牢还是枪毙都由法院说了算。要是你没证据，最好还是闭上你的嘴，再张嘴闭嘴说我跟维特干了有损集团利益的事情，你就等着领法院的传票吧。”

说到这儿，屠乐乐转身就要走。

第十七章　反间谍同盟

从财务室多出来的摄像头来看，辉煌集团一定存在商业间谍。这次财务信息的泄露也证实了屠乐乐的猜想。屠乐乐终究势单力薄，而维特也需要自证清白，两人一拍即合！

“你给我站住！”谢峰大怒，猛地一巴掌拍在桌子上，吼道，“谁让你走了！”

“你还有事吗？”屠乐乐头也不回地问道。

“我刚才说了，你不把问题交代清楚，就不准离开这里！”

“呵呵。”屠乐乐蔑然一笑，“想要限制我的人身自由？谢峰，你还没有这个权力！我现在想走就走，你要是敢拦着，我就告你个非法禁锢，限制公民的人身自由。现在是法治社会，真当自己是法盲就可以为所欲为？”

“屠乐乐，你要是敢走出这屋子，我就开除你。”谢峰彻底拿屠乐乐没办法了，只好拿出最后一招儿来威胁道。

“辉煌集团是你家开的吗？”屠乐乐回过头来看了谢峰一眼，道，“想要开除我，你有那个权力吗？还是先去问问董事长和副总裁再说吧。”

屠乐乐迈步就走：“我会一直在前台工作，不躲也不跑，有本事你就报警抓我，没本事的话少来烦我。”

“保安，给我抓住她。”谢峰现在都快被屠乐乐给气炸了，他一边拍着桌子，一边歇斯底里地喊道。

“乐乐，别让我们难做。”门外的保安挡住了屠乐乐。

保安们经常在一楼转悠，自然与前台十分熟。现在他们不敢不听谢峰的话，但也不愿意过分为难屠乐乐。他们在外头听得很清楚，这就是谢峰想往她头上扣屎盆子，换成谁都不会乐意。

“我不想让你们难做，但是你们也别让我不爽。”屠乐乐眉毛一挑道，“要不然我谁的面子都不给，让开！”

“屠乐乐，你会后悔的！”谢峰气急败坏地吼着。

“谢峰，有本事就放马过来，玩这种拿着鸡毛当令箭，借刀杀人的把戏，只能显得你无能。”屠乐乐很是不屑，“我鄙视你！”

走到门口的屠乐乐陡然停下脚步，猛一转身，甩给谢峰两根中指，转身离去。

“可恶！这简直就是个流氓、混混儿、土匪！”谢峰又恼火又觉得丢面子，但是偏偏拿这个女人一点办法没有。屠乐乐刚才的话虽然不好听，却也让他无法反驳，现在是法治社会，不是他想怎样就能怎样的。没有证据，连法院都不能随便给一个人判刑，他不过是个小小的部门经理，又能做什么？

正是因为明白这些道理，谢峰才感到面对屠乐乐时有种深深的无力感。这也让好面子的他越发郁闷和窝火。

“谢经理，她走了，怎么办？”门口的保安不敢拦屠乐乐，因为他们见过屠乐乐暴揍秦诗諵的保镖，谁都不愿去触霉头。可是他们又不能就这么走了，只得向谢峰讨主意。

“我怎么知道怎么办，滚蛋，都给我滚蛋！”谢峰越发觉得丢脸，大声咆哮起来。

“乐乐，威武、霸气。”李薇薇看到屠乐乐回来，直接朝她竖起两个大拇指，满脸的佩服。谢峰的办公室就在二楼，离前台太近，通过半开的门可以听到乐乐的反击。还有扩散很远的谢峰的咆哮。

对于谢峰，李薇薇也对他腻烦得不行，只是没有屠乐乐的胆量跟他这样对着干。现在听到屠乐乐驳得谢峰哑口无言，她自然是觉得相当解恨。

“乐乐，不会有什么问题吧？”李薇薇有些担心，“谢峰虽然讨厌，但是他来找你问话可是奉了董事长的命令，你这么跟他对着干，会不会……”

“哼！我看他就是公报私仇，小人行径。”屠乐乐不屑地说，“别说董事长未必真的让他这么做，就算他真是受了指使，我也不怕，大不了就把我开除！我有手有脚的哪里还找不了一份工作，让我受这样的闲气，想都别想。想要冤枉我，更是做梦！”

“要是谢峰再报复你呢？”李薇薇十分担心。

“他？我看也是兔子的尾巴长不了！”屠乐乐冷声道。

本来之前谢峰有所收敛，屠乐乐已经打算暂时不跟他一般见识了。可是让她没想到的是谢峰这货竟是属癞蛤蟆的，不将他一脚踩死，他找到机会就会冷不丁地冒出来刷存在感，虽然癞蛤蟆不咬人可是硌硬人呀。屠乐乐真是有些不耐烦了，下定了决心要将他赶走。

“乐乐，你来看。”之前一直默不作声的温婉突然停了下来，朝屠乐乐招手。

“有结果了？”屠乐乐连忙凑了过去。

如果说她之前追查幕后黑手是想要帮维特的话，那么现在则又多了一个目的，就是自救。虽然泄露财务信息的事情跟她无关，但是这个嫌疑洗不清的话，她也很难再在辉煌集团立足。今天谢峰过来问话，只是个开始。倘若找不到真正的幕后黑手，屠乐乐担心用不了多久自己就会被辞退。

这种可能性不是没有。对现在的辉煌集团来说，任何风吹草动都可能演变成一场暴风雨，而她现在被牵扯在内，要是不能尽快洗脱嫌疑，想必集团的高层会毫不犹豫地将她清理出去，毕竟自己只是个无关紧要的小前台而已。对这偌大的集团来说，多一个不多少一个不少。就算她被辞退，也不会有人为她叫冤的。

为了自救，屠乐乐必须尽快把泄露财务信息的人给揪出来。

“的确有结果了，但是估计你不会太满意的。”温婉用鼠标点开了几个页面，说，“我通过对现在网络上报道消息的各个网站进行筛查和比对，最终确定了最早发布这些信息的是这几个网站。”

“怎么还有万古网络平台下的网站？”屠乐乐一愣。

“这个很正常，也许是干这件事的人想要掩人耳目，又或是干脆就想把水搅浑。乐乐，你得有个心理准备，干这事的人是个老手，不是那么容易揪出来的。”温婉又指了指电脑显示器道，“我仔细比对了一下这几个网站发布信息的时间，最快的和最慢的相差不到一小时，至于这些财务信息是谁给的网站编辑，我就没有办法细查了。除非黑进网站去找这些编辑的邮箱，再查他们的信息来源。”

“既然知道怎么做，你还犹豫什么？”李薇薇道，“总不能眼睁睁地看着乐乐和维特背黑锅吧。”

“别。”屠乐乐却摇了摇头，“婉婉，到此为止就行。这已经够了，不要再继续查了，如果为了帮我而让你违法的话，那我宁愿不让你帮。”

“乐乐……”一听这话，李薇薇禁不住有些着急。

“听我的，”屠乐乐摇了摇头，看向温婉道，“就先这样吧。”

“好。”温婉点点头，并没有坚持，她微微一笑，关掉了页面。

“这样的话，你们怎么办？”李薇薇问道。

谢峰之前将屠乐乐叫过去询问，虽然最终没对屠乐乐造成什么影响，但是这场闹剧肯定会传扬开。在整件事情彻底水落石出前，屠乐乐都很难摆脱掉泄露机密的嫌疑。而这绝对不是个好名声，很有可能招致他人异样的眼光。

“查肯定是要查的，不过却不必急于一时半刻。”

“能不急吗？”李薇薇道，“这可不是小事，说不定会让你丢了工作。”

“我明白。”屠乐乐当然很清楚李薇薇的担心。因为她有着同样的忧虑，只是她也明白心急吃不了热豆腐。所以，就算她现在特别想洗清自己的嫌疑，也绝对不能鲁莽行事，尤其是不能让温婉通过黑客的手段帮自己收集证据。

以犯法的方式来自证清白，最终只会更加说不清楚，这是屠乐乐的顾忌。当然，她也绝对不是一味恪守规矩的死脑筋，如果真有必要的话，需要温婉帮忙时她可绝对不会客气，但前提是她可以确保温婉的安全，让她不会因为自己而被拖下犯罪的深渊。

“我看你是不明白，”李薇薇有些烦躁，“要不然你就不会这么不慌不忙了。”

“乐乐，还是说说你的想法吧。”温婉倒是相当冷静，淡淡地开口，“免得让薇薇着急。”

“其实我也不是不着急，否则的话刚才也就不会跟谢峰发飙了。”屠乐乐长出了一口气，像是吐出了所有的焦躁不安，温声道，“我自己根本没有想到会被牵扯进去，所以刚才真的有点火大。可是骂完了谢峰，我就冷静了许多，回来时我将整件事从头到尾想了好几遍。”

“你都想出来点什么？”李薇薇没好气地道，“能让你和维特证明自己是清白的吗？”

“现在是不行，但是将来肯定可以。刚才维特上去时匆匆忙忙，连话都来不及跟咱们说，必然跟这事有关，我猜着十有八九也是被叫去问话了。按道理来说，出了这么大的事情，集团更是蒙受了很大的损失，理应先报警。如果维特真有嫌疑，现在就应该被警察给带走了。可是他上去了这么久，你们见到有警察来了吗？”

“那倒没有。”李薇薇摇摇头。

“这就说明，要么维特能自证清白，要么集团的高层对他信任有加，因此才没有惊动警察。不过也有可能是维特不太清白，但是集团高层想要掩盖真相，以免造成更大的舆论影响，导致更加严重的损失。”屠乐乐分析道。

“不可能。”李薇薇坚定地道，“维特肯定是没问题的，你别胡说。”

“我当然也相信他没问题，我刚才说的只是一种可能。不管是哪一种可能，只要不惊动警察，维特都是安全的，人身自由也不会受到影响。等他今天下班后，咱们就可以约他出来见个面，聊一聊，我想他应该会给咱们一个解释。”

“可是这能有什么用？”李薇薇依旧不解。

“乐乐的意思我有点懂了。”温婉道，“虽然跟维特见个面聊一聊未必能够找到足以自证清白的证据，但是起码能对这件事有深入和全面的了解，要是咱们稍后想要继续调查下去，也能有的放矢。乐乐，我说的对吧？”

“没错。”屠乐乐点点头道，“除此之外，我总觉得这件事并不像表面上看起来的这么简单，维特可能知道些什么，但是我又猜不透。索性不如当面问问他，兴许有意想不到的收获。”

“好吧。”李薇薇叹了口气，道，“希望不管是你还是维特这回都能平安过关，要不然……”

“放心吧，我们都会没事的。”屠乐乐揽住李薇薇的肩膀。

尽管话是说明白了，但是这件事窝在心里谁又能真的全然不受影响？屠乐乐三人几乎都在想着尽快下班，李薇薇约了维特晚上一起吃饭。

与此同时，谢峰却在自己的办公室里转来转去，嘴里更是骂骂咧咧。一想到刚才屠乐乐那番夹枪带棒的话，再想想那些保安看自己的眼神，谢峰就觉得脸发烫，仿佛被人狠狠抽了几巴掌，他心里的怒火越烧越旺，对屠乐乐的怨恨也就越积越多。

绝对不能就这么算了！要是这次不能将屠乐乐开除，我的脸面往哪里放？以后还有什么威信可言？谢峰牙关紧咬，就像在咬着屠乐乐似的，发出咯吱咯吱的声音。

除了咽不下被屠乐乐当众驳斥、讥讽的恶气之外，谢峰更多的还是担心。因为这次询问是副总裁亲自交给他的任务，本来他以为自己稍微恐吓两句，就可以轻松搞定。到时候不但能够出了自己早就攒了一肚子的闷气，还能让副总裁满意。这本是一举两得的好事，可结果却跟他预料的迥然不同。

一想到之前屡次要弄走屠乐乐都以失败告终，已经让表弟很是失望。倘若这次再失败，只怕自己在表弟心里会留下个无能的印象。这岂不是就意味着他失去了再往上爬的希望？

不行，这事没完，不整垮屠乐乐，绝不罢休！谢峰狠狠地攥了攥拳头，眼中闪过阴狠的光芒。只是究竟该怎么办呢？他不禁皱起了眉头。

叮铃铃。

办公室的电话响了起来。

谢峰看了一眼来电显示，本来满脸的怨毒顿时就变成了满脸笑容。他拿起电话道："喂，表弟，您有什么吩咐？"

"谢峰，你怎么搞的？我只是让你询问一下屠乐乐，你却闹得公司上下议论纷纷，你还嫌最近公司里的风言风语太少吗？"电话那边传来了徐杰的声音，平静却蕴含着怒意，"如果这样的小事你都做不好，那我就换个人来做。"

“别，别，千万别！表弟，您听我解释。”谢峰连忙道，“我肯定是想着全心全意百分之二百的完成您交给我的任务，可是屠乐乐这个……她简直就是茅坑里的石头又臭又硬，我好声好气地问她话，她不但不好好回答，态度还极其恶劣，简直就是无法无天……”

“我不想听你说这些。”徐杰不等谢峰说完就直接将他打断，“我只想问接下来你准备怎么办？”

“屠乐乐越是猖狂，我反倒觉得这恰恰证明她在心虚，我相信她肯定有问题。”谢峰眼珠子一转，“刚才我仔细回想了一下您让我看过的那段监控视频，忽然想起来屠乐乐好像戴过一顶类似的帽子，所以我想查一下她的储物柜，如果能够找到类似的帽子，那岂不是就证明，视频里出现的那个商业间谍就是她。”

“那毕竟是她的储物柜，装的是她的私人物品，如果查不出什么的话，你会变得很被动！”徐杰道。

“谢谢表弟关心。”谢峰一下子激动起来，声音微微有些颤抖，一副感动异常的样子，嘴里却咬牙切齿地道，“我敢保证，一定能够查出铁证，并且出了任何问题，都由我一人承担。”

“不管你怎么做，我要的只是令我满意的结果。”徐杰的声音从话筒中传来，“别忘了，现在是法治社会，凡事都讲证据的。还有，在公司叫我副总裁。”

“是，副总裁。”谢峰用力点点头，道，“我明白该怎么做了。”

等徐杰挂断了电话，谢峰脸上的笑容逐渐变冷，心道：证据？这有什么难找的？！

中午，屠乐乐、李薇薇和温婉一起到餐厅用餐时，又聊起了财务信息泄露的事。心急的李薇薇当时就想要打电话叫维特过来问问，不过到底还是被屠乐乐和温婉给拦住了。

吃饭时，屠乐乐察觉到有人总是朝着自己指指点点，尽管听不太清楚他们在嘀咕什么，但是可以想象得到多半跟财务信息泄露有关。而这一切必然跟上午谢峰找她问话有关。

“这里太闷了，咱们去一楼吃。”李薇薇忽然道。

“好。”温婉随即点头。

“谢谢。”屠乐乐明白李薇薇为什么这么说，心里很感激，“不过不用这样的，清者自清，我不怕。”

不怕归不怕，但是总被人指指点点又低声议论，就算是屠乐乐可以不受影响，李薇薇和温婉也被搞得没什么胃口了，于是三人草草吃了几口就离开了餐厅。

“乐乐，晚饭得你请客，好弥补我空虚的肠胃。”李薇薇摸着肚子道。

“没问题。”屠乐乐道，“晚上叫上维特，你们说去哪里就去哪里。”

“这还差不多。”李薇薇和温婉不约而同地笑道。

下班之后，屠乐乐先找了一处餐厅要了个包间点了饭菜，没过多久维特也赶了过来。

“对不起，我来晚了，先自罚三杯。”维特见饭菜都已经摆上，就等自己一人了，倒是相当爽快，直接拿起酒杯来先自罚了三杯。

“算你过关了。”李薇薇笑道。

“来，先吃着喝着，有什么话待会儿再聊。”屠乐乐道。

“我得再敬你们三位一杯。”维特再次端起了酒杯道，“要不是你们之前帮忙，我爸那一关我可能过不了。”

“那些讨债鬼走了？”李薇薇问道。

“走了。”维特苦笑道，“要到了钱就离开了。如果不是你借给我的那些钱，真不知道怎么打发他们。”

“这个麻烦解决了，那公司的麻烦呢？”李薇薇道，“这回财务信息泄露，你的责任应该不小吧？”

“责任肯定是有的，麻烦也不小，但是我都可以解决掉，不必担心。”维特感激地看了三人一眼，自信地说道。

“那让我猜猜你打算怎么过关，好吧？”屠乐乐道。

“你说。”维特微笑着点了点头。

“之前我去你的办公室，回来后婉婉就告诉过我，你那边不知道被谁安装了针孔摄像头，而她也曾提醒过你，你却并没当真，有这事吧？”屠乐乐问道。

“没错。”维特再次点点头。

“当时我就有些纳闷儿，一般来说，多数人遇到这种事情，多半都是宁可信其有不可信其无，就算半信半疑，可能也会先找一找，好让自己安心。你却偏偏不相信，并且连敷衍一下的意思都没有，这让我感到十分奇怪。”屠乐乐看着维特，“我思来想去，觉得你有这样的反应，只有两种可能，一是你并不信任婉婉，觉得她说的话十分荒谬，根本不值得相信。”

“哼！”温婉哼了一声。

“没有，乐乐，你可别害我。”一听这话，维特当即苦着脸对温婉道：“我可不是这么想的。对于你的提醒，我是很感激的。”

“照你这么说的话，只剩下另外一种可能了，就是你早知道办公室里有这些东西，不过出于某种考虑，你并不准备将它们找出来清理掉，所以就干脆装起了糊涂，视而不见。”屠乐乐看向维特，目光闪亮，好像是要看穿他所有想法，“我说得没错吧？”

“你说得很对。”维特既然来赴约，其实已经想到三人要问自己什么，而且也没打算隐瞒，何况现在屠乐乐都已猜出了七八分，他更没有遮遮掩掩的必要。“办公室里有针孔摄像头的事我的确早就知道了。”

说到这儿，维特狡黠一笑：“别忘了，我曾经在国外待过一段时间，那边的商业间谍可比咱们这边猖獗多了，这种见不了光的小手段我就算是没亲身经历过，也听说过，所以想要发现其实并不难。”

“那你为什么还要留着这些东西？”李薇薇不解地道。

“当然是为了应对现在这种状况。”维特笑道，“就像今天，副总裁打电话叫我去问话，问我知不知道财务信息怎么泄露的，我当然说自己不清楚，同时为了证实自己的清白，就当面请他派保安过来检查一下我的办公室，结果一查之下就找到了那些针孔摄像头。这么一来，我的嫌疑就消去了一大半。毕竟我只是个财务总监，又不是007，办公室里有这些东西，我不知道也是很正常的事情，这个过错不能赖在我的头上，财务信息泄露当然也不能怪我了。”

“哼！还真让乐乐说对了，留着这些东西你的确是为了自保。”李薇薇伸手一指维特，道，“你可真够狡猾的，维特，到今天我才算是重新认识了你。”

“薇薇，你可别这么说。”维特苦着脸道，“我其实也不想这样的，只是世道艰难，人心险恶，尤其我们这一行又牵扯太多的金钱和利益。不想办法保全自己，真的很容易就会死无葬身之地，不是我狡猾，实在是逼不得已啊！”

“放心吧，没怪你，我能理解。”李薇薇微笑着安慰了他一句，跟着就皱紧了眉头道，“只是你这边过了关，可是乐乐却还有点说不清，之前她去过你办公室，然后出了这事，她就被怀疑了。你说这个咋办？”

“这可就有点难办了。”维特想了想，道，“我肯定相信乐乐是清白的，但是公司里的财务信息的确是泄露了，并且我办公室里的针孔摄像头肯定不是凭空出现的，所以我有理由相信公司内部潜伏着商业间谍。”

“不用你说我们也知道。”李薇薇道，“关键是怎么将你说的商业间谍给揪出来，好证明乐乐的清白。”

“这的确是个问题。”维特道，“副总裁现在也在考虑这个问题，今天问我话时还特意问我觉得谁可疑，我当时就说了，前台的李薇薇有点可疑。”

“呸！”李薇薇先是一惊，随即就笑骂道，“维特，你想死了是吧，信不信我现在就弄死你。”

“别，女王大人，我求饶。”维特忙笑道，“我就是看现在气氛这么紧张，所以想开个玩笑活跃一下气氛。真没别的意思。”

“那你说怀疑谁来着？”李薇薇问道。

“我谁都没说。”维特摇摇头道，“这种得罪人的事我才不做，其实主要是我也不知道谁可疑，这种调查商业间谍的事是安保部门的事，与我无关，我何必掺和进去。”

“现在不一样。”李薇薇一指屠乐乐道，“咱们得帮乐乐洗清嫌疑。”

“我知道。”维特点点头，看了屠乐乐一眼，“可是这不是小孩子过家家，不是说查出来就能查出来的。倘若真的那么容易就被咱们发现，那商业间谍岂不是太差劲了，所以这事还得从长计议。”

“我就怕这样耽误下去，乐乐说不定会被开除，到时候就算将商业间谍找出来也晚了。”李薇薇很是不爽地道。

“没事，也许过段时间等这风头过去，就没我什么事了。”屠乐乐见一时半会儿也从维特嘴里问不出来什么，于是就端起了酒杯道，“来，干一杯，祝贺维特能够顺利过关。”

“干杯。”

虽然屠乐乐没再追问，但是维特的话给了她一个思路。为了尽快证实自己的清白，她得设法找到隐藏在辉煌集团内部的商业间谍。

屠乐乐说得轻松，可是李薇薇、温婉和维特都清楚她现在的处境并不是很好，每个人都为她担着心，就算是面对满桌子的美酒佳肴也都没了胃口，包间内的气氛一下子就变得有些沉闷和压抑。

“乐乐，你不能指望着这事自己水落石出，这太被动了。”李薇薇将啤酒一饮而尽，将杯子狠狠地放在桌上，“咱们得主动出击，把那个该死的商业间谍给揪出来。”

“薇薇，你说得对，可是怎么揪？”维特摇了摇头道，“出了这事后，上到董事长下到安保部门，全都想要查出是谁干了这种吃里爬外的事。可到现在为止，一点头绪都没有。那么多人都办不到的事情，就凭咱们四个，可能吗？”

“可能。”一直沉默不语的屠乐乐突然出声道，“只要咱们齐心协力，就没有什么不可能的。真正窃取国家机密的间谍都有露出马脚的时候，更何况只是个小小的商业间谍，我就不信他任何的蛛丝马迹都没有留下，只要找得到就能把他揪出来！”

“乐乐，只要你愿意查，我帮你。”温婉道。

“我也帮你。”李薇薇跟着表态，同时不忘用带着威胁的眼神瞥维特。那意思仿佛是说就差你一个了，要是你不帮忙就太不够意思了，以后咱们就友尽。

“我也没说不帮呀。”见状，维特禁不住苦笑道，“可是话好说，事难办呀，咱们又不是警察，根本就是全无头绪，怎么将那个商业间谍给揪出来？”

“不是警察怎么了，我以前可是看过全套的《福尔摩斯探案集》，还有所有的CSI，查案的套路多少也知道一些，依样画葫芦，不见得就不行。”屠乐乐当然不能明说自己是警察，但是也得为接下来的调查工作做个铺垫。

“除了你说的这些，我还看过柯南。”温婉举了举手道。

“我还看过金田一呢，可我现在只是个财务总监，没成为侦探。”维特捂着额头，被她们给打败了。

“电视剧，我只看过《神探狄仁杰》。”李薇薇做了个捋胡须的动作，看向屠乐乐道，“乐乐，你怎么看？”

“有大人出马，我觉得此案必破。”屠乐乐很是配合地抱拳拱手，沉声说道。

“有眼光，我很看好你哦。”说着李薇薇就笑了起来，样子和腔调像极了七侠镇的缁衣捕头老邢。

维特觉得自己快疯了，端起酒杯来咕咚咕咚猛灌，看样子是想赶紧把自己灌醉，免得被这帮不着调的家伙给逼疯。

笑归笑，闹归闹，笑闹完了之后屠乐乐就收起了笑容，道："现在由我来分析案情，婉婉电脑技术好，帮我提供技术支援，至于你们俩，帮我查漏补缺。我就不信了，三个臭皮匠都能顶个诸葛亮，咱们好歹四个人，还抓不住区区一个商业间谍。"

"好吧，我干杯，你随意。"维特给自己倒了一杯酒道。

"你正经点。"李薇薇打了他一下，"别忘了本债主还在呢，小心惹毛了我，回头去你家要债，拉你家袭人抵债。"

"别呀，袭人可是我的命根子，求求你少东家，就放过我们吧。"维特连忙求饶。

所谓袭人，当然不是《红楼梦》里的那个袭人，而是维特养的一只猫，谁都不知道他为何要给自己的猫起这样一个名字。而维特这人爱猫如命，是个彻头彻尾的猫奴。用袭人来威胁他，绝对比拿他的命威胁更管用，就像现在。

"好了，落后分子我已经解决。乐乐，你可以说了。"李薇薇道。

"强！"屠乐乐朝李薇薇竖了竖拇指，随即正色道，"从表面看，咱们现在什么线索都没有，可以说是两眼一抹黑，实际上却并非如此。婉婉，把泄露到网上的那些财务报表给我找出来。"

"稍等。"说着，温婉从随身的小包里拿出了高尔夫球大小的投影仪，通过蓝牙跟自己的手机连接到了一起。

第十八章　如何自证清白

通过谢峰这个上级来证明清白是不可能了，屠乐乐只有一个办法，那就是找到证据，直接向董事长反映！

投影仪闪着光，投在墙壁上大概五十英寸大小的区域，内容恰恰就是网站上公布出来的辉煌集团被泄露的财务报表。

“呀，这东西我以前没见你玩过，从哪儿搞来的？”李薇薇一见这投影仪忍不住惊呼一声。

“你说这个呀。小型投影仪，跟手机连接后可以看电视看电影的神器，某宝某东以及万古网络平台上均有销售。”温婉白了李薇薇一眼，道，“连这个你都不知道，真不知道你这个辉煌集团的未来老板娘是怎么当的。”

“哈哈。”听到一向少言寡语的温婉此时竟然开起了李薇薇的玩笑，屠乐乐和维特禁不住都笑了。

笑过之后，屠乐乐看着墙上的财务报表道：“维特，报表都要经过你的手，现在你帮我看看，这些是什么时候到你手里的，最有可能在什么时间被偷拍？”

“你怎么知道是偷拍的？”维特看着屠乐乐。

“很明显能看出来这些图片的拍摄角度并不一致，”屠乐乐指了指墙上的图，“所以我敢确定这些图片肯定不是针孔摄像头拍到后截的图。那么就很有可能是有人偷偷进了你的办公室，用相机拍的。婉婉，能查出用的什么相机吗？”

“除非能够找到原始的照片，否则就有点难了。”温婉摇摇头，“这些图片在上传到网站时肯定会经过处理，所以往往EXIF信息都会丢失，不过要是有用的话，我可以试着查一查。”

“你说的这个EX是什么意思？”李薇薇问道。

“EXIF是Exchangeable Image File Format的缩写，翻译成中文是可交换图像文件格式，是专门为数码相机的照片设定的，可以记录数码照片的属性信息和拍摄数据。通过这些可以很容易查出一张照片的原始信息，像是拍照相机型号、制造商、拍摄时间、分辨率等。”温婉简单解释了一下，“我猜乐乐也是想要由此来确定照片拍摄的时间，以便证明自己的清白。”

“没错。”屠乐乐点点头，“只要拍照的时间我有不在场证明，那么我就没有嫌疑了。不过即使找不到这些EXIF信息也没关系，因为我还想到了其他办法。维特，我刚才的问题你可以回答我吗？”

“没问题。”维特道，“这是五天前，也就7月27日周一到我手里的，我看过之后就将其锁进了保险柜。”

“你怎么记得这么清楚？”屠乐乐问道。

“因为同样的问题，之前副总裁已经问过我，而我当时也是这么回答的。”维特道。

“你刚才说保险柜，”屠乐乐想了想，“那保险柜的钥匙有几把？除了你之外，别人容易打开保险柜吗？”

“保险柜的钥匙只有三把，”维特道，“除了我手里这把之外，余下的两把分别在董事长和副总裁手里。这种钥匙内有电子芯片，跟保险柜内的处理器对应才能开启，所以防盗功能很强大，想要复制很难。”

“很难，但是并非不可能，对吧？”屠乐乐道。

“是，此外保险柜上还有密码，也是仅有的几个人知道。”维特点点头道，“不过所需花费的时间和金钱肯定不少，如果只是单纯偷一份财务报表，我觉得实在没有什么必要。”

“咱们又不是商业间谍，谁知道他在想什么。”李薇薇道。

“如果这报表是7月27日到你手里的，而你看过后就锁进了保险柜，那也就意味着被人拿出来拍照的时间就只有这几天而已，我记得咱们辉煌大厦到处都是监控，能不能通过十七楼的监控找到那个商业间谍的影像呢。”屠乐乐道。

“好主意。”李薇薇闻言大喜，“这是个好主意。”

“估计是够呛了。”维特摇摇头道，“乐乐想到的办法其实副总裁和安保部门都想到了，可是……”

说到这儿，维特看了看屠乐乐，又看了看李薇薇和温婉，苦笑道，“那些日子的监控不知道什么缘故出了问题，要么是没有录下影像，要么就是录下的影像并没这个可疑的人，有的甚至是视频文件损坏。”

“你怎么知道的？”李薇薇皱眉问道。

“因为副总裁确定我没有嫌疑后，为了让我帮着辨认商业间谍的身份，给我看了一段监控视频。”

“结果呢？”李薇薇追问道，“确定了那人是谁没？”

“薇薇，要是能够确定是谁的话，咱们还用得着这样猜来猜去的吗？”温婉道。

“虽然无法完全确定是谁，但是……已经有了嫌疑对象。”说着，维特看向了屠乐乐。

“我？！”屠乐乐一愣，随即有些难以置信地指向了自己。

“没错。”维特叹了口气，“那段视频是通往十七楼的拐角处的监控拍到的，是所剩不多能用的几段视频之一，总共只有七八秒长。虽然视频里的那个女人戴着帽子，遮住了脸，可是看起来真的很像你。要不然的话，副总裁也不会怀疑你，还让谢峰去问你了。”

“你也在怀疑我？”屠乐乐看向维特问道。

之前她还没往这方面想。现在回想起来，维特明明早知道商业间谍是个女的，却一直都没有说，直到现在才说，那他防备的人不用问也是嫌疑最大的自己。这让屠乐乐觉得多少有点不太爽。

“维特，你这就不太仗义了。”李薇薇瞪了维特一眼，“你遇到了麻烦，我们可一直都是想着怎么帮你，而从来没有怀疑过你，可是你……竟然怀疑乐乐！”

“不是我怀疑。”维特不好意思地笑笑，道，“你们没看过那个视频，要不然肯定会觉得那就是乐乐。不过，没有信任乐乐是我的错，我道歉。”

说着，维特倒了一杯啤酒咕咚咕咚喝下。

“其实维特怀疑我也是有道理的。”屠乐乐倒是并没太计较，毕竟她跟维特算起来也认识没多久，彼此不了解，也没有道理毫无保留地被信任，尤其还涉及这种事情。她想了想，道：

"以常理来推断，我跟维特接触过几次，自然就有了从他身上偷到钥匙的可能性，况且我去过维特的办公室，也就有了拍照的机会。有了这两样，再加上视频中似是而非的'我'，被怀疑也就是很正常的事情了。"

"怎么会是你呢，乐乐，这话可不能乱讲。"李薇薇忙道。

"我当然清楚不是我，只是想要证明我的清白还真不太容易。"屠乐乐想了想，"因为那天我的确是在上班，并且期间离开过前台一段时间，去各个楼层检查了一下饮水机什么的，如果有当时各个楼层的监控录像还好说，至少可以当成我的不在场证据，但是现在却没了绝大多数的录像，那么我就没办法证明自己当时在哪儿，只是一味说那个所谓的商业间谍不是我的话，真就成了口说无凭。"

"照你这么说，莫非就真的一点办法都没有了？"李薇薇急道。

"难，真的很难。"维特叹了口气，道，"反正我是想不出更好的主意来。"

"那……"李薇薇看了看维特又看了看屠乐乐，满是担忧。

"那就这样吧。"屠乐乐一笑，道，"既然没办法，索性就不去想了。俗话说，车到山前必有路，说不定过几天会有转机的。来，先喝酒。"

"乐乐，你的心可真够大的！"李薇薇无奈地道。

"要不怎么办？今朝有酒今朝醉，干杯。"屠乐乐端起了酒杯。

"干杯。"

见屠乐乐这么说，众人也纷纷端起酒杯陪着她喝。

虽然屠乐乐说的洒脱，但是其他人却没她那么心宽，稍后聊的还是这事，只是聊来聊去除了郁闷一无所获，以至于这顿饭最终草草结束，谁都没有吃好。

屠乐乐既然说了要请客，当然不会赖账，买了单，送维特上了出租车，这才跟李薇薇和温婉一起往公寓走去。

“乐乐，其实咱们并不是一点办法都没有。”温婉默默地走了一段路后，忽然停了下来，目不转睛地看着屠乐乐，“维特说的那些所谓监控出了毛病，以至于视频损坏的问题，我觉得根本就不是问题，只要我黑进公司监控设备服务器中，应该就能够找到这些视频的备份，再利用我手里的视频软件对其进行修复和还原，未必抓不住那个女商业间谍的狐狸尾巴。”

说到后来，温婉越来越激动，声音也情不自禁地大了一些，满脸的跃跃欲试。

“我知道。”屠乐乐点点头，看着温婉真诚地说，“一直以来我都无比相信你的能力，甚至你说的刚才我也想到过，我之所以没说，绝对不是怀疑你无法做到，而是因为这样做是不合法的，找到的证据就算有用，也容易受到质疑。”

“婉婉，乐乐说得对。”李薇薇道，“咱们做这些，本来就是为了证明她的清白，将来就算是不将这些证据交给警察，也必然会给董事长和副总裁看。如果他们问这些视频是从哪里弄来的，咱们怎么回答呢？”

“我……”温婉不知道该如何回答。因为这样的问题很可能会遇到，但是却真的没有办法实话实说。而到时候不管说实话，还是说谎话，都会让人怀疑证据的真实性。更糟糕的是这么干，非但不能帮屠乐乐洗脱嫌疑，反而会把温婉也牵扯进去。

“除此之外，还有个严峻的问题。”屠乐乐一只手揽住李薇薇的肩膀，另一只手揽住温婉的肩膀，三人肩并肩地朝前走，头挨得很近，低声细语。

屠乐乐道：“不知道是不是我的错觉，我总觉得维特之前不仅仅在怀疑我，甚至也在怀疑你。”

“怀疑我？”温婉一惊，带着几分错愕难以置信地说，“为什么？”

“因为你超凡的计算机技术。”屠乐乐并没有绕圈子。

“难道我的技术好有罪吗？！”温婉一下子变得非常激动，愤然道，“难道我是黑客就犯法吗？他凭什么怀疑我？！”

“婉婉，你先冷静一下，冷静！”李薇薇道，“乐乐，你帮着劝劝。”

“也许他怀疑你，只是怀疑你受了我的牵连。”屠乐乐紧了紧揽住温婉肩膀的手，“你先别急，听我给你分析一下。”

“好吧，你说。”温婉深吸了几口气，压下心头的火气。

“其实我最初也没想到这些，甚至都没想到维特会怀疑我，可是当他说到监控设备出了问题，很多视频遭到了损坏后，我才意识到他可能在疑心整件事都跟咱俩有关。”

屠乐乐稍微停顿了一下，继续说，“按照他们的想法，就是负责去偷拍财务信息的人是我，而你是我的帮手，负责帮我扫尾，清除痕迹。有了你超强的电脑技术，又是在公司内部，想要黑进服务器，是很容易的事。顺着这个思路想，咱们现在约维特出来也像是别有用心，想要从他口里套口风，问他们是否掌握了某些确凿的证据。你看，多符合逻辑。”

“听着跟真事似的，要不是我万分确信你们不会干这种事情，说不定也会这么想。”李薇薇看向屠乐乐和温婉，“维特该不会真的这么想吧？”

“知人知面不知心，谁知道他怎么想的。”温婉阴着脸，一脸愤懑。她话虽是这么说，心里已基本确定了维特就是在怀疑自己。这让她很难过。之所以她一向低调，很少过分显露自己在技术上的水平，就是担心引起别人的猜忌。而这次她是真心为了帮维特，结果却……

“我估计维特也是这么想的。”屠乐乐指了一下李薇薇，“搞不好他连薇薇都会怀疑。”

“难不成他会以为我和婉婉当初跟他交朋友是不怀好意？”说到这儿，李薇薇很不爽，“要是这样的话，我之前借给他钱算什么？收买人心？”

“如果将人心往坏处想，你这个说法是讲得通的。”屠乐乐淡淡地道。

“乐乐，你说的这些是不是有点太夸张了。”李薇薇道。

“也许吧，我也希望自己所说的这些都是错的，不过……”屠乐乐摆了摆手，“维特怎么看咱们，那是他的事，等事情水落石出，自然就什么都清楚明了了。我刚才之所以不当着他的面把我这些想法说出来，也是因为我摸不清楚维特究竟是哪一头的。”

“乐乐，你说明白点，我越听越糊涂了。”李薇薇道。

“我也是。”温婉附和道。

“不知道你们有没有感觉，我觉得维特好像有事情在瞒着我们，最起码他所说的那些话有很多地方不尽详实。”屠乐乐道，“我不知道他是因为对我心存怀疑才这样，还是有什么难言之隐，总之，我认为此事在最终搞清楚前，还是不要跟他多说为好。此外……”

屠乐乐顿了顿道：“他的办公室里装了那么多摄像头，这说明内鬼绝不止一个，在搞不清楚究竟是敌是友之前，调查女商业间谍这事暂时还是保密吧。我可不想因为我的事而给你们俩带来不必要的麻烦。”

“乐乐，你这么说就太见外了。”李薇薇道，“咱们是好姐妹，我和温婉总不能看着你被人怀疑而袖手旁观吧。”

“没错。”温婉坚定地道。

“我明白，所以才要郑重地谢谢你们。”屠乐乐很是真诚。

“不必客气。”李薇薇摆摆手道，“关键是咱们接下来做什么。”

“我准备去找董事长。”屠乐乐想了想，道。

“啊？！”李薇薇一惊道，“找他？干什么？”

“既然已经被怀疑，哪怕是为了证明我的清白，也理所应当地该去找他讨个说法。”屠乐乐看向惊讶的两人道，“我这么做，说得通吧？”

“嗯。”温婉点点头。

“没毛病。”李薇薇也道。

显然两人还没有从屠乐乐带来的震惊中醒过味来。因为对整个集团来说，董事长绝对是处于金字塔顶端，如同古代的皇帝一般高高在上，而她们这些前台则处于底层，就是古代的平民百姓。两者基本上没有交集可言。

屠乐乐去找耿一鸣讨说法，简直跟古代的老百姓要去京城申诉冤情没什么两样。别说一般人能不能干出这种捅破天的事，就算是想都不敢想。

尽管现代社会人人平等，虽然职位有高低，人却并没有贵贱之分。但是越过一级级的经理去向董事长直接申诉，这种事情还是很少会有人做的。最起码李薇薇和温婉就绝对不敢想，正因如此，她们才会感到十分震惊。

不过转念一想，两人又不得不承认，这的确是眼下破局的最佳办法。因为只有得到耿一鸣的允许，她们才可以名正言顺地调取监控录像，无论对其进行修复，还是从中获取证据，就都是合理合法的了。就算不能当成正儿八经的证据，如果可以得到耿一鸣的认可，那么屠乐乐身上的嫌疑就能洗去。

“问题是你怎么跟他讨说法呀。”李薇薇看向屠乐乐，“总不能明天他来上班时，你当众跟他喊冤吧？”

“你以为这是拍电视剧呢？”屠乐乐翻了个白眼，道，“很简单，直接打电话预约然后上去见他就行，你以为这是多复杂的事吗？”

“我怕你的电话根本就打不进去。”李薇薇道，“你别忘了，董事长身边还有个蒋若瑜，作为行政助理，她有职责帮董事长过滤掉一部分没用的电话，我怕你的预约电话会被她就这么过滤掉。”

“放心，我有办法让蒋若瑜不敢这么做。”屠乐乐自信地道。

第二天三人一起上班，到了九点半，所有日常的工作做得差不多了，屠乐乐在李薇薇和温婉的注视下拿起了内部电话，直接拨通了董事长办公室的电话。

“喂，这里是董事长办公室，我是行政助理蒋若瑜，请问有什么能帮助您的？”话筒里传来了蒋若瑜的声音。

“我是前台屠乐乐，有一些关于财务信息泄露的事情想要跟董事长面谈，不知道董事长是否有时间？”屠乐乐开门见山地道。

“你想谈什么？”蒋若瑜问道。

“这就不方便跟你说了。”屠乐乐道，“总之你告诉董事长很重要就行了，见不见我，由董事长决定。”

说到这儿，屠乐乐就把电话给挂断了。

“你就这么挂了？”李薇薇十分惊讶。

“要不还怎样？”屠乐乐反问道，“难不成还等董事长来亲自接我电话吗？别急，这么重要的事蒋若瑜肯定不敢瞒着董事长的。就算她敢隐瞒也没关系，等下班时我再直接找董事长当面说也是一样的。”

叮铃铃。

屠乐乐的话刚说完没一会儿，前台的电话就响了。屠乐乐伸手接起来，里头传来了蒋若瑜的声音：“董事长同意见你。”

“好的。”说着，屠乐乐挂了电话。

“怎么样？”李薇薇关切地问道。

“成了。”屠乐乐笑道，“你们俩要不要跟我一起去？”

“还是不要了吧。”温婉摇摇头道，“等你把视频给我带回来我帮你修复就行了，见董事长这种事我就不参与了，我怕自己会紧张。”

“我也不去了。”李薇薇虽然对耿一鸣一直都有想法，真要是让她去董事长室跟他面对面，她还是会十分紧张。

“真不去？”屠乐乐看着李薇薇道。

“我……”李薇薇犹豫起来。

“走吧。”屠乐乐挽起李薇薇的胳膊道，“就当帮我壮胆了。”

说着，她不由李薇薇拒绝拽着她就朝电梯走去。

辉煌大厦内共有四个电梯，前台这边有三个，一是董事长专用，直达顶楼，另外两个是员工们使用。

进入电梯时，屠乐乐并不知道在监控室中，正有一双满是怨毒的眼睛盯着自己。而这双眼睛的主人正是一直憋足了劲儿要找屠乐乐麻烦的谢峰。

“现在屠乐乐不在一楼，正是查找证据的好机会。”说着，谢峰随手指了两个保安，想了想还是觉得不太稳妥，又多叫了两人，“你们跟我走。”

“谢经理，咱们干什么去？”有个保安问道。

“没听见我说吗？找屠乐乐就是商业间谍的证据。”谢峰瞪了他一眼，道，“上次你们关键时刻掉链子，我就不计较了，这回要是再出问题，小心你们的饭碗。快走！”

谢峰带着四个保安走向一楼时，屠乐乐跟李薇薇正乘坐电梯到达顶楼。

坐电梯的时间并不久，但是李薇薇的手心已经紧张得出了不少汗。

屠乐乐看着电梯里不断变化的数字和发愣的李薇薇，不知道该说点什么让她放松一些。

叮。

电梯到顶楼了。

“乐乐，要不我还是不去了吧？”李薇薇脸色有些发白，“我觉得自己腿有点软。”

“都到了，怎么还打起退堂鼓了。”屠乐乐拉着她，“薇薇，凡事总要往前跨出一步才能知道行不行，倘若只是站在一旁看着想着，永远都不会知道结果的。”

“我懂了。”李薇薇点点头，努力朝前迈了一步。

走出电梯容易，但是想要见到耿一鸣很难。因为她俩刚刚走到董事长的办公室外，就被蒋若瑜给挡住了。

“你可以进去，因为董事长说了要见你，但是她不行。”蒋若瑜指着李薇薇道。

“为什么不行？”屠乐乐很不爽地道，“我要跟董事长说的事情，需要她在一旁做证的。”

“那也不行。”蒋若瑜道，“除非待会儿董事长再叫她进去，否则就只能在外面等着。”

“乐乐，我在外面等着吧。”李薇薇拉了拉屠乐乐道，“正事要紧。”

屠乐乐没办法，只得道：“那你等着我，我快去快回。”

此时此刻，一楼。

正在工作的温婉见谢峰带着四个保安气势汹汹地走出电梯，顿时就有种不祥的预感，又见他们径直朝着更衣室走去，越发觉得有问题，她连忙上前将他们拦住。

“谢经理，你们想要干什么？”温婉个子娇小，比谢峰要矮些，此时不得不微微仰着头看他，气势上却丝毫不弱，一副不说清楚就绝不让路的架势。

“干什么？我是经理，这里是我的地盘，想干什么还用向你个技术部的外人交代吗？”谢峰不以为然地道。

“你要是不说明白，我就不能让你们过去。”温婉固执地摇了摇头道。

“就凭你，还想拦住我们？”谢峰冷笑道。他朝身边的保安使了个眼色，示意他们将温婉弄开。

“你们非要进去我肯定拦不住，但是……”温婉指了指前台上的内线电话道，“我可以打电话向副总裁甚至董事长反映情况，我虽然不是前台，但是既然我站在这里，就有我的职责。你虽然是经理，也不能一手遮天，想干什么就干什么吧？”

这个温婉！以前脾气挺温和的，什么时候学得如此伶牙俐齿！肯定是近墨者黑，跟屠乐乐学的。谢峰听了温婉这番话，又见四个保安面露怯意，不禁心里火大，既不爽温婉，更不爽屠乐乐，暗道：就凭这个，也得赶快让屠乐乐滚蛋。再这样下去，个个都变得刁钻无比，我以后还怎么管人？

虽然很不爽，但是谢峰也不敢真硬来，惹急了温婉，她真打电话给副总裁和董事长，到时候他也会吃不了兜着走。尤其是副总裁，谢峰可没忘记自己上次打电话时他说的话。要是自己再出了纰漏，未必能讨得了好。

想到这儿，谢峰压了压火气：“实话跟你说吧，集团的财务信息泄露，我怀疑屠乐乐就是商业间谍，为了证实，我要查一查她的储物柜。”

由于行政前台是公司的脸面，都是统一着装，就有个更衣室，并且每个人都有独属于自己的储物柜。

储物柜里装的是私人物品，没有本人在场的情况下任何人都不能打开。

现在谢峰却趁着屠乐乐不在，跑来查她的储物柜。先不说能不能查出什么东西，光是这种行为就不太光彩，甚至是非法的。

“不行，”听了谢峰这话，温婉连忙道，“你们不能进去。”

“温婉，你不觉得自己管得有点太宽了吗？！你本来就不是前台，这里也不是你该在的地方，少管闲事，我做什么事情，轮不到你来管。”谢峰瞪着她道，“温婉，现在，给我让开，要不然没你好果子吃。”

“谢经理，你们去别的地方，我肯定不会拦着，可是这里是更衣室，里头全都是我们女孩子的衣服还有私人物品，你们几个就这么贸然进去，别说丢了东西怎么办？就说要是有人正在换衣服，被你们看到走了光算谁的过错？”温婉这么说着，身子却是一动也不动。

“谁在换衣服？”谢峰盯着温婉道，“今天就只有你，李薇薇和屠乐乐不知道干什么去了，你在这里，还有谁能在更衣室里？”

“不管谁在，总之，你们不能这样随随便便进去。”温婉道，“至少也得让我先进去看看有人没人才行。”

“好吧。”见温婉说得这么坚决，谢峰也担心她学屠乐乐跟自己闹起来，那真的就麻烦透了，于是只好捏着鼻子认了，道，“你快去快回，别想着通风报信。”

“知道了。”温婉应了一声，闪身进了更衣室，接着喊了一声，“有人在吗？”

同时，她随手就把门给关上了。

屠乐乐刚到辉煌集团上班时，曾经听过一个在员工中间流传很广的段子，说是在省城工作半辈子，也未必能买得起一间像董事长办公室那样的房子。

以前屠乐乐只当是个笑话在听，直到此时此刻走进了董事长的办公室，她才意识到这个段子还真不是玩笑，而是绝绝对对的大实话。

这间办公室少说有四五百平方米，里面摆放着不少屠乐乐几乎见都没见过的奢侈玩意儿。室内的装修风格极尽奢华，用金碧辉煌来形容也不为过。

她以前没去过多少豪华的地方，但是前不久曾去过灵霄大楼的金色大厅。当时她觉得那里已经是相当的富丽堂皇，可是跟耿一鸣的这间办公室一比，似乎还是要差了一些。

“这边坐吧。”一身休闲装的耿一鸣站在办公室角落里的吧台朝屠乐乐招了招手，示意她过来落座，同时问道，“喝酒还是咖啡？”

“谢谢董事长，都不用。”屠乐乐摇摇头。

“那就给你杯水吧。”耿一鸣一怔，显然没想到屠乐乐竟然这样回答，不过还是倒了杯水递给她，随后自己则端了杯酒走过来，道，“请坐吧，不要拘谨。”

“好的。”屠乐乐坐在了吧台旁的凳子上。

“我听蒋若瑜说你打电话上来，要跟我谈谈有关这次财务信息泄密的事情。”说着，耿一鸣抿了一口酒，“现在见到我了，那就说吧。”

“首先我要说的是这件事情与我无关，虽然我曾去过维特的办公室，但那是去帮他检查打印机，后来我还打了电话叫维修工过来，前台那边都有记录，证明我并没撒谎。”屠乐乐道。

“你说的这点我知道。”耿一鸣摆了摆手，“安保部门已经查过，当天的经过的确如你所言，只是光有这些，并不足以证明此事与你无关，除非你有更加确凿的证据来洗脱自己的嫌疑。”

“如果我能够找到呢？”屠乐乐等的就是耿一鸣这句话。

“我当然很乐意看到你能自证清白。”耿一鸣微微摇了摇头，“不过那真的很难，我也不怕告诉你，出事当天的监控视频大部分或丢失或损坏，而剩下来的相对完整的部分都有你的身影。”

“我？”屠乐乐一愣，随即摇头道，“不可能是我。”

耿一鸣笑了，随手从吧台后拿了个平板电脑出来，点开一个视频：“既然你不信，那就看看吧。”

于是屠乐乐就看到了一个体态跟自己酷似，同样身穿前台职业套装，戴着一顶太阳帽的女人如何打开门禁，走进了十七楼。因为她戴着太阳帽，并且帽檐压得很低，根本看不到脸。

“这不是我。”屠乐乐连看了两遍。

“是不是你，不是靠嘴说的，你得拿出证据来。知道为什么明明怀疑你，公司却没有报警抓人吗？除了闹大之后会造成的恶劣影响，会影响到公司接下来的一系列动作之外，更重要的是没有办法通过这些零碎的视频确认就是你。也许你会觉得很冤枉，但是也该感到庆幸，因为这个人始终都没有露出脸来，要不然咱们就不可能是在这里说话了。”

“我想用自己的办法来证实我的清白。”屠乐乐凝视着耿一鸣，“不过需要得到您的授权。”

“你想要什么授权？”耿一鸣目光变得锐利，完全不像喝了酒的样子。他目不转睛地盯着屠乐乐，带着几分嘲讽和不屑：“难道就凭你上来跟我说了这几句不痛不痒的话吗？”

“对您来说，我的话也许不痛不痒，但是对我来说，证明自己的清白却十分重要。也许公司里有人不喜欢我，想要赶我走，我也不见得就非要赖在辉煌集团，外面的世界大了，哪里还找不到一口饭吃。但是……”屠乐乐声音大了一些，“我可以走，但也要是我自己不想干了辞职走的，而不是被人当成一个嫌疑犯赶出去的。所以，我要帮公司抓出这个潜伏的商业间谍，一是给自己洗清嫌疑，二是报仇，我不能放过她。”

说到这儿，屠乐乐的手指戳在了平板电脑上的那个女人身上。

“你想怎么做？”耿一鸣似乎被屠乐乐说动了，脸色稍微有些缓和，“又需要什么授权？”

“我想要把财务报表被盗拍当天以及前后两天公司内的监控视频拷贝一份带走，从中也许能够找到这个商业间谍的一些蛛丝马迹。”屠乐乐道。

“可以。”耿一鸣想了想后点点头，道，“不过我建议你还是不要抱太多幻想，如果这个人这么好抓到的话，早就被抓出来了。”

“就算这人不好抓，我也得抓出她来证明自己是无辜的。”

“随便你。”耿一鸣耸了耸肩，“稍后你找蒋若瑜去办这件事，有结果了随时可以找我。”

“好的，那我先走了。”屠乐乐站起身来就要离开。

“屠乐乐，如果不行，你就辞职吧。”即将走到门口时，身后传来了耿一鸣的声音，“看在你有功于公司的分上，我可以让你走得体面一些，将来也不会影响你去其他公司。”

“我走可以，但是绝对不会这样不明不白灰溜溜地离开。”屠乐乐停下脚步，头也不回地道，“所以，董事长的好意还是留着吧，告辞。”

在屠乐乐推开了门就要走时，她的手机响了一下，是短信的声音。

第十九章　双面卧底

屠乐乐就是商业间谍？不然，为什么所有证据都指向她，难道她是一个双面卧底？

屠乐乐随手点开短信，看了一眼，禁不住脸色微变。短信是温婉发来的，只有一行字：谢峰要查你的储物柜，找证据。

屠乐乐停下脚步转过身来。

“怎么，改主意了？”耿一鸣笑着问屠乐乐。

“当然没有。”屠乐乐面色十分平静，“我只是想要请教一下董事长，公司是否有权在不经本人同意的情况下私自搜查员工的私人物品？”

“当然不行。”

“那谢峰趁我不在时，要强行闯进更衣室，查看我的储物柜，又算是怎么回事？”屠乐乐道，“我真的很想知道，究竟是谁给了他这样的权利，让他敢如此明目张胆。”

说完，不等耿一鸣回答，屠乐乐已经迈步离开。

耿一鸣猛地一拍桌子，怒道：“简直是无法无天！”

屠乐乐刚一出门，就见到李薇薇并没有像自己想的那样无聊地等在外面，而是正跟副总裁徐杰站在一起有说有笑。尽管不知道他们聊的话题是什么，不过看李薇薇满脸笑容的样子，显然是相当开心。

“副总裁好。”屠乐乐走过来问好。

“你好。”徐杰微微一笑，道，“屠乐乐，你的事刚才薇薇已经跟我说了，我会帮你向董事长解释的，你尽管放心，我们绝对不会冤枉一个无辜的人。”

“谢谢。”屠乐乐淡淡地道。

“那就这样吧，我还有点事情要跟董事长谈，你们也去忙吧。”徐杰说道，“以后有什么事情，若是不方便找董事长的话，可以直接找我。”

说着，徐杰看了李薇薇一眼就推门进了耿一鸣的办公室。

“谢峰要检查我的储物柜，温婉正拦着，咱们得赶快下去。”等徐杰一走，屠乐乐就低声道。

“什么？他疯了吧？”李薇薇脸色大变。

“谁知道他怎么想的。”屠乐乐冷声道，“这事我已经告诉了董事长，待会儿就让谢峰检查，要是查不到东西，我让他吃不了兜着走。”

说到这儿，屠乐乐看了一眼电梯，道：“刚才你和副总裁聊什么来着，兴高采烈的。”

“当然是帮你解释了。”李薇薇道，“真没想到副总裁这么好说话，聊起天儿来一点架子都没有，实在是很有绅士风度。”

“看上他了？”屠乐乐嘴角上扬，调侃道。

“少胡说。”李薇薇脸一红，瞪了屠乐乐一眼道，“我又不是花痴，看到好男人就想嫁。”

说到这儿，李薇薇岔开了话题，道：“你那边结果怎么样？董事长同意了没有？”

“屠乐乐，这是董事长让我给你的东西。”还没等屠乐乐回答，蒋若瑜就一脸冷淡地拿着一个U盘走了过来。当她伸手要接的时候，蒋若瑜却没有给她，而是说道：“屠乐乐，好心奉劝你一句，做人要脚踏实地，不要好高骛远，更不要心存不切实际的想法，不然等撞得头破血流时再后悔就来不及了。”

“你的好言相劝还是留着自己用吧。”屠乐乐一伸手将U盘从蒋若瑜的手里夺了过来，“我不稀罕。”

叮。电梯到了。

屠乐乐迈步走了进去，朝面若冰霜的蒋若瑜微微昂了昂头，露出一丝不屑的笑意。

蒋若瑜脸色变得更加难看，死死盯着屠乐乐。

两人就这样毫不相让地彼此对视着，直到电梯门缓缓关上。

“哎哟，刚才的气氛可真够紧张的，我真怕你们两个打起来。”李薇薇呼出一口气。

“那倒不至于，”屠乐乐撇了撇嘴，道，“我只是不想惯着她而已。她是将董事长当成了她盆里的肉骨头，见到有人靠近就以为是要跟她抢食，真是可笑。”

“哎哎，乐乐，打击面有点大了。”李薇薇推了推屠乐乐道，“董事长可不是肉骨头，要不然我成什么了？”

“抱歉，抱歉。”屠乐乐忙道，“主要是有点不爽，所以嘴上没把门的了。”

“算了，原谅你了。”李薇薇大度地摆摆手，并没在这种事上跟屠乐乐计较。不过她似乎也没有了谈兴，看着电梯上的灯陷入了沉思。

屠乐乐见她想得入神，虽然不知道她在思考什么，但也没打断她。电梯内一下子安静了下来。

与此同时，董事长办公室内，徐杰坐到了吧台前道：“屠乐乐干吗来了？”

“她知道自己被怀疑跟财务信息泄密的事有关，觉得被冤枉了，所以想要自己调查此事来洗清自己的嫌疑。”耿一鸣摇头笑道，“小姑娘的幼稚想法，不值一提。”

“你拒绝了？”徐杰笑问道。

“没有。”耿一鸣摇头道，“既然她有心，就让她查吧，不过我觉得她纯粹是白费力气，等她折腾累了自然就会偃旗息鼓了。”

停了一下，耿一鸣指了指酒柜上的酒：“喝点什么？”

“什么都不喝。”徐杰笑着道，“你知道的……”

“工作时间不喝酒嘛。”耿一鸣接过了话头，“这样挺好的，免得被那些股东看到，背后又要说一些怪话。”

“你也少喝一点。”徐杰道，“出了这样的事，股东们有意见是难免的，不过我这边一直在调查，总会有水落石出的时候。”

“要是什么都查不出来呢？”耿一鸣眉头微皱，“技术部的人看过那些监控视频，说是中了病毒，损坏严重，想要修复很难。没有证据，整个大厦里这么多人，想要把商业间谍揪出来跟大海捞针没什么两样，我总不能把所有女职员统统开除吧。”

“查不出来就拖着，拖上两三个月这种事自然就过去了。”徐杰的手指在吧台上轻扣了两下道，“实在不行，就找个替罪羊，眼下不就有个现成的，反正你也早就看她不顺眼了，正好趁机将她清出去，到时候九爷也没话可说。”

“我的确想要将屠乐乐赶走。”耿一鸣摇摇头道，“但是不能这么做，这样对她不公平，也不合规矩。

“刚才屠乐乐说谢峰要搜查她的储物柜，不会是你……”

“我怎么会做这种事。”徐杰连忙摇头否认，“不过谢峰做人一向小心，他既然敢这么做，肯定是发现了什么。”

“反正无事，去看看吧。”耿一鸣道。

“好。”

下行的电梯中途没有停，直达一楼。电梯门刚开，屠乐乐就听到了谢峰气急败坏的声音：“温婉，我最后警告你一次，把门打开，要不然……我就让人撞门了。等到查出屠乐乐有什么问题，你就是她的同犯，到时候等着吃牢饭吧。”

“我对牢饭没兴趣，谢峰，你还是自己留着吧。”说着，屠乐乐走了过去。

“你……”谢峰听了屠乐乐的话，心中恼火，但是看到她朝自己走来又不自觉地后退了两步。

“听说你要搜查我的储物柜？”屠乐乐看向谢峰道，“谁给的你这个权利？你以为自己警察吗？”

“少跟我说这些没用的。”谢峰知道屠乐乐伶牙俐齿，自己跟她讲道理多半是讲不过，“你要真的不是商业间谍，你要真的问心无愧，难道还怕我搜查吗？你遮遮掩掩，不让搜查，就是心虚，肯定是藏了什么不可告人的罪证。”

说到这儿，谢峰猛地拍了一下更衣室的门，嘭的一声巨响：“温婉，连你算上，别以为我拿你没办法。我怀疑你关着门不让我们进去，就是在趁机帮屠乐乐销毁罪证。你们两个完了，这次你们不但要卷铺盖滚蛋，还会进局子。”

叮。

正在此时，董事长专用电梯打开，耿一鸣和徐杰走了出来。

“谢峰，你嚷嚷什么，有话不能好好说吗？”徐杰沉声道。

“副总裁，财务信息泄露事件，屠乐乐的嫌疑最大，所以我就想去搜查一下她的储物柜。可是温婉却横拦竖挡，现在更是关上了门，我觉得她们肯定有问题，绝对是一伙的。”见到徐杰，谢峰就像是有了靠山，张口就把责任推到了屠乐乐和温婉的身上。

“你搜查屠乐乐的储物柜，得到她的同意了吗？”耿一鸣问道。

“这个……倒是没有。”谢峰脸色微变，狡辩道，“没说都已经成这样了，要是跟她说，她肯定是不会同意的。董事长，我知道自己这么做有点不合规矩，但我并没有私心，就是为了尽快找出商业间谍。另外，我虽然没跟屠乐乐说，但是有他们四个保安陪同做个见证，绝对不会冤枉她的。”

“胡说八道，无论你有什么理由，这么做都是不对。”徐杰怒斥一声，看向屠乐乐：“谢峰的做法固然不对，但是毕竟没进入更衣室，更没打开你的储物柜，最多算个未遂，我让谢峰给你道个歉，你大度一些，这事就这么算了吧。”

“副总裁，千万不能就这么算了呀。”一听徐杰这话，谢峰顿时来了劲，做出一副赤胆忠心的模样，道，“我这次突击搜查，就是为了打她个措手不及，让她来不及销毁罪证，要是不趁现在搜查到底，我怕屠乐乐会销毁证据，到时候就真的拿她没办法了。”

“谢峰，你再胡说八道别怪我告你诽谤。”屠乐乐怒道，“你要搜查可以，但是查不出来怎么办？”

“查不出来，我就直接辞职。”谢峰梗着脖子道。

“这可是你说的。”屠乐乐道。

“我说的。”谢峰大声道，“正好董事长和副总裁都在，他们做证。”

“那好。”屠乐乐真不知道谢峰哪儿来的这份自信，可是话说到了这分儿上，不但是谢峰，就连她都已是骑虎难下，因此只能硬着头皮抗下去。

屠乐乐上前一步，敲了敲更衣室的门：“婉婉，我是乐乐，开门，让他们搜查吧。”

咔。

门开了，温婉走了出来。

“储物柜的钥匙呢？”谢峰看着屠乐乐说道。

“我的储物柜并不常用，所以从来都不锁。”

谢峰走到贴了屠乐乐名字的储物柜前，看向进来的耿一鸣和徐杰道：“董事长，副总裁，我开了。”

“开吧。”徐杰点头。

谢峰一转储物柜上的钥匙，将门打开，只见柜里除了放着一套前台统一的套装外，没有其他东西。

“这衣服……”谢峰一指套装正要开口。

屠乐乐刚看过视频，知道那个女商业间谍穿着一模一样的职业套装，随即道：“这样的衣服每个前台都有两套，此外仓库里说不定还有更多，你要是因为这就说我是商业间谍，那就别怪我大嘴巴抽你了。”

“谢峰……”徐杰看向谢峰道，“你现在还有什么话说？”

“副总裁，您别急，还没检查完呢。”谢峰此时心里已有些打鼓，不过还是嘴硬。他伸手将那套职业套装拿了起来，随即众人就看到了下面竟然盖着一顶太阳帽。

“怎么会？！”屠乐乐惊呆了。这太阳帽不是她的，但是她刚刚见过，正是耿一鸣给她看的视频中那个女商业间谍戴着的。

“哼！我说得没错，果然是你。”谢峰得意扬扬地拿起太阳帽，摇晃了一下，就像挥舞着胜利的旗帜，“现在你还有什么话说？你这个吃里爬外的商业间谍。”

“屠乐乐，你有什么要解释的？”徐杰问道。

“这不是我的。”屠乐乐道。

“不是你的还能是谁的？不是你的怎么会在你的储物柜里？”谢峰冷笑道，“屠乐乐，你就老实认了吧，证据确凿，你现在狡辩还有什么用？我看过视频的，你去十七楼时戴的就是这顶帽子。”

“屠乐乐，我本来以为你是无辜的，是被冤枉的，现在……我对你真的很失望。”徐杰叹了口气，看向耿一鸣道：“董事长，你看怎么办？要不还是报警吧？”

“别，别报警。”李薇薇和温婉不约而同地道。

“闭嘴，这里轮不到你们说话。”谢峰呵斥了两人一句，随即朝耿一鸣和徐杰谄媚一笑：“副总裁英明，我觉得也该报警。”

“报警就不必了。”耿一鸣看到那顶太阳帽时，禁不住皱起了眉头，颇为失望地看了屠乐乐一眼，不过想起她在自己办公室里说的那些话以及当时她的神色，他心里隐约觉得她不像是在做戏，于是摇了摇头道，“只凭一顶帽子就说她是商业间谍，实在是有些太过草率。屠乐乐，你先别上班了，等事情查清之后再说。”

机会我给你了，但愿你能够自证清白，要不然就别怪我了。耿一鸣看着屠乐乐，心里暗道。

“听到董事长的话没有，将她赶出去。”谢峰一指屠乐乐，朝那四个保安道。

“请吧。”四个保安一起上前，对屠乐乐道。

“我会走的，但是我还会再回来。”屠乐乐横了一眼得意扬扬的谢峰，又看向满脸错愕、仿佛根本就无法接受这个事实的李薇薇和温婉，最终将目光落在耿一鸣的脸上，“我是无辜的，我肯定能证明自己的清白，你们等着。”

说完，屠乐乐昂首转身走出了更衣室。

屠乐乐走出辉煌大厦后，拿出手机打给了花美颜。

“喂，乐乐姐，怎么这时候给我打电话，有什么要紧事吗？”花美颜知道上班期间屠乐乐是很少通过电话跟她联系的，现在既然这么做了，肯定是出了什么不得了的突发状况，所以才会有此一问。

屠乐乐很是不爽地道："我被人栽赃嫁祸，所以现在被暂时停职了。"

"我晕，怎么回事？"花美颜惊叫起来。

"其实也不是什么大事，就是我有点疏忽大意了。"屠乐乐将整件事的来龙去脉说了一遍。

因为屠乐乐和花美颜经常见面，屠乐乐这边的大事小情花美颜几乎全都知道，所以哪怕是屠乐乐说得比较简单，花美颜也马上就能将整件事给听明白。

"这扣黑锅的手法也太粗糙了吧？"花美颜嗤笑道，"真要是想查的话，有的是法子来洗脱你的嫌疑，别的不说了，那太阳帽只要是有人戴过，只要没有清理干净，必然会落下头发或是头皮屑什么的，随便找出来点查个DNA就真相大白了，再不行，你们公司内部不是有监控吗？我就不信给你栽赃的人是隐形的，只要稍微查一下，自然就能查出有谁进过更衣室，到时候是谁干的，不就马上查出来了？乐乐姐，刑侦学你可是全班第一，这点事不会想不到吧？"

"废话，我当然想得到，可问题是你别忘了，我只是个前台，不是警察，根本不可能那么做，甚至都不能这么说，要不然岂不是自找让人怀疑我吗？"屠乐乐虽然是在打电话，明知花美颜看不到也禁不住被她气得想翻白眼，嘴里更是说道，"况且我也看出来了，不管是耿一鸣还是徐杰实际上都不太想把事情闹大，徐杰倾向于把我直接开除，甚至交给警察，而耿一鸣反倒是给我留了余地。"

"可你不还是被停职了吗？"花美颜气道。

"停职又不是开除，只要把真正的商业间谍给揪出来，证明了我的清白，自然就能够重新回去上班。”

“话是这么说，可是怎么查？”花美颜很是不爽地道，“本来验下DNA就可以解决却偏偏不能用，真让人憋屈！”

“其实这样也好。”屠乐乐深吸一口气缓缓吐出后道，“之前我也很是不爽，但是现在跟你聊了几句，我冷静下来想了想，觉得你刚才说的那些法子未必能行。”

“怎么不行？”花美颜一愣。

“既然有人想要给我栽赃，那么不外乎有两种可能，一是那个商业间谍所为，一是谢峰为了报复我干的。倘若是后一种，也许还可能会有这个纰漏。”屠乐乐道，“可要是前一种，就真的不好说了。那人既然铁了心要栽赃嫁祸给我，想必会做得相当周全，用来嫁祸的这顶帽子多半是新的，没有戴过的，上面却很有可能有我的头发乃至头皮屑。”

“怎么可能？”花美颜觉得更诧异了。

“并非没有可能。”屠乐乐道，“更衣室平常并不会锁门，基本上谁都能进去，而因为进出的都是女人，附近也没有摄像头，这就意味着趁人不注意时，外人也能溜进去并且还查不出是谁进去过。另外，我平常上班时，换下来的衣服都是挂在衣架上，只要有心稍微留意下，很容易就能知道哪件衣服是我的，从上面找到一些头发甚至头皮屑并不难，到时候拿个镊子将其转移到帽子上就行了。”

“乐乐姐，你是不是把那个商业间谍想得太厉害了。”花美颜道，“你能想到这样的办法，可是她就一定能想到吗？我看未必吧。”

“的确，她未必能想到，我却不敢赌。”屠乐乐道，“我现在虽然被停职了，不过因为证据并不确凿，所以才没有被送去警局。倘若当时真的认真查下去，恰好又被我不幸言中，那个商业间谍真的就玩了这一手，到时候铁山如山，等待我的就不是单纯的停职了，搞不好真的要去警察局里转一圈。”

“听你这么一说，还真是挺有道理的。”花美颜道，“那接下来怎么办？难不成就这么宣告任务失败，半途而废？”

“当然不行。”屠乐乐道，“我跟你打电话是让你帮我向安处汇报一下情况，免得我这边出了状况他还毫不知情。此外，你再帮我转告他，我会尽快找出那个商业间谍是谁，来证明自己的清白的。”

“好的。”花美颜应了一声，“乐乐姐，加油！如有什么需要，随时联系我，我会时刻等待着你的电话的。”

“好的。再见。”屠乐乐挂了电话。

虽然被停职，但是屠乐乐毕竟还没有被开除，所以暂时还不用从公寓里搬出去。她径自回了公寓，将U盘连在手机上想要查看一下里面的视频，结果却让她有些郁闷。

U盘的容量不小，里头满满的都是文件夹，每个文件夹上都标注了时间以及地点，屠乐乐随便打开一个，发现里面放着的都是视频文件。蒋若瑜倒是没搞鬼，的确是不打折扣地把屠乐乐想要的东西给了她。

但是屠乐乐发现除了之前她在耿一鸣的办公室里看过的视频之外，其他的多数都已经损坏，根本就无法正常播放。

其中虽然也有一些是可以播放的，却都是财务信息失窃之前两三天拍下的，对于寻找那个女商业间谍并没有多大意义。

咔嚓。

外面传来了门锁被打开的声音，接着是李薇薇的喊声：“乐乐，你在家吗？”

“我在。”屠乐乐应了一声，抬起头才注意到室内的光线已经有些暗淡了，原来她一直在专心致志地看视频，不知不觉中已经过去了大半天。看了一眼手机，屠乐乐发现已经是下班时间，并且她手机里的电也快要耗尽了。

拔下了U盘，屠乐乐将自己的手机充上电，这才从卧室里出来。

“乐乐，你别难过，我们都是相信你的。”见她出来，李薇薇和温婉连忙上前安慰。

“我们一定会帮你找出那个商业间谍，为你洗清嫌疑的。”温婉握着拳头道。

“说实话，还真得你出马才行。”屠乐乐将U盘递给了温婉，道，“我回来后一直在看里头的视频，结果……”

说到这儿，屠乐乐叹了口气。

温婉接过U盘就回了自己的房间，她打开一台电脑，把U盘插了上去。

温婉房间里的电脑不仅很多，并且配置都相当高，读取U盘的速度也极快。转眼间整整齐齐的文件夹就出现在电脑显示器上。

她随手点开了几个财务报表被盗拍当天的视频，发现的确已经损坏，根本无法播放。

“能修复好吗？”屠乐乐问道。

“当然可以。”温婉自信满满地说道，“对我来说只是小菜一碟，不过需要一些时间。”

“我有的是时间。”屠乐乐听说可以将这些视频修复好，松了一口气。只要有监控视频，就容易找到破案的线索，要不然两眼一抹黑，她又不是福尔摩斯，想要把那个冒充自己的女商业间谍逮住实在是不太容易。

“不过……”温婉又检查了几个视频后道，“乐乐，你也别期望值太高，我虽然可以修复这些视频，但是因为它们毕竟损坏过，因此究竟能够修复好多少，最终修复成什么样子，就连我自己也说不准，不过我会尽力的。”

“嗯，没事。”屠乐乐道，“实在不行也没关系，大不了咱们再想其他办法。”

温婉点点头，开始专心致志地修复视频。

屠乐乐不想打扰她，于是叫上李薇薇到附近超市买菜，准备晚上做顿好的来犒劳一下温婉。

正在超市里转时，李薇薇的手机响了。她拿起来看了一眼，瞅向屠乐乐道：“是维特。”

“看我干吗？”屠乐乐摆摆手道，“接吧，该怎么聊怎么聊。”

“喂。”李薇薇点点头，接了电话，“今天不行，我们还有点事，对，真的走不开，那行，你玩吧，好的，再见。”

聊了没两句，李薇薇把电话挂了，道：“维特听说了你的事，说想请咱们三个出去玩，让你开心一下，不过我拒绝了。他问咱们是不是还想着调查女商业间谍那事，我也没否认。乐乐，我就盼着这事赶快过去，要不然总是这样，好像咱们有事瞒着维特似的，太郁闷了。”

“是啊，我也盼着事情早点水落石出。”屠乐乐叹息道。

因为维特的电话，两人开始逛超市时挺高涨的热情一下子就消失了大半，屠乐乐又随便选了几样菜就与李薇薇结账出了超市。

回到公寓，屠乐乐换了件家居服就拎着菜去厨房里忙活。李薇薇想来帮忙，却被屠乐乐赶了出去，她又想去温婉房间里帮忙，同样被赶了出来，无可奈何之下她就坐在客厅里抱着靠枕看电视。

八点半时，天色已经完全黑了，屠乐乐将做好的菜肴陆续端上了桌子，随后招呼李薇薇和温婉出来吃饭。

“婉婉，视频修复的进度怎么样？有难度吗？”屠乐乐问道。

“还行。”温婉拿出手机来划动了几下，随后指了指客厅的电视道，“我已经修复了一段出来，你们看吧。”

屠乐乐和李薇薇看向电视。只见电视上原本正播放的电视剧已经变成了监控视频，从里面显示的景物来看，很像是从财务室到防火楼梯中间的走廊。

见到这影像，屠乐乐马上就想到了之前在耿一鸣那里看到的那段视频，似乎也是这个角度拍的，多半来自同一个监控摄像头。

“怎么什么都没有？”李薇薇看了一会儿，见一直显示的是空空荡荡的走廊，连个人影都没有，禁不住有些无聊起来。

“这很正常。”屠乐乐道，“你看看视频上显示的时间，那个时候还没人上班呢，就算有人上班，你能看到的人也不多。”

“那这么长的视频看起来岂不是闷死了。”李薇薇道。

“闷是的确会有点闷，不过也有一个好处，那就是更容易找到那个女商业间谍，只要出现了不属于财务部门的人，那么不管是谁，嫌疑都很大。”说到这儿，屠乐乐朝温婉竖了竖拇指，“婉婉，干得漂亮！”

“你先别急着夸我……”温婉刚说了半句话，就听到李薇薇惊呼道：“这怎么回事？为什么突然花屏了？”

屠乐乐扭头看过去，果然看到电视上的影像多了很多雪花点，甚至有些出现了跳帧，给人的感觉就像是以前看划伤了的碟片似的，那叫一个别扭。

“这就是我想要跟你说的。”温婉按了按手机，将播放的视频定格，“尽管我已经试着尽最大努力修复，但是这些视频文件毕竟是人为损坏的，所以我只能说尽力，最终能修复成什么样，不敢打包票。”

“别有压力，这已经很好了。”屠乐乐笑着安慰了温婉一句，又道，“你刚才说监控视频是人为损坏的，到底是怎么回事？”

“很简单，有人将一些计算机病毒放进了公司内部的网络里，而这些病毒针对的就是这些监控视频，所以就成了这个样子。”温婉摊摊手道，“如果这些病毒不是那个女商业间谍自己放的，那么就肯定是如乐乐你先前推测的那样，另有一个精通计算机技术的内鬼在暗中帮着她扫除痕迹。”

“能查出是谁放的病毒吗？”屠乐乐问道。

“可以试试，但是……”温婉看向屠乐乐，苦笑道，“不过得用一些不太光明的手段。”

“那还是先算了。”屠乐乐明白温婉说的肯定是黑进辉煌集团的网络。这种事她不知道也就算了，既然知道肯定是不能同意的，“此事暂时搁置，眼下的精力都放在监控视频上。”

“行。”温婉点点头道，“以我电脑的运行能力，将这些视频全部修复好少说也得两三天时间，不过我会先挑选重要的时间段和位置的监控视频进行修复，这样会快一些的。”

“那就辛苦你了。”屠乐乐道。

“不用客气。”温婉摇摇头道，“我其实很享受这样的忙碌，毕竟只有这时候才能证明我花了那么多时间学的这些技术是有用的，况且还有好东西吃。”

“你想吃回头我再做。”屠乐乐笑着道。

吃完饭后，屠乐乐还特意进温婉的房间里去看了看她怎么修复监控视频的，结果……什么也没看懂。她只好一边用专业的事情得交给专业的人来做的话安慰自己，一边将注意力放到了那些修复好的视频上。

要说温婉的房间里什么最多，除了各种毛茸玩具外，就是电脑了，所以即便温婉现在用着至少两台电脑，也还有空闲的电脑给屠乐乐用。

屠乐乐只是用来看视频，对电脑配置没什么要求。不过打开温婉递给自己的笔记本电脑时，她依旧有种快得飞起来的感觉。

恰如之前李薇薇说的那样，看这些监控视频是相当枯燥和苦闷的事，不过屠乐乐却不能不看，因为此事不但关系着自己的清白，更关乎自己正在执行的任务。虽然她没有什么证据来证实，可是直觉却告诉她，财务信息泄露这件事绝对不简单，其后面十有八九牵扯到了万古网络平台。

只是直觉这种东西没有办法拿出来说，为了证实自己想得没错，屠乐乐就需要证据来支持。

此外，作为一个警察，从为数众多的视频中寻找嫌疑犯的踪迹也是很常见的事，所以现在屠乐乐做这些并不觉得烦闷，反倒是干得津津有味。

李薇薇期间也过来了几次，想要帮屠乐乐看一些视频，只是没看多久她就坚持不下去了，又是喝咖啡又是吃零食，好一通折腾，到了最后更是看着看着视频就困得睡着了。

屠乐乐和温婉看着酣睡的李薇薇禁不住相视一笑，随即依旧各忙各的。

因为屠乐乐被停职，温婉第二天则不用上班，所以两人并不急着休息，不知不觉中竟熬了一夜。

早上李薇薇醒来时，见屠乐乐和温婉依旧坐在电脑前，她打了个哈欠，道："你们两个可真够早的！"

"早吗？"屠乐乐看了一眼窗外，笑道，"我们俩是忘记了睡觉而已。"

"用不着这么拼吧。"李薇薇说道。

"也不是拼，忙着忙着就忘了时间。"屠乐乐揉了揉眼，站起身来，挥了挥胳膊，做了几个舒展的动作后带着几分得意笑道，"不过我俩可没白忙活，不但在已经修复好的部分监控视频里找到了那个女商业间谍的踪影，并且还将嫌疑对象给确定了。"

"真的？"李薇薇满是惊诧地道。

"当然是真的，难道我们还会骗你吗？"温婉接过话茬儿，得意地朝李薇薇道，"怎么样，厉害吧？我和乐乐联手，绝对是无敌的，嘻嘻。"

"快，快，让我看看。"李薇薇急切地道。

“婉婉，你给她看吧，我先去洗脸刷牙了。”说着，屠乐乐打着哈欠出了房间。

屠乐乐并不像有些女生那样洗了脸要用到许多的护肤产品，她基本上就是清水加洗面奶，因此洗漱根本用不了多长时间。等她清清爽爽地重新来到温婉的房间时，却看到李薇薇正怒瞪着温婉，恐吓道：“婉婉，翅膀硬了是吧，找到靠山胆子就肥了是吧？我再问你一次，到底说不说？”

“不说，”温婉摇着头道，“打死也不说。”

“那我就把你打个半死。”李薇薇大喊一声就要朝温婉冲去。

“等等，这什么情况？”屠乐乐伸手把李薇薇拦住，“怎么我刚走一会儿，你们就结了这么大仇。”

“还不是因为你。”李薇薇捂着胸口，做出一副伤心欲绝的模样，“我问婉婉这个嫌疑对象是谁，她竟然不说，说是让你来告诉我。气死我了，不卖关子会死吗？搞得我这百爪挠心，太可气了。”

“你真的没有看出来吗？”屠乐乐笑道。

“从视频里看，要么就只能看到后背看不见正脸，要么就是戴着太阳帽低着头，我又不是透视眼，怎么能看得出来是谁？”李薇薇怒视着屠乐乐道，因为她觉得屠乐乐这话有贬低自己智商的嫌疑。

“其实真的不难看出来的。”屠乐乐道，“婉婉之所以不告诉你，其实也是好意。”

“啥意思？”李薇薇一愣，有些摸不着头脑。

“我现在被停职了，婉婉今天又不上班，所以都不能去公司，但是调查有了结果后总要上报董事长吧，如果我们俩去，有点太招摇了，容易引起别有用心的人的注意。”屠乐乐指着李薇薇道，“而你就不一样了，你今天上班，正好借着这个机会去见一见董事长。”

“然后你就可以打着保密的旗号，让闲杂人等离开，到时候那么大的董事长办公室里，就只有你和董事长孤男寡女两个人，只要你魅力全开，剩下的不用我说了吧……”说着，温婉轻笑了两声，给了李薇薇一个心照不宣的暧昧眼神。

“婉婉，认识你这么久，到今天我才算彻底看透你了，你就是个外表清纯懵懂、内心充满龌龊思想的女巫。”李薇薇撩了撩头发，一脸正气地道，“我不是你们想的那种人。”

“呕。”屠乐乐和温婉不约而同地做出呕吐的动作。

“喂，你们总是这样，还能不能愉快地聊天儿了？”李薇薇道。

“小样儿，你就装吧。”屠乐乐鄙视了李薇薇一句，这才道，“既然你看不出来，那我就给你讲讲，等见了董事长好好发挥一下，能不能一举将他迷住从此拜倒在你的超短裙下，就全靠你的个人发挥了。”

“讨厌，我从来都不穿超短裙，人家是个淑女来的。”李薇薇嗲声道。

“呕。”温婉一脸抓狂地道，“我想打人了。”

“行了，先说正事。”屠乐乐真怕俩人斗起嘴来没完没了，连忙制止，随后点开了电脑中的一个视频。

第二十章　暗夜曙光

屠乐乐百口莫辩，难道就这样背负商业间谍的污名离开公司？任务怎么办？当刑警的梦想怎么办？不甘的内心促使她一遍遍看着监控视频，她疲惫的双眼中突然冒出一个身影。对了！原来商业间谍就是她！

不难看出，这是一段从监控录象里剪辑出来的视频，角度时不时地会出现变化。视频中，除了一个头戴太阳帽、穿着职业套装、低着头走路的女子外，看不到其他人。毫无疑问这就是被锁定的那个女商业间谍，财务信息泄密事件的最大嫌疑人。

“乐乐，我怎么看，这个人都很像你。”李薇薇看了开头就忍不住说道。

“故意的。”屠乐乐咬牙切齿地说。虽然昨天晚上已经看了很多遍，但是再次听到李薇薇的话，她心里还是忍不住火气上涌，有种想把这个女人拉到角落里狂扁一顿的冲动。这绝对是特意伪装成自己的模样，想让自己来背黑锅。“可见这女人早就想要嫁祸给我，所以在我储物柜里发现的那顶帽子绝非偶然。”

“虽然明知是这样，但看起来依旧觉得很像。”李薇薇道。

“等我给你分析完了，你就不会这么觉得了。”

“能先告诉我，你们怀疑这人是谁吗？”李薇薇接着问道。

“一个你也认识，但是肯定想不到的人。”屠乐乐道。

“卖关子的人最可恨了。”李薇薇眯着眼看向屠乐乐，“你不希望我在董事长面前说错话吧。”

“好吧，你赢了。”面对李薇薇的威胁，屠乐乐连忙投降，“我怀疑这人是韩雪艳。”

“她？！”李薇薇一愣，旋即惊道，“不可能吧！”

“所以我才说你想不到呀。”屠乐乐道，“要是没有点迷惑性，怎么能当得了商业间谍。等我好好给你分析一下，彻底撕下她的画皮，你就会看清她的真面目了。”

说着，屠乐乐拿了笔站到电脑显示器前，随后朝着温婉点头示意。

温婉拿着鼠标控制着视频进度，以便向李薇薇演示。

“首先你看，”屠乐乐指着定格在显示器上的视频画面，“画面中，那个女人戴着帽子，低着头，所以哪怕是正面拍摄，也看不太清楚她的脸。”

不过对屠乐乐来说，这都不是问题，她用笔点了点显示器道：“你得明白，她戴着帽子并不只是为了遮住脸，因为真想遮脸的话，最好用的还是一块布。”

“那她这是要干什么？”李薇薇不解。

“当然是为了挡住她的头发。”屠乐乐摸着自己的短发，“她要嫁祸给我，当然要尽量伪装得像一些，那么最大的问题就是她是长发，而我是短发。所以要不她剪短头发，要不就用帽子将长发遮盖住。”

“照你这么说，她为什么不剪头发呢？”李薇薇道，“那样不是更像。”

“错，那样只会让她的特征更明显。”屠乐乐摇了摇头，“整个辉煌集团的女员工中，就我自己是短发，如果再多一个人剪了短发，必然相当醒目，尤其是韩雪艳这样的美女，肯定会成为大家议论的焦点。这么一来，只要看到视频上的人是短发，肯定会怀疑到我们俩，这会增加她暴露的概率，你想她会怎么做。”

李薇薇点点头。

“此外，她戴着帽子实际上是为了利用大家的思维误区。”屠乐乐道，“因为多数人看到戴帽子的人第一反应想到的会是短发，这就容易将黑锅扣到我的头上。只是她伪装得再好，假的终究是假的，很容易就会露出马脚来。”

此时，温婉点了两下鼠标。显示器上的画面是一个背影，不断将图像放大，最终落在这人的脖子后侧。因为像素的原因，画面略微模糊，可是依稀可以看出来这人是将头发埋在了帽子里头。由此可以证明此人的确是长发。

“除了长发之外，暴露她的还有身高。”屠乐乐说道。

温婉又点了点鼠标。显示器上再次出现了一张截图。

“你之所以觉得这个人很像我，主要是因为她的身高，而公司里像我这么高的女孩并不多，恰好韩雪艳就是一个。”屠乐乐道。

“可是我觉得她平常看起来比你高一些呀。”李薇薇道。

“那是因为她平常穿高跟鞋，而现在的她……”屠乐乐指着截图上那个人的脚部，“穿的是平底鞋。”

温婉为了让李薇薇看得更清楚一些，再次将图像放大，借助软件可以清晰地看出来那人穿的的确是一双平底鞋。

“就凭这两个特征，就已经不难确定韩雪艳有重大的作案嫌疑。”屠乐乐道，“如果你觉得这还不够的话，还有一点可以证明这人不是我，就是步幅。”

随着温婉再次点击鼠标，显示器上出现了两张截图。场景是一样的，出现在两张截图里的人却不同，一个是女商业间谍，另一个则是屠乐乐。

“由于每个人的身高、腿长以及行走习惯不同，所以步幅也不尽相同，等你向董事长讲解时，可以让他仔细看看，我的步幅跟这人是不一样的。”屠乐乐道，“虽然不排除她故意改变步幅的可能，但是通过我将其他视频的反复对比，完全能够排除这种可能性。”

“那也不能就说是韩雪艳呀。”李薇薇想了想，道。

“没有确凿证据的确无法确定，不过她的嫌疑最大。”屠乐乐想了想，“记得不久前维特花粉过敏后差点儿丧命的事吗？”

“当然。”

“我怀疑那件事是韩雪艳刻意为之。”屠乐乐道，“我记得你们跟我说过，平常维特的办公室门禁很严，除非得到了他的信任和邀请，其他人是很难进去的，对吧？”

“没错。”李薇薇点点头。

“这么一来，平常跟维特不太对头的韩雪艳就更加不可能进去了，但是……”屠乐乐道，“就在维特过敏后哮喘发作时，韩雪艳曾经去过维特的办公室给他拿药……”

“你怀疑那个时候韩雪艳在维特的办公室里做过手脚？”李薇薇眼睛一亮问道。

“很有可能。”屠乐乐点点头，“至于维特办公室内保险柜的钥匙，我怀疑是她趁着那时候慌乱没人注意时拓了模子，然后再去找人配了一把。”

“照你这么说，她的确是相当有嫌疑。”李薇薇道。

“因为时间仓促，目前我的发现只有这些。”屠乐乐拿过一个U盘递给李薇薇，“里面的视频婉婉已经编辑好，你到时候可以直接演示给董事长看。薇薇，我能不能洗去嫌疑就全看你的了。”

“别忘了顺便将董事长拿下。”温婉笑道。

“你们这么一说，我觉得压力好大。”李薇薇握了握拳头道，“不过我会努力的，你们就等着我胜利归来的消息吧。”

等李薇薇去上班了，屠乐乐简单吃了点东西就开始补觉。昨天晚上一直忙着倒是不觉得困倦，现在一闲下来只觉得两只眼睛都有些睁不开了，躺倒没多久就昏沉沉地睡去。

她从噩梦中惊醒时，已是接近中午时分。

屠乐乐擦了一把额头上的冷汗，长出了一口气，安慰自己刚才只是一场噩梦。梦中李薇薇和温婉与自己反目成仇，斥骂自己是个彻头彻脑的骗子，彻底跟自己断绝来往。

随即她听到了一阵低沉的嗡嗡声，循声望去，是放在枕头边的手机在震，来电者赫然是花大姐。

“喂，有什么事？”屠乐乐随口问道。

“哎哟我的姐，你可算是接我电话了。”电话刚一通，就传来了花美颜激动的声音，连珠炮一般，“乐乐姐，你知不知道我给你打了多少个电话？我还以为你身份彻底暴露，被人家给抓住灭口了。要不是我怕任务失败，早就直接给安处打电话叫救援了。”

“别担心，我只是昨天熬了夜，刚才在睡觉，可能是太累了，睡得有点沉。”说着，屠乐乐看了一眼手机，上面全是未接来电，都来自花美颜，数量多达三十六次。

虽然觉得花美颜这疯狂打电话的行为着实有点夸张，不过有个人如此关心自己，屠乐乐还是相当高兴的。

“说吧，找我什么事？”屠乐乐将手机重新放回耳边。

“电话里说不清楚，总之你快点来吧，老地方，不见不散。”花美颜似乎怕屠乐乐不来似的，赶紧又补充了一句，“你要是不来，就等着我壮烈牺牲的消息吧。”

“这都什么人！”屠乐乐将手机扔在床上，摇头叹息。

洗漱之后，屠乐乐换好衣服，急忙到了人民广场的伟人雕像下。

自从上次见面后，两人就把这里定为了“老地方”。用花美颜的话说，她们现在做的是正义的事情，执行的是伟大的任务，在伟人的光辉照耀下，她们一定能够取得最终胜利。

当时屠乐乐听了这话，足足愣了半分钟，无力反驳地默认了花美颜的说法。

从辉煌的公寓到人民广场并不算远，在不堵车的情况下，二十分钟的车程。但屠乐乐这次没打车，而是坐了公交车，三十分钟才到，并且下车站点离人民广场有点远。屠乐乐倒是不着急，悠哉地走过去，想观察一下花美颜所谓的十万火急究竟有多急。

老远屠乐乐就看到花美颜的奥迪TT停在路边，而她站在高大的伟人雕像下东张西望，看样子是真的很着急。

“乐乐姐，我都快急死了，你怎么能坐公交车来？！”花美颜见她从远处走来，顿时就不开心了，也顾不得淑女风范，三步并作两步地拉住她往车里拽，嘴里还不忘埋怨道，“说好的姐妹情深呢？友谊的小船还要不要了？”

“哎呀，你今天真的是话有点多。”屠乐乐白了花美颜一眼，“说吧，找我到底啥事？这么火急火燎的。”

“我爸妈给我找了个相亲对象，让去见见。”花美颜道。

“真的假的？！”一听这话，屠乐乐当时就惊了。要不是系着安全带，她估计能直接从副驾驶上跳起来。不是她大惊小怪，实在是这消息太震撼了。

“你看我这样子像是假的吗？”花美颜一脸的苦大仇深。

“好吧，你不怕死我怕啥。”屠乐乐无所谓地说，“在哪儿见面。”

“香榭丽舍餐厅。”

“推了。”屠乐乐一听“香榭丽舍餐厅”这几个字就想起上回跟秦诗韵打赌的那事，心里一阵不爽，“咱们去香榭丽舍对面的小餐馆，他来就来，不来拉倒。小样儿，在西餐厅里摆谱儿，吓唬谁呢。”

“好。”花美颜笑了。

说着，花美颜找了个地方停车，拿出手机拨了电话过去。接通后，她还没开口，不知对方说了什么，随即花美颜的脸色就阴沉下来，接着狠狠地将电话挂断了。

“怎么了？”屠乐乐问道。

“那个家伙竟然说他对我没兴趣，所以最好连面都不要见了。”花美颜咬牙切齿道。

“这不挺好的。”

“我很不爽。”花美颜用力地拍着方向盘。

“花大姐，你傲娇了，这样不好。”屠乐乐道，“我觉得你应该在乎的不是谁第一个拒绝了对方，而是这件让你烦心的事最终有了结果。”

“可我还是觉得不爽。”花美颜道。

“那要不你换个角度想想。”屠乐乐劝道，“也许，那人知道你并不喜欢他并且不愿意跟他相亲，所以为了吸引你的注意力，就采取了这种欲擒故纵的诡计。如果认真了，那么你就输了，最好的应对方法其实是淡然处之。听我这么一说，你心里舒服点了没？”

“舒服多了。”花美颜道。屠乐乐一阵无语。

“既然不用去相亲了，咱们去哪儿玩？”花美颜问道。

“随便逛逛吧。”屠乐乐眯起眼睛本想小睡一会儿，突然又想起一件事，她忙拿出U盘递给花美颜，“我被栽赃的事查出眉目了，这是监控视频，其中有犯罪嫌疑人的影像。”

“查出来了？！我就知道，乐乐姐最厉害，果然不管什么难事只要你一出手立马搞定。”花美颜有些兴奋地说道，“你让我查犯罪嫌疑人的底细？”

“不是。”屠乐乐摇了摇头，“你将这些监控视频给安处，告诉他我觉得财务信息泄露事件背后有猫儿腻，说不定能牵扯到万古网络平台。这也许能够成为破案的一个突破口。至于伪装成我去为非作歹的商业间谍，我已经查出是谁了，找个机会就让她原形毕露。”

跟花美颜聊了一会，又陪着她去逛了街，等屠乐乐返回公寓时已经下午六点多。手机上除了微信上里花美颜刚发过来的几张自拍照片之外，还有几条是温婉发过来的，内容几乎一样：“乐乐，我饿了，你回来的时候记得给我买点吃的。”

屠乐乐买了吃的带回去，进门后发现李薇薇竟然也在，她禁不住问道：“你怎么回来得这么早？没有拿下霸道董事长？”

“别提了。”李薇薇一下子就没了胃口，将手里的驴肉火烧扔下，“今天听了你的话，可是却被他给喷得体无完肤。”

“哪儿有问题？”屠乐乐和温婉同时问道。

那份视频是她俩花了一晚上弄成的，虽然并不完整，可也花了不少的心血，竟然被耿一鸣喷，屠乐乐和温婉顿时心生不爽。

“董事长只用了一句话，就让我哑口无言。”李薇薇道，“他说，推理不错，视频修复得也很好，剪辑的风格很凌厉，有点看电影的感觉。”

“在夸我。”温婉捂住脸，看似不好意思却满是骄傲地道，“真是让人怪不好意思的。”

“哼！”屠乐乐和李薇薇一齐鄙视得意扬扬的温婉。

“但是呢？”屠乐乐道。

“但是推理只是推理，没有确凿的证据，怎么证明韩雪艳就是那个女商业间谍。”李薇薇看向屠乐乐，“董事长还说，如果拿着这些东西去质问韩雪艳，只要她当场否认，我们就一点办法都没有，毕竟辉煌不是公安机关，没有权利因为一点怀疑就抓人，到时候打草惊蛇，韩雪艳跑了，那就麻烦了。”

“要证据？”屠乐乐皱起了眉头。起初听到自己的推理被否定时，她的确不爽，但是耿一鸣说的也没错。就算是警察抓人，也要完整的证据链。通过现有的视频，屠乐乐只是可以勉强将自己的嫌疑洗去，但是要肯定此人就是韩雪艳还真不行。因为全部都是推理，并没有实在的证据，并不能把韩雪艳怎样。

即便证明了这人是韩雪艳，也只能说明她违反公司的规章进入了不该她进入的区域，硬说她是商业间谍也不行。

“真是个难缠的家伙！”屠乐乐喃喃自语着，不知道在说谁。

“对了，”李薇薇看向屠乐乐，目光有些复杂，“董事长还说，你既然证明了自己的清白，那就照常上班，以后有什么事情让你直接去找他，用不着我传话了。”

“他这是什么意思？”屠乐乐皱眉道。

“唉，”温婉叹了口气，道，“意思就是落花有意，流水无情呗。”

“闭嘴。”屠乐乐和李薇薇异口同声说道。

“薇薇，我……”屠乐乐不知道该说什么来安慰李薇薇。

“没关系，我知道你和婉婉是真心想帮我，只是……”李薇薇挤出一丝笑容道，“这样也挺好的，至少算有个结果，不是吗？”

李薇薇话说得洒脱，但是这种事落在谁的头上都难免会沮丧。屠乐乐和温婉面面相觑，不知道该怎么劝她。房间里的气氛一下子变得沉闷起来。

“要不……咱们还是去找找证据吧。剩下的视频还有不少，说不定就有咱们没发现的蛛丝马迹。”

“好的。”屠乐乐点头道。

“我帮你们。”李薇薇道，“我要让耿一鸣知道，我不只是个花瓶。”

屠乐乐和温婉偷偷交换了下眼神，有些无奈。李薇薇刚才嘴里说得好听，心里根本放不下。不过她愿意帮忙也好，人忙碌起来就不容易胡思乱想了。

从众多的监控视频中寻找蛛丝马迹，无疑大海捞针。毕竟这跟之前只是从视频中寻找商业间谍的踪迹不同，要寻找证据就得既细心又耐心，要不然稍微一不注意就会错过至关重要的线索。为此，要将几段视频交叉比对，反复翻看，甚至要一帧帧地看。这需要付出的精力绝对要比之前多。

只是不管是屠乐乐，还是李薇薇和温婉都没有轻言放弃，她们聚精会神地看着自己电脑里播放的视频，不放过任何细节。虽然多数的细节并无大用，但失望反使三人的热情更加高涨。

时间一点点过去，外面的天色已经彻底黑透。转眼间到了凌晨三点钟，在这个绝大多人都已酣睡之时，屠乐乐三人却依旧目不转睛地盯着监控视频。她们眼睛都有些酸胀，视线也有些模糊，脸上多了几分倦容。

李薇薇打了个哈欠。随后就传染开，温婉也打了一个，甚至流出泪水来。

“要是困的话，你们先去睡吧。”屠乐乐压制住要打哈欠的冲动，双眼不离视频。

“没事。”李薇薇摇摇头道，“我还能坚持。我去弄点咖啡，你们谁要……咦！”

突然，李薇薇惊叫了一声，随即揉了揉眼，大声道：“你们快来看看，我觉得韩雪艳好像将什么东西扔在了走廊中的花盆里。”

虽然还没有确定商业间谍就是韩雪艳，不过三人却已经将这当成了事实。

“不会又是虚惊一场吧？”说着，温婉又打了个哈欠，不过她还是凑了过来。

“似乎真的扔下了什么东西。”屠乐乐走了过来，在重看了一遍这一小段视频后，她说话的声音都有些颤抖。

在这段视频中，商业间谍虽然并没有停下脚步，也没有特别明显的丢东西的动作，但是她在直线前行的过程中，忽然向位于走廊角落中的一盆龟背竹偏移，几乎是挨着花盆走过。这个怪异的举动，让人很难不心生怀疑。她这一动作像扔垃圾，由此引起了李薇薇的注意。

“看看其他位置。”屠乐乐道，“我觉得咱们可能抓住她的狐狸尾巴了。”

“哈哈，我的功劳最大。”李薇薇得意地大笑。屠乐乐和温婉相视一笑，并没有反驳她。

有了目标后，再找寻相应的视频就简单多了。虽然有的视频即便是修复后还是有些不太清楚，有的画面都已经扭曲，不过经过多个角度的观察后，屠乐乐三人有七成的把握可以确定，这个商业间谍的确是丢下了一件东西。

她们甚至找到了这个女商业间谍要丢下东西的原因。在另外的一段视频中，明显可以看到有保安的身影。尽管这些保安只是漫不经心地边巡逻边聊天儿，但是他们的出现还是吓到了她，为了自保所以她扔下了某样东西。

“韩雪艳！这次你死定了！”屠乐乐用手指着显示器中那个戴着帽子的婀娜身影说道。

“明天上班后咱们去看看她到底扔了什么。”

“明天？不！为了避免夜长梦多，还是现在就去比较好。”说到这儿，屠乐乐眉毛一挑，露出了一丝狡黠的笑容，“之前耿一鸣不是说有了线索可以随时找他吗？我觉得现在就是最好的时间。”

“乐乐，现在可是凌晨三点二十一。”李薇薇看了看时间提醒道。

“那有什么关系，办正事，还在乎早晚？”屠乐乐摸出了自己的手机，想要拨号时才问道，“对了，他的手机号是多少来着？”

“问她。”温婉一指李薇薇。

李薇薇脸一红，想都不想就报出一串号码。

随后屠乐乐就把电话打了过去。

一连串彩铃声过后，在她们以为不会接通时，却突然传来一个强压着怒火的声音低喝道：“你是谁？找我什么事？”

“董事长，我是屠乐乐，我们找到重要线索了。”屠乐乐听得出耿一鸣的愤怒，不过她没慌乱，语气依旧如常，“不过我们现在得去辉煌大厦，为了避免再次引起误会以及别有用心之人的注意，我觉得还是叫上您一起同行比较好。”

“屠乐乐，你知道现在是几点吗？”耿一鸣沉声道。

“现在是凌晨三点半。”屠乐乐仿佛根本就听不出耿一鸣话语中的质问和不满，声音依旧很是平静，“虽然的确是晚了点，不过为了能够抓住商业间谍，我觉得牺牲一点睡眠时间绝对是有必要的，董事长，您觉得呢？”

“你……”耿一鸣咬着牙道，“说得没错，那你们等着吧，我马上过去。如果敢骗我，屠乐乐，我保证你真的就死定了。”

“好的，再见。”说完，屠乐乐就把电话挂了。

“敢挂董事长的电话，你厉害！”温婉竖起拇指道。

“一般一般，不要崇拜我哦。”屠乐乐满不在乎地笑了笑，“速度，换衣服，咱们找证据去。”